U0668717

在晃荡的青春里
逆光向上

季海东 著

北京联合出版公司
Beijing United Publishing Co.,Ltd.

图书在版编目（CIP）数据

在晃荡的青春里逆光向上 / 季海东著. -- 北京 :北京联合
出版公司，2016.8
ISBN 978-7-5502-7928-5

Ⅰ．①在… Ⅱ．①季… Ⅲ．①长篇小说－中国－当代
Ⅳ．①I247.5

中国版本图书馆CIP数据核字(2016)第131166号

在晃荡的青春里逆光向上

出版统筹：新华先锋
责任编辑：夏应鹏
特约监制：黎　靖
特约编辑：于勇波
封面设计：王　鑫
版式设计：刘　宽

北京联合出版公司出版
（北京市西城区德外大街83号楼9层　100088）
北京慧美印刷有限公司印刷　新华书店经销
字数162千字　620毫米×889毫米　1/16　16印张
2016年8月第1版　2016年8月第1次印刷
ISBN 978-7-5502-7928-5
定价：36.00元

未经许可，不得以任何方式复制或抄袭本书部分或全部内容
版权所有，侵权必究
本书若有质量问题，请与本社图书销售中心联系调换
电话：010-88876681 010-88876682

目 录

contents

∨

逝去的青春，想抓住点什么，却无能为力，

还未来得及回忆，青春便已散场……

第一章 绯闻

何平一边用铅笔摇着卡带，一边想着恼人的官司。

他的铅笔盒里总有些粗细不等的铅笔、圆珠笔和钢笔。前两者是专门摇磁带用的，通常一盘卡带听完，为了节省电池，就抠出来，将笔捅进去，以一种藏族同胞摇铃的奇怪姿势，将一侧饱满的深灰色带子转到另一边。这个过程比较耗时，好在他上课也不怎么听讲，老师在上面谆谆教诲，他在下面摇得虎虎生风。

钢笔一般是不能用来转的，否则一盘卡带摇完，手心会浸满蓝色英雄牌墨水。即便如此，他还是干过类似愚蠢的事，这要看方琦听歌的急切程度。何平摇好的卡带，多半都是给方琦预备的。他会不声不响把摇好的卡带放进方琦的桌洞里，然后看她用细白葱嫩的小手，把卡带压进随身听，"咔吧"一声，如子弹上膛。

何平的 Walkman 是最时尚的，超薄，电池扁平如巧克力，音质当然也是最好的。这与耳机的关系甚大。耳机首先不能太差，其次就是磁带，不能是盗版。盗版的价格低廉，包装粗糙，听起来有"刺啦刺啦"的杂音。当然也有质量上乘的盗版，防伪标志以假乱真，唯独逃脱不了何平的法眼，他可以凭借防伪标志在灯光下的变色程度来识别真伪。这种本事是天生的，方琦请教过一次，但被何平一句"传男不传女"给打发走了。

那是一个歌星崛起的时代，偶像们以唱片的形式被陈列于柜台，等待歌迷的选择与检阅。何平最喜欢挑唱片，他喜欢唱片风格迥异的封面，通俗也好，怪异也罢，无不由内而外散发出独特的个性。何平最喜欢做的一件事，就是骑着自行车，到音像店里逛一圈，哪怕什么都不买，也很满足。

何平是一个非常容易满足的男生，除了学习，基本上，只要他想成为哪一种人，他就可以做到。比如方琦喜欢黄家驹，何平就能把粤语讲好，甚至到了走火入魔的程度。有一次，他去超市，买了很多水果，临出柜台时忘了拿，收银员就轻声提醒：嘿，凤梨！何平马上回应：那双眼动人，笑声更迷人……

当然，这一切都是何平愿意为方琦做的，只要她愿意，他可以变成黄家驹。事实上，何平还是为方琦做了很多事的，比如抄作业，比如传纸条。只要是方琦的纸条，无论多远，何平都会发动各种关系，在各种"凶险"的课堂上准时送达。如果他当时审时度势，开一家快递公司，必能成为声名显赫的大咖。

何平不想成为大咖，他有更崇高的目标，和方琦一起建设社会主义。这是课本里说的，只要你愿意，你可以和任何人一起成为社会主义的接班人。这么一想，何平就把讨好方琦当成了一份事业，于是种种道路艰险，时时人情冷漠，就都有了合理的解释。

方琦和何平同桌多年，这个习惯也保持了多年，甚至她的一个眼神，何平就能判断出她想要听哪一盘卡带。比手心浸满蓝色英雄牌墨水还要倒霉的是，有时会遇上圈数超长的卡带，仿佛总也摇不完，右臂在空中机械地画圆，直到酸麻为止。那样的情况只遇到过一次，卡带是雅尼的音乐会，忒长，少有的货真价实。

庆幸的是，方琦今天并不想听雅尼，她甚至没有听歌的兴致，最后竟哭起来。

方琦的哭声不大，却仍引来不少目光，目光如箭，嗖嗖掠过何平的两耳。他突然感到一股强大的气流向他冲来，排山倒海，抬眼望去，正好和蛮子四目相对。蛮子的眼睛里冒着火，鼻子里喷着烟，身子一起一伏，好像随时都要弹射出去，在空中翻几个跟头，随便抽出把武器，就把何平灭了。

何平低下头，他倒不是怕蛮子，比蛮子更可怕的是官司。

他仔细回想那天下午发生的事。那是放学时间，教室里只剩下他和方琦。方琦听着耳机，何平活动着已经僵硬的右臂，雅尼在随身听里激情澎湃地指挥乐队。他们不知道，整栋教学楼里已经没有学生了，清校的老师正逐一排查教室，准备最后锁门。也是巧了，清校的老师经过教室的时候，方琦的耳机掉在地上。她弯腰去捡，何平站起来伸了个懒腰，顺便松了下裤带。

注意，这个细节很重要：方琦俯身蹲下，而何平正在松裤带。这两个镜像重叠在一起，就显得十分暧昧了。不仅是暧昧，简直有些大逆不道。清校的老师当即一声断喝，结果是迎来了方琦惊慌失措的一张脸。更糟糕的是，何平的手一哆嗦，本就松散的裤带当时就垮了下来……

真是跳进黄河也洗不清了。

这件事发生在改革开放没几年的中国校园，可想而知，掀起了什么样的惊涛骇浪。孤男寡女，独处一室，被人发现时，男主角竟在不紧不慢儿不慌不忙地捯饬裤腰带。这是所有猜疑的焦点，很多人试图挖掘背后的猫腻儿。他们先后数次被请进办公室，不厌其烦地讲述那一幕。为了保证捉奸成功，他们被拆开，分别讲述，然后被组合，当面对质。除了何平和方琦，几乎没有人相信，那就是巧合。

你要知道，老师说，作为一名女生，干这种事情是相当吃亏的。

方琦低头站立，腮边挂着晶莹的泪，这极有可能被认为是理亏的表现。

我想提醒你的是，老师又说，我不想看到我的学生，大着肚子走出校门。

方琦泪奔着夺门而出，差点儿与何平撞个满怀。

我希望你可以讲实话，老师盯着何平，你们干的好事是被亲眼目睹了的。

可是，何平说，我也仅仅是松了下裤带啊！

尽管如此，关于那天下午发生的事情，还是演绎出很多精彩的版本。那些版本里有如下几个关键词：空教室、方琦、何平、裤带。

何平一边用铅笔摇着卡带，一边想着恼人的官司。他突然想起来，这个动作是多余的，因为方琦似乎不打算再理他，也就不会再听他摇好的卡带。正在发愣的时候，何平突然觉得后面有人在戳他，是刘美丽。刘美丽是那种唯恐天下不乱的货色，上学多年，先后与多名异性传出过绯闻。也许是何平的爆炸性新闻，让刘美丽认为，他在本质上和她是一伙的，骨子里都是风流偶傥的人物。

刘美丽用很挑逗的眼神看着何平，然后递过一本书，说，这里面有我不认识的单词，麻烦你帮我看看？

何平很疑惑地接过书，翻开，上面密密麻麻写了一整页的"i"。

赤裸裸。这是何平闪过的第一个念头。他对刘美丽早有耳闻，传言中，"刘美丽"这个名字都带有传奇色彩。据说，刘美丽的母亲在刘美丽刚出生的时候，在给女儿起名字时颇动了些心思，斟酌再三，决定给这块宝贝疙瘩起名为"刘美丽"。这样的好处是，以后但凡提到刘美丽的母亲，别人总会说：美丽的妈妈……

何平把那本写有整张"i"的课本丢给刘美丽，他用眼角的余光，发现方琦向这边瞅了一眼。也只是一眼，让他如坐针毡，好像他跟刘美丽真有那么一腿似的。他感觉屁股下的凳子被狠狠踹了一脚，几乎让他跌倒，他猜想刘美丽肯定是疯了。他快速收拾好铅笔盒，踩着下课的铃声消失在刘美丽怨恨的视野里。

他站着等了一会儿方琦，却不见她出来，就自己回家了。他预感到自己和方琦已经完了。这么多年，他们一直是很要好的关系，却敌不过一场风波。他把挂在脖子里的钥匙拿出来，一边走，一边摇，就像在摇一盘卡带。他的父母工作繁忙，通常在家留了饭，就去上班了。何平摇着钥匙，直到他看到眼前站立着两个人，一个是方琦，一个是蛮子。

何平把钥匙挂回脖子，他看到蛮子的拳头，也看到方琦紧拽蛮子的手。

蛮子的突然袭击是其拿手绝活之一，凭这一手，他击倒过无数好汉。

他风驰电掣冲过来，一拳打在何平的脸上，何平就很配合地躺倒在地了。

方琦惊声尖叫了一声"哥"。

蛮子是方琦的亲哥。

这样的话，整个事件就不难理解了。何平和方琦两小无猜、青梅竹马（自认为的），而蛮子就是横亘在他们之间的黑暗力量。他凭借着扎实的打架功底，被公推为这个学校的头号老大，击倒过无数好汉，却唯独对何平手下留情，只是因为他的亲妹妹。而现在，流言四起，多数不明真相的傻瓜都在说，是何平将方琦强而暴之。尽管方琦试图澄清这一扯淡的传言，但效果似乎不佳——佳的话，何平也不会挨揍。

何平的左脸似乎肿了，连同左眼。何平挣扎着站起，摸一摸脖子上的钥匙，还在。那可是吃饭的家什。何平啐了一口唾沫，里面有血丝儿，很有些硬汉的意思。

何平说，你可能是误会了……

方琦再次惊声尖叫了一声"哥"，因为何平那句话还没说完，就又被捶倒了。

蛮子耀武扬威地看着何平，好似拳击场上即将获胜的一方势力。何平仿佛听他说了一句：尿货。再次试图爬起的时候，何平已经感觉很困难了，他听到方琦在耳边喊：何平，何平。方琦是个好姑娘，知道善恶。何平不能糟践了这样的姑娘，他得站起来，还方琦一个清白。他趴着，他就是"尿货"。

不知从哪里来的力量，何平居然站起来了，他的鼻子里开始流血，血浸湿了他脖子里用来系钥匙的墨绿色绳子。蛮子往后退了退，通常情况下，还没有人能经得住他的两拳，今天是个例外。何平示意方琦不要扶他，然后一瘸一拐走向蛮子，他盯着蛮子的眼，很虔诚地说，你可能是误会了……

方琦第三次惊声尖叫了一声"哥"，你们就知道又发生了什么。

何平躺在那里，决定要做点什么。于是把脖子上的钥匙拿下来。系钥匙的是一段墨绿色的绳子，他故意表现出挣扎的样子，并摸索到一块不规则的石头。强者是不会顾及砧板上的鱼肉的，所以，蛮子没有看清何平是如何将一块石头牢牢捆绑在绳子之上的。他确信何平再无还手之力，并打算将方琦拽走，远离躺在地上的那块"屄货"。

何平说，蛮子，你看这是什么？

手中的石锁同时飞出。

他听到方琦的第四次惊声尖叫。

第二章 英格力士

何平始终认为，过于猖狂的人，是没有好果子吃的。

比如蛮子，他自认为一而再再而三地将何平击倒就是胜利，可是他错了。

蛮子是被方琦扶着回去的，石锁打破他的前额，血很潇洒地喷溅四方。

何平那晚差点没吃上饭，石锁击中蛮子的时候，他很坚决地做出了一个决定——逃跑。直到回家，他才想起，脖子里的钥匙被用来当作了武器。接着返回，在茫茫夜色中寻找，许久才觅到沾满黏稠液体的石锁，他把它解开，钥匙挂回脖子。晚饭很凄惨，饭菜已经凉透，照例只好用开水泡了，又凑合了一顿。

比晚饭还惨的，是他那张已经变成猪头的脸，因为若干次被袭击的缘故，肿胀、发泡，和从前的何平相去甚远。院子里清风凉爽，大概对消肿是有利的，他搬个马扎，坐在那里，看从树上坠下的"吊死鬼"。"吊死鬼"被一根根细丝纠结，倘若剥开茧，会看到里面蜷缩的虫类。鸡是很喜欢这一类绿色食品的。

作为一个独生子女，何平是很孤独的。他没有姐姐，也没有哥哥，很多时间只能自己消化孤独。孤独是一瓶麦乳精，你不可能一口吃掉，只能一勺一勺往外舀。孤独是下雨天地上的浅流，你可以追踪它的脉络流向何方。

除了看"吊死鬼"，何平在孤独的时候还做一些事排解孤独。他可以看电视，但周二下午没有电视节目，屏幕上只有雪花，所以周二的下午，何平还是孤独的。他可以到河边看钓鱼，心情好了可以指手画脚，故意大声说着笑话，给鱼通风报信。他可以对着风扇发出"啊"的声音，如果风速很低，声音会被阻隔，听起来就相当有趣。

何平就是用这种"有趣"来对抗孤独，他当时还太小，不知道孤独是什么。他只知道，孤独就是有大把大把的时间，数得清天上的云，指挥地上的蚁军。这后来成为他骨子里的一种东西，不把酒临风，一样可以宠辱偕忘。

就这样，他在院子里待了一夜，还做了一个梦，梦见一个巨大的"吊死鬼"晃晃悠悠悬在他的面前。突然，茧破了，蛮子从里面杀出来，脸上横竖着血渍。何平就是这时候醒的，墙上的木纹老式挂钟响了几次，吓跑了饭桌上啃食残羹冷炙的猫，也把他撵到了学校。刚进校门的时候，他闻到一股刺鼻的农药味，那种特殊的味道弥漫在校园上空，似乎浸了一夜。

迟到是个很可怕的罪名，何平因为这个罪名被勒令站在门外。班主任因为上次的风波对他还有阴影。班主任始终都想知道，何平和方琦在那个下午到底干了什么。何平伸头看了一眼方琦的位子，空的，心里不自觉就慌了。何平想，她肯定是去照顾蛮子了，她是蛮子的亲妹妹，真是个体贴的好姑娘。就在这时，楼道里传来脚步声，头裹纱布的蛮子向何平走来。

《动物世界》里，大型猫科动物准备向猎物发动进攻的时候，通常会踩着猫步，踽踽独行。何平眼前的蛮子，就是这个态势。何平在想是否应该逃跑，或者干脆跟他拼了，昨天的经历告诉何平，强者也并非无懈可击。就在何平准备耍阴招的时候，蛮子的手搭在何平的肩膀上，很沮丧地说，方琦自杀了。

方琦是昨晚喝的药，她精心挑选了学校这个地点，想用这种方式表示抗议。她本来没有这个愚蠢的念头，蛮子和何平的冲突让她意识到事情远非想象的那么简单。蛮子是她亲哥，亲哥都不相信她，这世界也真叫人绝望。所以，她给蛮子裹好纱布，待家人入睡之后，提着农药瓶子去了学校。

也许是方琦的抗议起到了效果，蛮子终于知道他是错怪妹妹了，不然，也就不会将手温柔地搭在何平的肩上。何平和蛮子的敌对到此为止，因为他们都是只对方琦好的人。何平拉着蛮子，二话不说，让他带去医院。走的时候，班主任探出头，说，你给我回来！

蛮子背对着他，消失前，右手折到背后，剽悍地伸出一根中指。

每个学校都有不听话的学生，他们因为身体的早熟，四体强壮，思想超前。他们通常成绩很差，但情商卓越，深得异性欢喜。倘若一拍即合，就能在学校里掀起惊涛骇浪。

他们去的时候，方琦正在喝汤。很幸运的是，她对农药的味道不甚满意（也很难满意），喝下去不少，但接着就吐了。所以，当她被送进医院，只进行了简单的洗胃，之后的状态就比较矍铄了。她很惊讶地看着出现在病房门外的何平，更惊讶的是，他的亲哥——蛮子，亲热地将一只胳膊压在何平的背上。方琦说，你们……

何平说，铸剑为犁了。然后和蛮子相视一笑。

何平说，你怎么这么傻，万一那啥，可怎么办？

方琦就"扑哧"笑了，说，如果不傻，你们不知道要死磕到什么时候呢。

方琦说话的时候，嘴里的农药味就欢快地散出来。方琦是个很单纯的女孩，她对世上的浊恶有着本能的排斥，他们以后评价一个饭馆的卫生程度，通常是拿方琦吃过后是否拉肚子为标尺——比药监局还要准。

因为罚站，没有进教室，书包还在身上，何平就把它解开，拿出随身听。接着打开铅笔盒，拿出一根粗细适中的 2B 铅笔，将一盘卡带摇完，然后交给方琦。何平做这件事的时候很自然，一套程序下来，方寸不乱，气定神闲。方琦很感激地看着何平，突然问：刘美丽给你看什么了？何平一愣，说，英格力士。

方琦听着耳机，惬意地闭着眼，丝毫看不出这是昨晚刚喝过农药的。她甚至还有工夫打听刘美丽，如果知道那本书上写满了"i"，不晓得她会不会立刻翻脸。何平开始怀疑，方琦是否喝了农药，或是只沾了下嘴唇。她的学习成绩一向很好，智商颇高。何平看着躺在床上假寐的方琦，心想，这个姑娘不简单哪。

蛮子随后把何平拉出去，他们靠在医院刮了仿瓷的白色墙壁上，墙的下半部涂了绿漆，许是久了，剥落成一面癞子。蛮子掏出一包烟，弹出一支，示意何平点上。何平犹豫了一下，也只是一下，就接过来。那是何平第一次抽烟，呛个半死。第二口烟就晕了，远处的护士倒立着 S 形向他走来。何平扶着墙，看着笑破肚皮的蛮子，说，你丫来报仇的吧？

他们探讨了那天的对决，比较了双方的优劣。蛮子的优势在于拼命，他给何平传授打架技巧，说，如果对方人多，也不必怕，你找准了一个，往死里打，其他人就会怕你。但是你记住，千万不要怕事儿，越怕，事儿就越会找上你。何平的优势在于投掷，明枪易躲，暗箭难防。这还得感谢方琦，何平说，天天摇卡带，练出来了。说完，将烟头一弹，红星儿准确飞入两米开外的垃圾篓里。

回到学校，何平终于没能逃脱"政治教育"的厄运，一来罚站开溜，二来结交闲杂人等。这个"闲杂人等"，指的就是蛮子，他临走时亮出的那根中指让班主任十分光火。他说，这样的人渣，打着不走，撵着倒退，你却要跟他在一起。然后，又给何平描绘出一幅十分灿烂的未来景象：好好读书，读书好了就有好的生活。

那个年代，知识还能改变命运。恢复高考以后，"学霸"们终于有了用武之地，在相对公平的环境下考取功名。每个学校都有成绩拔尖的典型，普通人的灵光一现，通常都是他们的基本题型。这些人经过千锤百炼，通常都能考取理想的学校，名字用墨汁写在红色的纸上，贴在校门两侧"锦衣日行"。

何平很羡慕这些人，但并不迷信。他开始有自己的思想，对书本上的内容有了质疑的胆量。书是一定要好好读的，读书好了可能会有好的生活，但并不绝对。相反，倒是很多"学渣"，因为没有退路，破釜沉舟，杀猪杀出了名堂，搬砖搬出了豪强。

班主任的话让何平精神振作，"好好读书，读书好了就有好的生活"一瞬间成了何平的座右铭。他想，方琦的父母肯定也跟她说过同样的话，不然，这个丫头为什么那么卖力地学习？但是，问题又出来了，方琦的哥哥蛮子，似乎并不认这个理。何平想，蛮子以后是不会有好日子过的，他只会打架，教人学坏。

这个想法，很快就得到了印证。

某一天，当何平正在上课的时候，楼下发出一阵喧哗。这种喧哗最终导致教学无法进行，老师夹着课本走开，学生们挤到护栏，看到了站在校园中央的蛮子。他拿着一个大喇叭，高呼口号。内容是：义务教育我们已经付钱了，为啥还要捐款建楼？

捐资助学，是八九十年代方兴未艾的一场运动。其内容是，由学生掏钱"赞助"建楼，以兴百年大计。何平后来与很多同辈提及此事，大都义愤填膺，觉得当年这钱是肉包子打狗了。可是在当时，这绝对是觉悟高的体现，像蛮子这样高调反对的，少之又少。所以，蛮子很快就被轰了出去，而且一摔就没再回来——开除了。何平就知道，蛮子是没有好日子过的。

似乎是天意，没过多久，蛮子的家里就出了事：他的父亲病亡了。

也就是说，方琦的父亲没了。

何平对方琦的父亲并不陌生，他是市棉纺厂的厂长，而何平的母亲，正是市棉纺厂的工人。在何平很小的时候，曾跟着母亲去过那个棉纺厂。它的位置很偏，周围有农田，不时有抽水的管子往蓄水池里补充给养。方琦和蛮子有时也在厂子里玩，只是厂子太大，没有碰面的机会。后来，彼此谈到父母，才会由衷地发出感慨：原来你也是棉纺厂的子弟！

棉纺厂在历史上曾经是炙手可热的国营单位，因所需技术含量不高，工作时可穿着白衣素冠，所以很受女生青睐。何平在母亲的棉纺厂里见过许多漂亮的女工，她们上班的时候戴着口罩，像一支神秘的安全部队。厂房环境嘈杂，即使站在一起，也彼此听不见讲话，所以那个年代并不盛产八卦。总体来说，何平喜欢那个时代的人，她们干净、开朗，明艳动人，是计划经济中难得一见的一抹亮色。

方琦的父亲是个好人，何平曾不止一次地听母亲夸赞其人品。也许是人品太好，遭到了猜忌，当厂子里少了些钱的时候，便有人怀疑是被"一把手"贪污了。方琦的父亲是个性格比较内向的人，遭此猜忌，愤愤不平，终日酗酒，终于把身子糟蹋坏了。之所以提这件事，是为了缅怀一个好人，他在80年代权倾一方，却因为几句流言英年早逝。何平相信，他是一个清白的人。

市棉纺厂此后的境遇，也验证了何平对方琦父亲的评价。仅仅几年，国有企业市棉纺厂就濒临破产边缘。提及原因，何平母亲总会提到新上任的几个厂长，如何购买高级小轿车，如何低价出卖国有资产，最后到了连工资也发不出的窘境。即便如此，那些新上任的厂长仍然换车，而且一辆比一辆昂贵。这让市棉纺厂的工人愤怒，他们四处维权，却毫无结果。

方琦自从父亲去世之后就变得情绪低落，郁郁寡欢。何平从此就经常到她家探望，渐渐和蛮子成了兄弟。何平说，你能为大家说几句公道话，而我们却不敢。蛮子就笑而不语。父亲去世后，蛮子就四处打工，补贴家用，开除离校对他而言，倒是个不算太坏的结果。他们家并不富裕，即使当厂长的父亲在时也如此。

何平家的境况也大致这样。当"下岗"这个词风靡全国的时候，发不出工资的市棉纺厂开始了"大清洗运动"，原本已被拖欠一年薪水的工人们愤怒了。在抗议未果的情况下，他们数次采取了十分极端的方式：集体卧轨。以期用这种自残的方式引起有关方面的注意。

有一天，方琦和蛮子急匆匆找到他，问：何平，你妈在不在家？

何平说，不在，怎么了？

坏了，蛮子说，你不知道，她们去堵火车了！

第三章 刘美丽

方琦的母亲也是市棉纺厂的工人。

这就不难理解，为什么方琦和蛮子发现母亲失踪后赶过来找何平。

她们和许多人一起堵火车，后来惊动了高层，着手解决市棉纺厂的遗留问题。

这件秘而不宣的大事发生在国有企业的阵痛期，改革总是要付出代价的，于是，方琦的母亲和何平的母亲就成为了这种代价。她们终于下岗。至于市棉纺厂里的高级小轿车，拖欠了一年的薪水，以及被挪用N年的养老保险金（这是后来才捅出来的），都不了了之。每当母亲在家唉声叹气的时候，何平就宽慰她：没什么大不了的，毕竟你们堵火车也不专业啊。

那时候的课本里，已经出现了类似于市棉纺厂这样的问题，通常寻根溯源的时候，总不忘说一句"这是社会主义初级阶段"。总之，是想方设法让你明白，之所以出现这种情况，是历史的必然，不要螳臂当车。后来做试题，八股论述，让出谋划策，如何解决这个难题。何平大笔一挥：堵火车！当即被判了零分。

何平就是在那个时候发生变化的，之前他的学习成绩很好，也很乖。后来就变了，经常逃课、上网，成绩一落千丈。何平的父亲是个司机，80年代初倒腾货运，后经高人指点去了单位，然后到公路局开车，渐渐混出模样。他没混出来的时候，何平在学校混得很好，等他混出来了，何平反而开始混迹江湖了。

这让何平的父亲非常气恼，在他闲着没事儿的时候，就收拾了何平一顿。也许是父亲的皮带质量上乘，于是他很信赖，不顾裤子掉到脚趾的危险，抽出，在何平身上鞭来策去。为了配合父亲的良苦用心，何平象征性地呻吟几声，表示这真是一场成功的教育。等他放何平回校，何平便又接着逃课、上网，成绩就不是一落千丈了——压根儿连考都没考，哪来的成绩？

方琦对何平的变化十分痛心，她不明白，为什么一夜之间，何平就变成了另外一个人。何平当然也十分愧疚，自从在网吧"工作"后（和工作差不多了），何平是晚上"加班"，白天睡觉，几乎没有时间搭理方琦，摇卡带的独门绝学也快忘得差不多了。终于有一次，方琦在课堂上把何平弄醒，递了张纸条，上面写着：Why？何平在下面跟帖：因为它看起来很真。

也许看上去是很矛盾的，网络世界的虚幻，让何平感到的却是真实。何平在游戏里纵横驰骋，笑傲江湖，与南来北往的人称兄道弟。如果运气好，再加上小小的努力，有了装备，有了地位，他会被推上神坛，everyone跪于脚下，山呼老大。而在现实中，何平只能眼睁睁看着蛮子被开除，工人们为了可怜的工资去堵火车。而何平，什么忙也帮不上。

这些话，何平不能对方琦说，说了她也不懂，懂了也未必透彻。他们是分属两个世界的人，她对这个世界抱有幻想，认为"好好读书，读书好了就有好的生活"；而何平对这个世界的面目渐渐看清，认为"学好数理化，走遍天下都不怕"纯粹就是一个美妙的狗屁。何平的父亲不懂数理化，他走南闯北颠儿颠儿的，最后居然还升了职，比大部分人过得都要好。

何平的父亲是一位彻彻底底的人生赢家。人生赢家的含义是，总是在最需要的时候，机会来了。何平的父亲出生在一个十分偏远落后的叫"何家湾"的地方，和嘴里含着玉出生的"富二代"相比，他是含着土出生的。但是，这个略显糟糕的开头却很接地气。他当兵，学会开车和修车，改革开放初期就已经天南海北跑运输了。从当年留下的影像来看，何平的父亲已经穿上锃亮的皮鞋，戴着时髦的墨镜，手腕上明晃晃、沉甸甸戴着一块上海牌手表。

当时，手表还是稀罕物，何平的父亲也是通过各种渠道才搞到一块。打篮球的时候，他就把这块手表戴上，举手投足，轻而易举就能成为焦点，引无数少女竞折腰。时隔多年，何平的父亲早已记不清，他是为了打篮球而戴上手表，还是为了展示手表而打篮球。何平的父亲是一位有态度的人生赢家，当手表不足以彰显身份的时候，他委托远在四川当兵的战友，用火车运来一辆自行车。为了防止磕碰，自行车的每一个部件都用报纸裹好，从火车站卸下，剥开报纸的时候，分明有一种"宝剑出匣"的味道。

当人生赢家时时走在时代前列的时候，自然吸引了美人的关注。何平的母亲在80年代是标准的美女，她有崇高的信仰、健康的体魄，还有一颗和人生赢家策马奔腾共享人世繁华的心脏。尽管他们后来也会为生活琐事而拼菜刀，从街头砍到街尾，水壶摔碎过三个，但总体上他们还是不离不弃的。在生下何平之前，这一对人生赢家几乎跑遍了祖国的东西南北。这些故事以黑白相片的形式流传至今，他们在物资匮乏、民风淳朴的80年代展现出丰腴的躯体，满脸洋溢着骄傲的神情。

即便如此，何平的父亲还是对他不学习这事儿非常不满。父亲认为，每个人的经历都是不可复制的，他没上过学能走到今天，而何平就未必。或者，父亲有时会很狂地设想，如果当年上了学，现在不知要混成何种模样。从此，父亲养成了每天数落何平的习惯，内容比较雷同：首先阐明他是老子，接着夸某某家的孩子如何争气，最后得出结论，虎父出了犬子，何平就是那个废物。

老实说，何平很不喜欢他那种趾高气扬的样子，即便是老子，也得先当孙子，后当儿子，最后才能当老子。还有，某某家的孩子争不争气何平不知道，每个人走的路不一样，没有什么可比性。最后，他似乎永远看不到何平身上的优点，比如很有游戏天分（相反，这还会让他很抓狂），通宵从来不困，偶尔写写诗（是真的）。

直到有一天，班主任给何平父亲打了个电话，他才终于慌了。教育家在电话里抑扬顿挫地说，你儿子已经把这里当成了旅馆，甚至还不如旅馆，住旅馆临走时还要打个招呼呢，所以，你过来把他领走好了。何平的父亲恭敬地在电话里说了一通好话，一脸褶子硬挤成一朵花。父亲当晚开着车，找到班主任的家，孝敬了两条价格不菲的烟，才算把这事儿摆平。

班主任很客气，临走时冲何平的父亲挥手：下次再来！

班主任很有先见之明，他知道狗改不了吃屎的道理，预知到何平肯定旧病复发，他父亲也肯定会再次登门拜访。

尽管班主任热切地盼望父亲"下次再来"，但是很显然，何平的父亲是不希望有"下一次"了。所以，他亲自去了一趟网吧，把何平从烟雾缭绕中揪出来。网吧里有很多人，这让何平很难堪。蛮子当时陪何平一起上网，他是个很讲义气的人，每次上网总是抢着买水买烟。何平的父亲揪他耳朵的时候，蛮子很有礼貌地冲他喊了一声"叔叔"。

　　蛮子这时就已经在混社会了，自从父亲去世，他就成了家里的经济支柱。对于这样一个三口之家，况且方琦还要上学，"慢钱"是不解渴的，想挣"快钱"就只能混。他最开始当小弟帮人站场，后来接订单，收费打人。他们一起上网，通常不出几分钟，他便会从BP机里接到指令，对何平说，等我一会儿。然后扛着拳头出去。等回来时，事情就已经办完了，偶尔身上会有新鲜的伤口。

　　BP机是个很神奇的东西，当大哥大还没被发明出来之前，BP机是即时联络的神器，它还有一个好听的名字：传呼机。当年，负责BP机接线任务的女生，被人称作"传呼小姐"。传呼小姐的声音一般都很好听，为了多赚几分钟信息费，她们甚至可以和客户聊上几句。何平当时打过传呼台，询问过生理卫生方面的问题，猜过价格不菲的谜语。蛮子刚混黑道那会儿，遇过一个老大，年轻时偷窃BP机被判了二十年。出狱后，老大用锄头挖出自家地里的BP机时，街边烤地瓜的大爷都已经用微信支付了。

　　渐渐地，蛮子打出了名气，接单的次数也越来越多。有时在网吧上个通宵，他能中途出去五六次，每次回来都跟没事儿似的，说：不好意思，咱接着玩。蛮子的英雄举动给他带来声誉，也带来美人。何平经常见他换女朋友，或者说，那些围绕在蛮子身边的女人，根本就不是"朋友"。她们像80年代走马灯上画着的美人，风一吹过，便匆匆离去，似从未登场。

　　方琦有时会提醒何平，说，别学我哥。

　　何平其实很想告诉她，他很想学她哥，只是他没有那个本领，上着网还能出去砍人，砍完了收完钱接着回来上网。何平羡慕她哥身边有那么多女人，死心塌地，被睡了、被骂了、被打了还争着往怀里凑。何平是喜欢方琦的，但这并不妨碍何平羡慕妻妾成群。何平啃着嘴里的馒头，艳羡地看着蛮子嘴里的花卷和甜点。

也并非没有吃花卷和甜点的机会。有一次，何平在上网的时候，左边空出的位置坐下一位姑娘。

她朝何平笑，说，嗨，何平？

何平转过头，说，嗨，刘美丽。

刘美丽那天刚洗了头，头发湿漉漉披在肩上，隐隐散发出洗发香波的味儿。何平深吸一口气，似乎感受到刘美丽蓬勃身体下的欲望。

刘美丽的手指细长，指甲盖完整圆润，敲击键盘时，粉嫩的胳膊不时扬起。何平完全没了上网的心思，刘美丽就像一个心魔，在他毫无防备的时候，叩击舷窗。就在何平五迷三道的时候，刘美丽冲他嫣然一笑，说，何平，我知道你喜欢读书，我家里有，你跟我来吧。

也许是魔怔了，他答应了刘美丽，骑着自行车跟在她的后头。刘美丽的自行车在前，风托起她的头发。他们一前一后，像被一条无形的绳索捆缚着，她的车头方向，决定了何平的车头方向。刘美丽的家里没人，所以他没能见到传说中的"美丽的妈妈"。她翻出很多书，铺在地上，他们就坐着看了整整一个下午。

刘美丽坐在离何平很近的地方，她穿着绿色小碎花裙子，露出半截白皙的小腿。她总是给何平推荐"很好看的书"，每次推荐都凑过来，比先前坐下的位置都要靠近一点点。何平数了数地上的书，按照这个速率，等她推荐完毕，刘美丽会一头扎进他的怀里。何平定了定神，打算心无旁骛地读书，看一眼封面，是肖复兴的《早恋》。

这个书名像一盆冷水浇在何平的头上。他不是怕早恋，早恋也轮不上刘美丽，他是想到方琦了，想她躺在医院的病床上冷不丁问他的话：刘美丽给你看什么了？方琦说这句话的时候很可爱，农药味儿混杂着醋味。

何平蓦地站起来，说：该走了。

刘美丽惊愕地看着何平，红着脸，手中的书滑落到地上。

何平永远忘不了刘美丽送别他时的眼神。

她站在巷子口，两手交叉在胸前，绿色小碎花裙子在风中荡啊荡的。

他不敢回头，亦不敢停留，猛踩一脚单车，就消失在巷子的尽头。

多年以后，等他再次遇到刘美丽的时候，她还动情追忆了往昔，说何平太过绝情，不给她什么机会。何平说，你不能怪我，要怪只能怪当年太年轻、太凌厉。

何平还说，记得当年刘美丽家巷子口有个卖炒栗子的，很有特色。为招揽生意，栗子摊儿支起一口喇叭，不断重复着一句广告：

货真价实大油栗，好剥（包）皮……

第四章 花儿朵朵

何平还是和方琦分开了。

他被转到另外一所学校，据说方圆几里，找不到一根网线。

何平把这件事称之为"棒打小鸳鸯"。

那所学校位于城市边缘，偏僻得要命，与其说是学校，不如说是看守所。

去的时候，父亲开着车，以娴熟的技术翻山越岭。何平坐在后面，抱着行李，事儿事儿地看着窗外。车的减震不是很好，他就和行李一起，从左边颠到右边，再从右边颠到左边，跟故意捣蛋似的。

可想而知，在这么个破地方，能生存下来就已是万幸，更不要提上网了。

父亲满意地把何平安顿下来，他的低落情绪，是父亲的快乐源泉。父亲说，你就安心在这里学习，我会经常来看你的。

何平问父亲：我是不是你从桥底下捡来的？

父亲就扇他一巴掌，说，小浑蛋。

第二天，就在何平准备卧薪尝胆，努力变成一个好人的时候，突然有人通知他，说，何平，校门口有人找。他的第一预感是，好人是很难做的，卧薪尝胆只能留给勾践。

何平跑出去，几乎钉在那里，二十级大风也刮不走。

他看到方琦，站在校门外，抓着铁栅栏向里张望。

何平的眼泪差点儿就流了下来。

看得出，方琦很着急，她有一截很好看的粉白的脖子，正探着头找何平。蛮子也来了，何平就知道，蛮子将是他通向完美人格道路上的一块特大号绊脚石。

何平请他们在学校食堂吃了饭，方琦看何平瘦了，不停地往他的碗里夹菜。蛮子当着方琦的面，很严肃地要求何平必须考上北大，复旦也行。一起上茅房的时候，就露出马脚了，说，地形我都琢磨好了，丘陵以西十一点方向有个网吧，上网速度不是很快，但价格便宜，通宵的话老板免费供应方便面。

何平说，丫不是鼓励我考北大、复旦吗？

蛮子说，扯淡。

送方琦走的时候，特不落忍。

何平说，以后不能帮你摇卡带了，就多买几节电池吧，女孩子金贵，摇那东西胳膊会疼。不知道是哪句话击中了方琦，她竟哭了起来。

何平说，下次来看我的时候，带一书包黄手绢吧。方琦就不哭了，直勾勾地看他。他说，绑在校外山坡的那些树上，风一吹，便是思念的黄手绢。

蛮子不知从哪儿摸出个傻瓜相机，给何平和方琦合了个影，这张照片后来被何平挂在了脖子里。

蛮子晚上接何平上网的时候说，他被何平白天的话给瘆坏了，什么黄手绢、绿手绢的。

何平说，你不懂，你只是禽兽。

禽兽？蛮子问。

嗯，何平说，那么多女人追着你交配，今天换了明天换，与动物何异？

与禽兽何异？

蛮子说，你狠，你是毒苣子。

去网吧坐的是出租车，蛮子令人敬佩的地方就在于，他总能干出一些不可思议的事。这么个穷山恶水，这么个与世隔绝的地方，他竟然指挥着出租车开过来接何平上网。

跟着这样的人混，你没法不变坏，特别是当"墨者"还是个特真诚的主儿。

你不黑，你都对不起"黑社会"。

就这样，过了还不到一个月，何平的父亲就开着车飙了过来。何平的新班主任，当着何平父亲的面毫不吝啬地"夸"了他一顿。赞他轻功不错，翻个院墙，身姿飘忽，一看就是练家子。

父亲咬着后槽牙，尴尬地赔着笑。开车往回走的时候，他专拣坑坑洼洼的地方过。好几次何平被颠起，撞到车顶，头上生包，花儿朵朵。他是故意的。

回到家，他又想揍何平，被何平拒绝了。

之前何平还没有拒绝的本钱，身体发育也不够硬朗。何平说，以后不许你动手，你可以动嘴，但我保证不跑，跑了你也追不上，这么大年纪，着急上火的。

父亲一愣，他在那一刻意识到自己的衰老，儿子的觉醒意味着家族新兴势力的崛起。他气急败坏地问何平为什么不争气，转学了还要上网。

这怎么可能？何平诡辩道，不是你说的，方圆几里见不到一根网线？

何平和父亲的战争正式开始。

他们经常在家里展开辩论，论题是：你是否是一个正常的人？或者是：这样一直上网你会不会死？

通常，辩论的前期，双方辩手都比较克制。到后来就不行了，辱骂声四起。母亲有时看不惯，想过来当一下裁判，会当即遭到父亲的呵斥。

他把何平现在的样子，归结为母亲的溺爱和不管不问。他们死掐的时候，何平就解脱了。

何平不想和父亲吵架，但这也是没有办法的事，因为他的身体里有着不可控制的愤怒之力。何平不喜欢别人唠叨，特别是一个男人的唠叨，以关心和疼爱之名的唠叨。他就在某个时段被点燃了，浑身冒火，眼睛充满血丝，像一个六亲不认的史前巨兽。父亲骂他，他也骂父亲，大逆不道又有什么关系呢。吵得最凶的时候，他朝父亲扔过板凳。当时，板凳离父亲的脑袋只有几厘米，他差一点儿就成了弑父的逆子。那一刻，他忘记了自己曾经躺在父亲的怀抱里微笑过，忘记了自己曾经也是一个成绩优异的好孩子，忘记了这个家庭曾经欢声笑语、美满幸福。何平忘记了很多，却只记住了仇恨。

幸好还有替补辩手。

随着辩论场次的增多，激烈程度的加强（毕竟还有第二辩手），何平在家属院里渐渐"声名鹊起"。有的老太太，在抱着尚不会走路的孙子遛弯儿的时候，会远远指着何平的脊背，说，乖乖，以后可千万不能学坏，像他那样可就没得救了。

何平尊敬老年人，所以不跟他们计较，但愿那些尚不会走路的孩子，有一个完整的家，至少不天天脖子上挂着钥匙，吃开水泡的冷菜冷饭。

生活对何平而言，已渐渐只有一种方式：晚上敲击键盘，白天蒙着被子睡觉。每次起来，蓬头垢面，看着镜子中瞪着血红眼珠的自己，何平经常会问：这是那个从前的何平吗？尽管如此，吃完饭，何平还是抑制不住走出家门的冲动。何平试着坐在沙发上看电视，但总不能集中注意力。内心深处有个甜美的女声向他喊：出去吧，那里的世界会更加精彩……

网络依赖是一种难以克服的病症，一旦养成，就像生物钟一样融入身体，难以自持。何平尝试过戒除网瘾的各种方法，数羊、早睡，但效果不大。在与电脑切断联系的时间里，他是狂躁不安的，是没有方向的，他甚至觉得活着并没有什么意思。当然，上网也没有什么意思，时间久了也会空虚，但至少不会无聊。他觉得电脑是个可怕的东西，可以吸走人的灵魂。

何平原本就是一个没有自控能力的人，和方琦同桌的时候他喜欢上课用铅笔摇卡带，即使不摇卡带他的手也不闲着。何平喜欢咬手指，他的指甲盖是秃的，所以他羡慕刘美丽完整而圆润的指甲。

何平的这些表现，可以被看作：多动，疑惑，内心矛盾，有自残倾向。

不知道这种日子到什么时候结束，何平只知道，他的脾气在不知不觉中渐渐暴戾。在外面，和蛮子在一起，他是很随和的。回到家，重返辩论席，他就变成了魔鬼。

何平的本性只有在家里释放，他不可能把丑恶丢给蛮子，蛮子是方琦的亲哥，何平对方琦还心存幻想——尽管他们是分属两个世界的人。

方琦终究离开了何平，因为高中生活结束了。

她会考一所很好的大学，找一份很好的工作，有一个美好的家庭。

而何平的生活却一塌糊涂。

毕业那天，何平回去参加了分手聚会，见到了刘美丽，还现场清唱了一首黄家驹的《旧日的足迹》：

我要再次找那旧日的足迹

再次找我过去似梦幻岁月

脑里只有她的脸依稀想起她

心中只想再一诉那旧日故事

每一张可爱在远处的笑面

每一分亲切在这个温暖家乡故地

雨细细　路绵绵　今天只想她

看透天际深处道上没晚霞

在这个黑暗漫长夜静没对话

身边只想拥有你伴着我在路途

每一张可爱在远处的笑面

每一分亲切在这个温暖家乡故地

歌是用粤语唱的，标准的黄氏唱腔，一边唱，一边回想起和方琦在一起的日子，粗细适中的铅笔，九块八一盒的正版卡带，墨绿色绳子捆缚着的石锁。

唱到动情处，停下来，四周飘浮着零零碎碎的感伤。

和方琦走了一路，她告诉何平，大学要扩招了，这是个好事儿。

何平说，以后满大街都是大学生，是不是好事儿，还很难说。

快到方琦家的时候，她拿出两样东西，一样是心形吊坠，一样是奖状。

何平把吊坠挂在脖子上，里面有他们的合影，蛮子给照的那张。

把奖状打开，上面是方琦写的四个字：友谊证书。

何平是要感谢方琦送给自己礼物的，他也经常送给方琦一些小礼物。他最擅长捏星星，用小刀，用卡纸，用指甲仔仔细细捏成一个饱满的星星。何平捏过的最小的星星，用肉眼几乎看不见，这种技术连女生都自愧不如，所以何平为此骄傲了很久。有一次，上物理课，何平叠星星已经到了忘我的境界，居然忽略了站在身边的物理老师。物理老师是从农村提拔进城的讲课能手，是个胖子，怕热，就用一嘴方言夸赞何平：好功夫啊！——这是何平上学阶段受到的为数不多的鼓励。

这两件东西，从此成了何平的珍藏。后来遗失过一次，何平还满大街贴电线杆，重金悬赏，没想到竟找到了更珍贵的东西。

高考就这么稀里糊涂地过来了，何平家对待高考的态度很漠然，高考当天何平差点没吃上早饭。家属院里的邻居喜欢挑事儿，遇到何平母亲，很关切地询问：给你家何平准备什么好吃的了？母亲说，平时吃啥还吃啥。邻居就很惊讶，说，这哪成啊，高考，得补充营养。

母亲的回答很实在，她说，嗨，他又考不上！

几乎没人相信，这个网瘾少年会在高考上能有什么作为。但也许是托了扩招的洪福，何平竟然接到了一所末流大学的录取通知书。这事儿把父亲给惊着了，于是，每天辩论会的议题又加了一条：

你这么吊儿郎当的货色也能考上大学，如果早一天迷途知返，至于混成现在这个熊样儿？

方琦的成绩下来了，一如既往地好，她考上了全国重点——武汉大学。

以后就可以在校园里看樱花了！方琦在打给何平的电话里兴奋地说。

何平在家里想了三天，最终决定不上大学，何平认为——那是浪费时间。

何平父亲差点儿疯了，对着他咆哮：好不容易走了回狗屎运，你又给扔了！

父亲在这一年当上了单位的二把手，虽然是副职，但仍是件光宗耀祖的事。家里的经济条件慢慢好起来，搞了一次装修，厕所里淋浴用的水都是冷热两种。他开始很难在家里吃饭，偶尔回趟家，难得趁着酒劲儿跟何平开辩论会。又辩不过何平，就只好骂骂咧咧回屋睡觉。

这是一种非常巨大的反差，当父辈吃尽苦头，从偏远的何家湾昂首进城，并占有一席之地，他当然希望这一脉香火是兴旺的。与其说，父辈对何平读书怀有异乎寻常的渴望，不如说，在父亲的身上，缺少的正是读书识字的经历。父亲不希望自己的成功戛然而止，于是矛盾产生了。

何平了解他的心态，他混得越好，对自己就越是灾难。

他肯定想，自己飞黄腾达，如果儿子再规矩一点，就是完美人生。

家财万贯的土财主，恐是不希望遇到败家子的。

何平就在这种环境下，在家宅了一年，方琦应该看了一年樱花了。

有一天，何平看见母亲神秘地整理包裹。

何平说，你在干吗？

她很坚决地甩何平一眼，牙缝里蹦出四个字：送你戒毒！

第五章 鱼头

这个世界上，最不缺的就是方法论。

上帝造出一种人，必会偷着摸着造出他的敌对。

这就是何平常挂在嘴边的一句话：一物降一物。

比如，何平算是个比较狠的角色，上天遁地，斩凤擒龙。但是，偏偏有何平的父亲掌管着他，掐他的命脉。这样，此消彼长，魔道相克，最终也就"和谐"了。

何平在家里当了一年宅男，半年上网，半年睡觉，窗外事一概不知。

母亲收拾好行李，父亲将两张纸摆在何平的面前：

一张是过了期的大学录取通知，一张是某网瘾治疗机构的登记表。

你自己挑，父亲得意地说。

可是，何平指着大学录取通知说，它已经过期了啊。

这个就不用你操心了，父亲说，一切由我安排。

何平知道他有这个本事，他花花公子和老人头都穿上了，搞定一张过了期的大学录取通知应该不在话下。何平还知道，这是个陷阱，他想用这种方式逼他就范。

那好，何平说，送我去精神病院吧。

何平很清楚地看到，父亲那张脸在一瞬间就绿了。

他抓起那张过了期的大学录取通知书，撕成碎片，然后抓起何平，向另一个选择奔去。一路上，他都没再说话，何平猜父亲在思考是否跟他解除父子关系。到了地方，他拉下手刹，抱着方向盘抽了一根烟，说，好好治疗，重新做人。何平说，我根本就没病，哪来的治疗？

父亲就一脚把何平蹬下车，吼道：没病的都去上大学了！

这句话很不讲理，明显是针对何平死也不上大学的举动。这个网瘾治疗机构在全国都很有名，收费很高，一月五千。父亲将要掏钱的时候，何平把他拉到一边，商量：这钱扔了怪可惜，不如给我当本钱，做点小生意，没准就李嘉诚了。

就你？父亲狰狞一笑，说，不去坐牢，已是万幸！

他对何平当年的要求就是：不要坐牢。

他听说很多上网成瘾的人，因为没钱上网，就偷就抢，杀人越货。电视上的法制频道给了他很多启示，其中之一就是把何平送到这个地狱。

费用交齐，何平就被领进宿舍，路过教室的时候，他看到了奇怪的一幕：一个青年，头颅插满电极，神情落寞地正襟危坐。何平问押解的教官：这是什么？

他很骄傲地告诉何平，这是本治疗中心的精华所在，独步全球之"电击疗法"。

后悔是来不及了，虽然何平那时还不懂什么是"电击治疗"，但他看得懂表情。一分钟后，远处操作台上穿着白色大褂的医生愉快地按下按钮，刚才那个神情落寞的头颅插满电极的青年就发出一阵惨叫，声震寰宇。

何平胆怯地问教官：所有人都要这样治疗吗？

教官顿了一下，毛骨悚然地说：不一定……

何平在宿舍颓唐了半天，刚才那个被电击的青年被人架着躺在他的隔壁床上。何平凑过去，感同身受地说，你好，我叫何平。似乎是听到陌生人讲话，他睁开眼，还魂似的直起身，说，你好，我叫鱼头。

鱼头是他的外号，也许是喜欢吃鱼头的缘故，反正他从未解释过名字的由来。晚上何平请他吃饭，点了一道剁椒鱼头，他连筷子都没动。

何平悄悄问他：附近有网吧吗？

他当时五雷轰顶，说了句"头疼"就休克了。

鱼头是个很乐观的人，他喜欢画画，治疗中心的牌匾就是他设计的。

他还告诉何平，在治疗中心，"网"是敏感词，是要被过滤掉的。

何平问他："一网（往）情深"也不能说吗？

他慌忙过来堵何平的嘴，说，不行，绝对不行。

何平终于明白"一月五千"的价值了，通过电击，所有人谈"网"色变。那个坐在操控台上，身穿白大褂，掌握按钮的家伙，就是电击治疗的创始人。据说他之前只是个医学中专毕业的名不见经传的混混，不知怎的就研究出电击治疗的方法，一下红透全国。

从他按下按钮的喜悦程度来看，这家伙应是赚了不少钱。

由于刚来，何平很规矩地待了几天，每天站军姿，跑铁人三项，站在太阳底下暴晒。晚上还要开总结会，痛诉堕落历史，表达悔过之意。何平没觉得这是如何高明的方法，他之所以迷恋网络，只是因为暂时没有寻找到人生方向。

换言之，何平不知道他要干什么，也没人告诉他什么才是主流价值观。

何平也不想上网，但除了上网，他不知道应该干什么。中国教育最大的缺失，不是数学系的课程表中没有诗歌鉴赏，或中文系学生不知热力学定律，而是缺乏阅读、写作和逻辑训练。课本中选入太多《滕王阁序》这类以意象生动、音韵铿锵见长的美文，但除了抒情和审美，学生更应该掌握如何求知、思考和论辩。所以，当何平脱离学校之后，他求知的体系被切断了，丧失了思考的功能，更不要说论辩了。

何平缺少一个目标，他需要有人告诉自己，在何种境地下，应该做什么样的事。在家里，父母把勺子端好，他张开嘴，饭就往里喂；在学校，老师准备好知识，他伸出脖子，知识就往里填。他不知道什么是"想法"，以及为了这个"想法"该做些什么，所以他选择了网络，让电脑代替自己思考。有时候，我们并不缺乏实现"想法"的人，而是缺少最初的孵化。假如，在孩子很小的时候，他们就知道自己应该做的事，并用余下的时间走下去，应该可以避免很多弯路。

好几次，何平想在晚上的总结会上发表高论，都被鱼头摁住了。

他恶狠狠地对何平说，你想死吗？你知道我上次被电击是因为什么？

何平很感谢鱼头，但他还是没能忍住。

那天晚上，先是几个学员声泪俱下地诉说自己的黑暗经历，有一个最后结尾很抒情地来了一句"我爱我的妈妈"，赢得满堂彩。

轮到何平的时候，他说，这不是我想要的生活，暴力不是解决问题的唯一途径……还没等他说完，一个教官蹿到何平的身后，举起电棍，当场把他撂倒。

治疗记录上，这一天是这么记载的：

是夜，一生发病，电击之。

何平这才知道，教官有在任何条件下，以任何形式电击"病人"的权力。

何平是个孱弱的人，只能接受，无力反抗。何平对鱼头说，我们总想着上网，世事不问，难道只是我们的错？鱼头说，那去找谁算账？暴雪（《魔兽世界》研发公司）？

夜深人静的时候，何平想起小时候，他那时很乖，从没顶过一句嘴。父亲那时天南海北地跑运输，有时带上何平，在著名景点抱着拍几张相。见过照片的人，无不感慨道：多么幸福的一对父子。

还有母亲，除了堵火车，她这辈子从没干过出格的事儿，却被何平折腾得心力交瘁。

何平想，只要还在这里"治疗"，他就得学着说些假话，争取宽大处理，提前释放。

从此，何平洗心革面，闲时躲猫猫丢手绢，做俯卧撑强身健体。有时会给方琦写信，得知她在大学里很受欢迎，有数不清的追求者。何平在信中写道：如果有条件好的，配得上你，又追得特起劲，你就从了吧。

　　何平是故意这么说，他何尝不曾想方琦？方琦时常出现在他的梦里，在他发呆的瞬间，在他无能为力的叹息里。思念方琦是一件很幸福的事，很快乐，因为故去的时光是甜蜜的。但是，思念方琦又是很痛苦的，那种咫尺天涯，那种若即若离，那种悬浮于空的挫败感让何平陷入失望的境地。他给方琦打过电话，但多半是方琦先给他打。也曾写过信，但多半是方琦先写给他。方琦在电话里声音那么好听，写信的字迹那么清新脱俗，特别是信纸上"武汉大学"四个字，让何平羞愧难当。

　　也见过几次蛮子，他不知从哪儿打听到何平发配至此，就经常带着燕瘦环肥的女人看他。

　　蛮子彪悍依旧，匪气凛然，在治疗中心尤为扎眼。

　　何平对蛮子说，别看你这么能打，到了这里，不出仨月，你就得改名儿。

　　蛮子轻蔑地看着周围的教官，说，改成啥？何平说，何蛮子（哪来的蛮子）……

　　何平的话是有依据的，他亲眼见过一个老大，文着身，左青龙右白虎，被一群教官围在中间狂殴。数天后，还是这个老大，在晚上的总结会上，声情并茂地唱了一首《烛光里的妈妈》。

　　能把毛阿敏给逼出来，不得不说，是非常成功的。

　　有一天，鱼头把何平拉到一个角落，哆里哆嗦地说：出事儿了。

　　何平说，还能有什么大事儿，你要被拉去电击了？不是，鱼头说，出人命了，前几天刚进来的那个老大，被群殴致死了。何平说，啊，他不是把毛阿敏都搬出来了吗，怎么还……鱼头说，那只是装的，那小子有心气儿，谁都不服，活生生就给弄死了。

　　第二天，治疗中心的门前就成了灵堂，家属白布裹头，持哭丧棒威风凛凛。

　　下午的时候，灵堂就撤了，据说电击治疗的鼻祖出了面，赔了一大笔钱，这才摆平。第三天就上了报纸，灵堂白布哭丧棒都没出现，只说是意外。这个世界上，每天都在死人，伊拉克街头，一个人肉炸弹，瞬间就报销一打生命。所以，意外这回事是在所难免的。

人生何处不意外，生活本身就是由一个个意外构成的，顺理成章，按部就班，规矩之中隐藏着凛然的猝不及防。生命也是由意外组成，生得计划，死得随机，你能掌握的只有手心里的当下。

何平给家里写了一封信（电话管制了），告诉父亲：如果再不接他回去，恐怕早晚有一天，他也会上报纸。

父亲很快就把何平带走了，治疗是治疗，但治疗到另一个世界是万万不可的。

鱼头在何平临走时给他留了联系方式，写电子邮箱的时候，手明显抖了一下。

鱼头说，何平，如果我没有上报纸，一出去就联系你。何平说，他们还需要你画牌匾，所以你死不了——上了报纸也别怕，逢年过节的，我就写一封信，烧给你。

玩笑归玩笑，不管怎么说，这个破地方何平是一秒钟也不想多待了。没过多久，"电击治疗"的说法就遭到专家质疑，虽然专家多半都是"砖家"，但在这件事儿上还是说了句人话。回到家，老实了一个星期，何平便旧病发作，又开始了晚上通宵白天睡觉的生活。父亲眼见大势已去，就专心混他的仕途。母亲也没闲着，她养成了算命的习惯，每在街上遇到瞎子，就一把揪过来，报出何平的生辰八字，也不管人家是不是二指先生。

说来奇怪，"玩"的确是个好东西，都喜欢吃现成的，少有人愿播种收割。何平就这样又混了两年，没有工作，一心一意啃老，心安理得又当了两年宅男。

何平宅了两年，当了两年的"僵尸"，他每天的生活无怪乎就是上网，半夜回家，睡到中午，接着上网。他在这两年里没洗过内裤，衣服换了就扔到盆里，最后就被晾在绳子上，叠平放好。他像一个机器人，按预先设置好的程序，机械地生活。

方琦自从上了武大，每年就只回两次家，每次回来都要与何平见面。

她有精彩的生活，绚丽的未来，整朵鲜花，将舒未舒，还是含苞待放的时刻。

她每次回来，都要检查何平脖子上的心形吊坠，好像那是她寄存在何平那里的一个魂魄。

何平说，那么多人追你，不乏青年才俊，你就没从了？

方琦红着脸，摇摇头，说：没有。

何平看着她的眼睛，突然觉得这种日子该到头了。

何平应该做点什么，趁方琦还未被别人摘走之前。

第六章 双飞

没有忧郁，没有抱怨，没有爱情，一切皆黯淡，消逝，去向远方。

白色的身躯，祭祷的声音，你那金色的船桨。

——勃洛克

何平宅在家里的时候，除了惹爸妈生气，每天上通宵网，也读了不少诗。一度差点儿成了诗人，因为何平有时也用回车键写点东西，发到网上，就经常有些头像照片非常诱人的异性加他 QQ。一聊天，伸手就要钱，马上就黑名单了。

不是何平有多高尚，实在是经济拮据，硬盘里的存货还没消化利索。

何平在网上遇到各种不着调的女人，她们以各种匪夷所思的面目出现在何平的眼前，犹如一夜之间从《聊斋》里蹦出来的一样。何平捡到过漂流的瓶子，里面是一个女人的媚惑，展现出时间空白的饥渴。何平遇到过卖东西的女人，她们开的是网店，模样俊俏，并以此招揽生意。

还有在网络上拉票的女人，往往为了一床蚕丝被，或是一瓶辣椒油，满世界吆喝。最让何平难受的，是经常会有一群护士打扮的女生，在网络上找他聊天，继而谈到医学，延伸到男性生理卫生，最后问他要不要来个小手术。何平说他还没有结婚，暂时没有女朋友，用不着。

等回车键坏掉一次，何平就不再写诗了，只读。开篇勃洛克的那几句，是何平的最爱，因为恰如其分地表述出他当时的心态。

何平惦记着方琦，却无能为力。但是，当他得知，方琦大学三年却没有男朋友时，何平一下子觉醒了。他决定和毫无意义的生活作别，找份工作，挣点钱。

有一天，母亲路过书房，见何平在读一本卡耐基的书，当时惊得把手里的电饭锅摔到地上。父亲很晚才回，当他一身酒气路过书房，见何平继续在读一本卡耐基的书，当时醉意全无。他马上下楼，买了一个崭新的饮水机（旧的被何平砸坏了），说是"给儿子泡茶喝"。

在他们看来，这是儿子大展宏图的前兆。

卡耐基只有一个，而从别人口袋里掏钱永远都是件困难的事。

何平突然从吊儿郎当转变为青春励志，跨度太大，所以不免闪到腰。何平迷惘了一阵，不知道人生中的第一桶金将出自何方。

就在这时，刘美丽出现了。

何平是在一个不靠谱的时间，在一个不靠谱的地点，很不靠谱地遇上刘美丽的。

她当时穿一身诱惑制服，风姿绰约地准备横穿马路。

何平正从马路那头儿穿过来，彼此对了下眼，都乐了。

她问他：这几年，都在哪儿嘚瑟呢？何平说，去精神病院玩了一回。何平接着问：你呢，都干吗了？刘美丽就妩媚地一笑，说，嗨，这不还硬咬着牙在这儿浪呢嘛……

后来得知，刘美丽发了，具体怎么发的不太清楚，总之是发了——她告诉何平的。不过，从她身上的穿戴，何平隐约觉出她的不俗。虽然仅仅三年，但已经和那个刚洗完头发，骑着自行车，临别时眼中充满怨恨的刘美丽判若两人。

她请何平吃了个饭，其间上了 N 次洗手间，接无数通电话，忙的时候两个手机同时贴在俩耳朵上，同时与两个人对话，像在表演精神分裂。

在她通话完毕，喘口气的工夫，何平简要介绍了这几年的状况：

上网成瘾，性格暴戾，为此砸坏了家里的大理石盥洗盆、劣质防盗门和一个饮水机。

刘美丽一边听，一边用长着完整而圆润指甲的手拨弄汤匙，她的诱惑制服很要命，一对 C 罩杯呼之欲出。

听完，刘美丽神秘地问何平：生活过得有意思吗？

何平说没有。

那好，她说，明早 7 点来宾馆找我。

何平一夜没睡，觉得"苍天不负有心人"这句话真是太对了。

每个成功男人的背后，都有一个水能载舟的女人。许文强很牛吧，但还是要靠"小芸"走后门找关系起家，不然在上海滩他就是个棒槌。何平想起三年前骑着自行车离开刘美丽的决然，以及在她家巷子口听到的"货真价实大油栗，好剥皮"的广告语，仿佛听刘德华在耳边反复唱：

如果说一切都是天意 / 一切都是命运 / 终究已注定……

何平在梦中设置了很多剧情，他们是要见面的，而且是在宾馆——刘美丽的房间里。他们会像电视剧里演的那样，表面半推半就，最终木已成舟。他们会很和谐，一个有着青春的丰腴，一个有着亟待消耗的寂寞，那必然是非常美妙的画面。自此以后，他们会成为非常亲密的关系，刘美丽甚至在毫无准备下有了孩子，然后他们在亲友的祝福下结婚，何平终于过上了超级奶爸的生活——但是，何平并不想当什么超级奶爸，他只想享受成为超级奶爸的过程，而对这个结果和产品并不感兴趣。当然，事情如果没有进展——实质性的进展，占占便宜还是可以的，这是何平能想到的最坏的结果。

晕晕乎乎做了个梦，梦见方琦躺在病床上，问：刘美丽给你看什么了？

就醒了，天也亮了。

提前半小时吃完早饭，在裂了口子的大理石盥洗盆（自己砸的）里洗完脸，刮了胡子，剪完鼻毛。临出门，想到刘美丽呼之欲出的一对 C 罩杯，就顺手偷了父亲两枚避孕套。刘美丽熟女气质锋芒毕露，而何平只是个手无缚鸡之力的书生，提前防备是很有必要的。

一切准备妥当，冲到宾馆，敲门。

刘美丽把何平迎进门，开口第一句话就是：你听说过安利吗？

后面省略一千五百字。

大约都在说某种商业模式的好处，金字塔赚钱示意图，云云。何平尴尬地听完，表现出很感兴趣的样子，眼前的刘美丽激情四射，卡耐基附体。

听懂了吗？她问。

懂了，何平说。

很好，她递何平一张名片，说：如需订购此产品，可以打上面的电话。

送何平出门时，她还在打消何平的顾虑，说：记住，这是直销，和传销有本质的不同……

关门时，刘美丽冲何平抛个媚眼，娇滴滴地说了声再见。

何平站在那里，石化了五分钟，然后把刘美丽的名片揣进裤兜，和那两枚避孕套放在一起。

回家的路上，遇到跪地磕头的乞丐，何平把那张名片，连同避孕套，放进他的碗里。

发财梦是彻底破灭了，何平不是说客，也没有呼之欲出的 C 罩杯，吃不了这碗饭。但刘美丽的执着让他欲说还休，她不停地打何平电话，只说若干年前的往事，每次见何平都会产生"异样的感觉"，只字不提直销的事儿。作为回请，何平邀她去酒吧喝酒，两个人都醉了，抱在一起胡言乱语。

刘美丽的身子柔软，散发着芳香，很有手感。

她那晚没回宾馆，跟何平回家。

何平第一次，深更半夜领姑娘回家。何平把她扛到床上，跟父母解释：这是刘美丽，美是美丽的美，丽是美丽的丽。

刚介绍完毕，刘美丽就吐了。父母来不及找何平算账，就手忙脚乱地收拾残局。

那一晚，刘美丽睡的是床，何平睡的是地板。虽然屋子里充满了刺鼻的酒味，但刘美丽的身体散发出的香气足以让何平辗转难眠。他蹑手蹑脚来到床边，近距离欣赏刘美丽的侧脸。她的五官很精致，不失为美人。如果没有方琦，何平一定会爱上刘美丽。何平的嘴慢慢靠近刘美丽的唇，他忍不住想这样做，他想尝一尝刘美丽的嘴唇是否好吃。如果刘美丽醒了，甚至有所响应，他们就可以玩别的器官。何平气喘吁吁，咽了口唾沫，在即将亲吻刘美丽的时候，刘美丽十分响亮地打了个酒嗝儿，把何平熏得兴致全无。

刘美丽走的时候，何平躺在客厅的沙发上还在睡觉。

父亲后来找何平谈心，说，以后坚决不要领这样的女孩子回家过夜了，别说她叫刘美丽，刘天仙也不行。

何平那天接了两个电话。

第一个是刘美丽打给何平的，她很抱歉昨晚的失态，竟然在他家吐了。

她说宾馆已经退了，暂时需要到别的地方拓展市场。

互道再见的时候，刘美丽俏皮地说，给咱爸妈带个好！

第二个电话是鱼头打给何平的，何平问他：整天看报纸，总也不见你消息，真可惜。鱼头就在电话那边骂，说：你丫巴不得我死，是吧。

他们约了个饭馆，何平在饭馆里点好菜，坐在椅子上闲等，就看到一个穿着花衬衫的墨镜男推门而入。他们彼此一愣，紧紧拥抱在一起，和以前的那个鱼头相比，眼前这个鱼头更潇洒，身上还喷了香水，每一个细胞都是新鲜而愉悦的。他们喝了一箱啤酒，彼此聊了近期的状况。

何平说，我现在就想弄俩钱儿，最好是不劳而获那种。

鱼头说，我就为这事儿来的。

何平说，你甭跟我提直销，传销更白搭，只要不干这，到澳洲修铁路都行。

何平父亲在当货车司机之前，修了几年铁路，瘦得只剩下一具骷髅，坐在椅子上，就像两张椅子的叠加。

所以，在何平印象中，修铁路大概是最没有人性，也是最苦最累的活儿。

鱼头说，你放心，我带你去少林寺挣大钱。

鱼头说他现在专门做招生代理，只要把学生介绍到技校，一个人头的回扣相当可观。何平说，人家凭什么就跟你走，现在满大街都是大学生，谁还稀罕中专技校？鱼头说，所以啊，你得忽悠，什么毕业安置工作，大专毕业证书，都要签合同的。

何平问，那跟少林寺有什么关系？

鱼头油了麻花喝了杯酒，说，河南登封有一笔大单，做好了，就是十几万！十几万哪，兄弟！

何平说，原来是少林寺的故乡，还以为你拉我去当和尚，跟着老方丈满世界巡回表演呢。你现在还上网吗？

鱼头停下来，说，啤酒喝多了，上个厕所。他回来的时候很痛苦，捧着小腹，像个新鲜的太监。

何平啃着麻辣小龙虾，说，丫难道不知道，吃完麻辣小龙虾，嘘嘘前是要洗手的吗？

接着买了车票，直奔登封。鱼头说，他那儿肿了一夜，火烧火燎的。

鱼头还说，这一单如果做成了，就在登封找个洗脚城，庆祝一下。何平没怎么说话，刘美丽的教训赫赫在目，凡事不能想得太好，想得越好，失望越大。但不管怎么说，招生是凭本事吃饭，踏实一点儿。更重要的是，招生不需要本钱，最坏也就是白跑一趟。

晚上到的登封，满大街的河南豫剧。找个宾馆住下，窗户还没开，《牧羊曲》就灌进来：日出嵩山坳，晨钟惊飞鸟……

和鱼头找了家饭馆，要了两碗面，端上两个盆，筷子立而不倒。小县城规模不大，九点多商铺就关门打烊，偶尔一群人围在灯影里下棋，骂骂咧咧的河南话就像唱戏。

临睡觉，何平问鱼头：你考虑过没有，这是河南……

第二天，线人打来电话，接洽地在少林寺。动身，坐公交车。鱼头说，要去的是一个矿区，职工子女想去上学，只为混一张大专毕业证，第一批就有五六十个。

何平算了一下，果真被天上的馅儿饼击中，买一辆汽车的钱是足够了。

登封的公交车很挤，每站必停。快到少林寺的时候，飞身塞进一个和尚，上来就一直在讲电话，大概过了十五分钟，那和尚突然大声吼了一句"你到底还爱不爱我"，整部车突然安静了下来……

鱼头小声问，少林寺里的和尚？

何平说，不像，这应该就是零点乐队的主唱。

第七章 装假部队

鱼头是何平见过的举世罕有的天才。

何平的周围有很多天才，他们未必有优异的成绩，但在某些领域内是领先的，独步江湖的。

有的人数学好，何平见过许多数学好的人骨子里都有一种桀骜不驯和清高，仿佛已跳出三界外，不在五行中。

有的人情商很高，明明没有颜值，但仍然可以成为谈恋爱的高手，"矮穷矬"征服"白富美"的过程是一个励志故事。

有的人数学不好，情商不高，但很有钱，有钱也是一种优点。何平见过很多有钱的同学，他们挥金如土，吃冰棍都要双份，冰棍尖上的小豆粒粒饱满。他们班有一个土豪，家里有司机和用人，每年过教师节，想送老师礼物，都这么问：我直接给你钱，你想买什么就买什么吧。老教师心脏不太好，差点儿气犯心脏病，但这个学生确实没有恶意，土豪的通用语言就是货币。

除此之外，鱼头也是一种天才，他是那种乍一看不是天才的天才，优点是善于解决问题，就像装备很差却善于打仗的八路。

据说，从小喜欢吃鱼的人智商大多都杠杠的，玲珑剔透，百毒不侵。

当然，这是以后才知道的，之前他还只是个吃完麻辣小龙虾不洗手就小解的人。

登封给何平的印象是：一座闭塞的小县城。什么都小，弄个人民广场，不及乡村大型瑜伽健身娱乐城，五分钟就能背着手溜一圈。唯独两个地方很大，一是武校，二是寺院。登封武校全国有名，正宗、山寨的加起来至少五六十家，还不包括打赤膊捆沙袋在家支个棚子练的那种。

至于公交车上的和尚是不是零点乐队的主唱，少林寺上不上市，这些都不重要，他们不是来旅游的，他们来找那只能下金蛋的母鸡。

也许是为了让他们对登封的前景有个了解，线人把接头的地点安排在少林寺下一块空旷的停车场。等见面，来了一男一女，男的自称姓王，何平和鱼头叫他王哥，女的自称姓赵，全名叫赵赵。

赵赵是一个没开刃的大姑娘。

这是鱼头后来告诉何平的。他同王哥握手、和赵赵握手的时候，俏皮地说了声"美女"，惹得姑娘发笑。

何平这才发现，鱼头是个泡妞的高手。他在和美女的第一次见面，就埋下伏笔，为以后发浪做足前戏。王哥带他们逛了少林寺，鱼头和他走在前面，谈笑风生，像俩初次晤面的国家领导人。

赵赵跟在何平后面，小心躲避着他的每一次偷窥。

走进寺庙的时候，一位得道高僧迎出来，王哥小声说，此老头业数精深，接待过无数中国和外国的政要。何平顿时觉得庙宇金碧辉煌，恨不能，头顶菠萝，立地成佛。

高僧跟他们打了个照面，说，施主捐些钱吧，三百五百都行。

还是鱼头机灵，他看一眼身后的赵赵，说，实在没带这么多钱，下次吧。

高僧很淡定，释然一笑，见招拆招地说，可以刷卡……

回去坐的是王哥的白色捷达，鱼头把何平拽到副驾驶，自己和赵赵坐在后面。

一路都在讨论和尚，何平大笑，说，奇怪了，和尚怎么知道我身上有卡？

鱼头从后面偷偷掐了何平一下，很疼，于是他就闭嘴了。

中午一块吃饭，王哥谈了矿区的情况，和鱼头介绍的差不多，矿区职工的子女可以顶替父母的工作，但前提必须要有一张大专文凭。他们的任务，就是给这些命好的娃找一所学校。

鱼头说，这是件好事儿，但下午可否到公司看一下，最好见一见老总。王哥说，那好，现在就去。

白色捷达带着他们曲里拐弯过了几条街，最后进了一个院落，是个二层楼，里面有出出进进的人，不时传来电话声和女职员甜美的接待声。鱼头问：老总在哪里？王哥的脸上就露出为难之意，说，为了确保事情办成，之前最好准备点"意思"，老总有的是钱，但礼数得周到。

这是意料之外的事情，何平之所以答应跟鱼头去河南，就是看准了这是无本的买卖。

鱼头也愣住了，他看看王哥，打量着给他们泡茶的赵赵。赵赵被他盯得不好意思，干脆找个借口，走开了。

鱼头说，这样，整件事你帮我们摆平，事成之后，四六分成，五五开也行。

尽管如此，王哥依然很是为难，说，以后是以后的事儿，但首先得成，老总不同意，什么也不好说。

那么，鱼头说，如果要"意思"一下，大约是什么标准。王哥说，也不用太多，老总不缺钱，你们送两条中华就够了。鱼头想了一会儿，说，虽然不多，但身上没有带那么多钱。

王哥接着说了一句十分耳熟的话：刷卡也行。

何平和鱼头单独商量了一会儿。何平当时挣钱心切，觉得有枣没枣，先拨棱一竿子再说，万一是真的呢。鱼头的意见相反，他说没看到公司的牌匾，还埋怨何平在车上将身上带卡的事情说了出去。

何平说，你也强不到哪里去，来了就往赵赵的怀里钻，一辈子没碰过妞儿似的。

鱼头说，工作需要，你懂个屁。

晚上王哥请客，找来一帮朋友作陪，赵赵也在，只是她总显害羞，有些拘谨。

喝的是登封本地白酒，看这架势，是要躺着出去了。王哥提了第一杯酒，希望合作愉快，暗示他们尽早解决钱的问题。鱼头很敞亮地一口干了，二两半的杯子，眼皮不眨一下。鱼头说，一切能用钱解决的问题，根本就不是问题。

何平端着酒杯，艰难地抿了一小口，心想，都是"装甲（装假）部队"的。

这个世界上，从不缺少演员。虽然很多人终其一生都没上过表演课，但一个演员的自我修养是与生俱来的。有多少人嘴里说着没有爱过，却躺在街角泪流不止，酩酊大醉。有多少人拍着胸脯，掏心掏肺，却口是心非。有多少人外表光鲜，洒脱不羁，回到家却身心俱疲，被生活磨掉了脾气。很多人，明明厌恶，却坐在一起。很多人，明明远离，却绳牵一起。到最后，大家拼的不是实力，而是演技。演技一般，成了群演，虽然处心积虑，但嘴角的番茄酱深深出卖了自己。演技出众，成了主演，虽然有被拆穿的可能，但可以有更多长袖善舞的机会。

既然是装，就要装好，所以气氛很融洽。王哥的朋友轮番站起，鱼头每敬必喝，每喝必一饮而尽。何平在琢磨，宾馆附近是否有药店，好在他吐血后紧急应对。席间谈了很多话题，任长霞的雷厉风行，释小龙开办的武校，少林寺和尚的公务员身份，等等。

鱼头还补了一件在网瘾治疗中心的趣事，说他有一次因言论问题被教官铐到办公室的暖气片上，电棍一杵——把楼上的校长给电着了……

这是一次漫长的饭局，一箱白酒三箱啤酒过后，所有人都趴下了。王哥应是没有料到他们的酒量，确切地说，是没有料到鱼头的酒量。王哥和他的朋友们酣睡一团的时候，赵赵茫然地坐在那里，这时，鱼头微笑着"醒"过来。

他压低了声音，对赵赵说，我把他们都喝倒，只为跟你说几句悄悄话……

赵赵当时表现出一定程度的惊恐，她必须惊恐，因为一般人没有这么恐怖的酒量。即便有这么恐怖的酒量，也不会醒着酣畅淋漓聊着姑娘。

这是一个骗局对不对？鱼头问。

是的，赵赵说。

太没意思了，鱼头说，不好玩，你应该先抵抗一会儿。

我也觉得很奇怪，赵赵说，但我觉得不能对你说假话。

其实，鱼头开始油腔滑调起来，他说，我有一句话始终想对你讲。

白酒很伤身体，赵赵岔开话题，多吃菜！

等王哥和他的朋友们从饭桌上醒来，何平和鱼头已经坐上了开往郑州的大巴。

在车上，鱼头说出了真相：这是一个不折不扣的骗局，矿区职工子弟上学是子虚乌有的事，他们要的就是面见老总前的那点"意思"。他们靠这一招，已行骗多年，从未失手。

何平问，你是怎么知道的？鱼头很得意地说，赵赵。

何平这才恍然大悟，他将所有人喝倒后与赵赵的"悄悄话"竟然是这个。

他很聪明，既套出了真相，又保护了赵赵，还留出撤退的时间，可谓一石三鸟。何平说，你怎么就认为，赵赵会跟你说实话？鱼头说，看女人，一定要看她的眼睛，赵赵从不正眼看我，说明心里有鬼——她还是个没开刃的大姑娘。

他们在郑州买了火车票，情绪低落地回了家。毕竟是虎口脱险，尽管没被虎咬，却惹了一身虎臊。鱼头在火车上接了个电话，是赵赵打来的，问她临走时给买的康师傅吃了没有。

鱼头问她，说，所有跟我接触过的女孩，都说跟我在一起是"一失足成千古恨"，现在这个机会来了，你要不要？

鱼头简直就是少女杀手。

王哥稍后也打来电话，责问他们为什么不辞而别了（毕竟亏了一顿饭钱）。何平说，你知道毛主席不？王哥在电话那头一愣，说，知道。何平说，那你肯定读过毛主席的一篇文章，名字叫《别了，司徒雷登！》，如果毛主席是东北人的话，那篇文章可能又会叫《司徒雷登，你可拉倒吧！》。

那边沉默了一会儿，"咔吧"就挂掉了。鱼头捂着肚子笑，方便面从鼻子里喷出。

他说，你这骂人不带脏字儿的本事是从哪儿学的？何平说，自学成才。你小子是个人才，鱼头很认真地打量何平，并把刚才从鼻子里喷出的半截方便面抿进嘴里，说，如果有机会，咱俩再合作。

何平说，如果再这样，鱼头，你也拉倒吧……

回到家，他们作别，何平走他的阳关道，鱼头回他的高老庄。

在家歇了半年，等天上往下掉一元硬币大小的雪花的时候，蛮子来找何平。

他身旁照例挤着个如花似玉的女子。何平说，嫂子半年不见，好像瘦了很多。

蛮子就冲何平使眼色，如花似玉的女子的指甲已深深嵌进他的皮肉。他们一起吃了饭，喝了一瓶衡水老白干。何平向他打听方琦的近况，蛮子说，方琦这个春节要在武汉过了，她想抓紧复习，本科毕业后考武汉大学的研究生，争取留校。

好像看出何平的心事重重，一起小解的时候，蛮子的脸从便池移出，说，你们也不是一年两年了，既然想她，就到武汉找她，方琦是我妹子，我知道她心里只有你。

何平叼着烟，"嗯"了一声。

还有，蛮子说，以后眼神机灵点儿，你嫂子刚才差点儿把我整条胳膊都给卸了。

说完，他便池前抖两下，欲仙欲死的样子。

一起往回走的时候，路上遇到打架的，一个男人打一个女人。

何平就预感到事情不妙，正要劝蛮子不要干涉别国内政，他已经冲了出去，将男人打翻在地。被打的女人趁机跑掉，如花似玉的嫂子站在旁边，很欣赏地看着蛮子，一副曾经沧海难为水的神情。

蛮子左右开弓，一边揍一边吼：老子最讨厌男人打女人，叫你打女人，叫你打女人！

等蛮子打累了，那个男人才爬起来，显然已经失去了反抗能力。

他一个劲儿给蛮子赔不是，说他瞎了眼，不应该对女人施加暴力。蛮子说，滚。男人就一瘸一拐站在路边，拦了一辆的士，还没坐上去，就又被蛮子扯回来，接着打。

蛮子一边打一边说，老子都没车坐，你还打的？叫你打的，叫你打的！

遇上不讲理的主儿，可真是件倒霉的事儿。

回到家，翻了下日历，上面用红笔圈着二月二，方琦的生日快到了。

何平胡乱收拾下东西，告诉父母要去一趟武汉。

父亲问何平去干什么，他说看樱花。

他瞅瞅外面的银装素裹，直接愣掉了。

何平和南下的众多民工挤上了同一列火车，和民工一样，何平未尝不在流浪，他看着那些拖儿携女，拎着大包小包，只用半烫不开的温水泡方便面的人，不禁悲从中来。

火车开动时，何平想起郑钧的歌：

你是一个玩具，生活在橱窗里。我非常幸运，因为我买不起……

第八章 小暧昧

天蒙蒙亮的时候，何平在汉口下了火车。

出站口时遇上拉皮条的妇女，不停唠叨：前方有店，还有嘎嘎新的大美女……

何平说，嘎嘎新的大美女我有，而且还是大学生。

火车站是一个微缩的江湖，有卖水果、假货和稀奇古怪小玩意儿的商贩，有划分势力范围伪装成各种残障的乞丐，有起早贪黑为一单生意忙个通宵的出租车和黑车司机，有各种心怀鬼胎设陷阱牟取不义之财的人。

凌晨走出火车站是一种新鲜的体验，这个城市绝大部分人还在沉睡，但火车站出口永远不时传来拖拽行李的声响，空气中弥漫着香烟、啤酒、矿泉水的人间烟火气和市井气。

何平跟着疲惫的人群穿过地下通道，没有人说话，只有匆匆的脚步。硬座车厢里走出来一伙民工打扮的人，他们扛着体积巨大的行李，用难懂的方言招呼同伴跟紧队伍。队伍里夹杂着怀抱幼儿的妇女，也许习惯了颠簸，怀里的幼儿永远沉睡，不易觉醒。走出站台，何平看着雾霭沉沉的路灯，从脚底升起一种陌生的孤独，灵魂深处的孤独。

火车站口的推销不可信，100元崭新的手机可能只是模型，嘎嘎新的大美女也许只是"人工智能"（打鸡血）。

去武汉之前，何平给方琦去了个电话，说要到北京一趟，考察赚钱的项目。所以，当他坐着10路公交车，颠儿颠儿穿过长江大桥，出现在武汉大学校门口的时候，匆忙迎接他的方琦几乎惊呆了。

何平并没有骗她，去北京考察项目是一定的，只是在这之前，他要见一见方琦。

何平当时穿一件白色外套，提红色手袋，站在武大校门口，相当扎眼。方琦抢过行李，带他吃了一顿饭。学校餐厅很难吃，何平装作胃口大开，消灭了所有粮食。

结账的时候，她刷了卡，只在校园里流通的那种。

何平在餐厅里是没有话语权的，他看着方琦，如何熟练地占位，如何轻巧地挤过人群排队，如何在众多菜目中选择菜品，如何与掌勺的师傅讨价还价，如何在吃饭的时候大发牢骚而不影响食欲。虽然只有几年，方琦已经成为了一个职业大学生，将校园文化演绎得五彩而生动。也许意识到自己说得太多，方琦可爱地吐了吐舌头，示意何平不必听她唠叨，而是吃饭。何平艰难地咀嚼着，对胃口大开的方琦微微一笑。

吃完饭，她带何平去武大校招待所，可惜人已经住满了。路过音乐系的楼，下面停一溜高级轿车，不时有身材高挑、长相清纯的女生从里面出来，或者进去。何平说，那就住酒店吧。于是，方琦又陪着何平，在武大校外的一座稍显档次的酒店住下。

刚插了房卡，还没坐稳，电话就打进来，问：要不要服务？

何平不清楚经济怎么凋敝成这样儿，酒店的生意都不太好。方琦看着他，不知道电话里说些什么。何平装作很生气的样子(不然没个完)，说，我带着老婆呢。电话那头就很哀婉地说，先生好缺德，到处都有快餐店，您还自带"方便面"。

何平把电话撂下，看见方琦的脸红红的，她问何平：谁是你老婆？

方琦的可爱是与生俱来的，何平与她相识多年，以同学自居，从未僭越。

虽然何平很喜欢她，但从未挑明，出格的玩笑没有开过，更没有牵过手。在何平心里，方琦是天使，是神，谁也没有资格碰她，包括自己。

晚上，她带何平逛了武汉的夜市，过长江大桥坐的轮渡，票价极低，视野开阔。何平立在船头，周围是星星点点的城市。

何平想，方琦，你无须蓦然回首，便足以让一切灯火阑珊。

人在舟中，舟在水中，这是一种奇妙的体验。何平的身体微微摇晃，随着船把自己带到哪里。船像自由，在黑暗中劈出一道水辙和光亮。何平看着两岸的繁华，数不清的高楼里住着数不清的人，他们在此刻做着千差万别的事，就像站在船头的何平和看着何平的方琦。他们一前一后，站在船上，静静驰于水面，如两个驻足巨鲸身上的精灵，穿越童话之门。

何平告诉她，心形吊坠和友谊证书都在，还诉说了两次淘金未果的经历。

当然，刘美丽吐酒的事儿没说，两枚避孕套也没说。

何平把在河南上当的经过浓墨重彩地讲了一遍，因为跌宕起伏，方琦听得很认真。她只关心赵赵，问他，那女孩是不是喜欢上鱼头了？何平说，指不定，现在就在投奔鱼头的路上。

她给何平讲了上学的事儿，和蛮子说的差不多，何平说，你怎么就不考虑，毕业后回来找份工作呢？方琦反问了何平一句：现在还是大学分配的时代吗？何平说也是，我们生不逢时，大学没赶上免费，毕业没赶上分配，看上去似乎挺倒霉的。

提到河南人和该死的王哥，她还给何平讲了个故事。说在汉正街附近一个古玩市场，一个操河南口音的人向老外极力推销文物，嚷：这铜盘绝对是古物，这不，上面还写着的呢，Made in Xizhou。

何平知道这丫头逗自己开心，宽慰他的河南之行。

长江很宽，但敌不过两个人的暧昧。

何平的暧昧隐藏在夜里，唯独此刻，他可以肆无忌惮地看着方琦，她的刘海在江风吹拂中飘起，像一串神秘的符号。方琦的暧昧隐藏在话里，她的笑声如此爽朗，江枫渔火中，涛声依旧。

送走方琦，何平没有回酒店，在附近找了家西餐厅，随便吃了点儿东西。

第二天是龙抬头，何平把方琦约出来，地点是昨晚的西餐厅。他们坐下，侍者卸下刀叉，乐池里现场演奏着雅尼的交响曲，也是方琦的最爱。

方琦激动地说，听，是雅尼！

何平说，当然记得，铅笔摇卡带那会儿，雅尼那盘最长，也最难摇……

方琦闭上眼，陶醉在音乐声里。何平说，你先听着，我去一趟洗手间。

方琦点点头。西餐厅乐池里的演奏很卖力，和当年卡带里的雅尼几无二致。当一曲终了的时候，侍者缓缓推着餐车，来到方琦面前，上面铺着鲜奶草莓的蛋糕，有字：生日快乐。

何平在这个时候登场，手捧鲜花，出现在方琦面前。

她几乎是呆了，终于明白，乐池里的雅尼、生日蛋糕和手捧鲜花的组合，原来都是何平的杰作。

她在那一刻融化了，眼神涣散，像被撞坏的洋娃娃。

走出西餐厅的时候，幸福还洋溢在方琦的脸上，她抱着那捧鲜花，像一个天使。

夜色渐浓，他们就这样走在武大，一辆高级轿车从旁边驶过，一个女孩从车窗探出头，艳美地看着方琦。

校园里有很多花，尽管看不见，却可以闻到香气；校园里有很多草，尽管摸不到，却可以踩到柔软。桂花的香气缀满每一个角落，这让何平沉醉，沉醉于光线微弱的小径，沉醉于南山花落的缤纷落英。

她有点不好意思，说，今晚你让我很感动，谢谢。何平说，咱们之间，还用得着这么客气吗？她就不再说话，与何平的距离越来越近。

她问，还要去北京吗？这一下提醒了何平，想到未卜的前途，他开始有些凉意。方琦是个好姑娘，嘎嘎新的大美女，晶晶亮的大学生，而他却什么也不是。除了爱，他一无所有。何平和方琦注定是两个世界的人，她将是研究生，留校，书写沸腾的生活，而何平的生活刚刚开始却一塌糊涂。

何平感觉到方琦的靠近，如果此时，何平把她揽入怀中，想必是不会遭到拒绝的。

甚至，何平可以夺走她的初吻，像个蛮横无理的强盗。他们突然站住了，何平的手顺着方琦的胳膊滑落，最终还是没能牵她的手。何平说，明天我就要去北京了，我希望可以功成名就地回来看你，而不是现在这副模样。

她落寞地看着行道树，说，樱花谢了，明年还会开吗……

何平和方琦认识六年有余，却从未牵过她的手，直到最后一刻。何平并不为此后悔，虽然他费尽心机，预备了西餐厅的浪漫一夜，但并不想乘虚而入。方琦是何平的神，是天使，即使她不属于何平，只要她是快乐的，何平便已知足。

何平在武昌买了北上的火车票，去话吧给鱼头打了个电话，邀他去北京共同考察项目。鱼头骂了何平一句"贱人"，然后问，赵赵可以跟着一起去吗？

那年春节，何平是在北京过的，一起陪着的有鱼头，还有赵赵。

这个姑娘自从他们走后，就辞掉了诈骗团伙的工作，一心一意追随鱼头。何平猜想，鱼头那晚将所有人喝倒，只为跟她说的那些"悄悄话"，不仅仅是"工作需要"。

赵赵见到何平，第一句就是：何平，你在登封的时候为什么老偷窥我？

何平看见鱼头嘿嘿地笑，说，打探敌情，也是工作需要。

鱼头对北京很熟，他在北京出生，算是半个北京人。他说，北京有很多梦，但这些梦不在高档会所，不在中央空调的写字楼，而在立交桥下，在数不清的阴暗潮湿的地下室。何平知道他说的是"北漂"，之前是"70后"，现在是"80后"，以后还会有"90后"，一代代就这么漂着，寻找冥冥黑暗中的一线佛光。

知道吗，鱼头说，这座城市的简称是——BJ，全名叫悲剧。

他们一起逛了王府井，赵赵饶有兴趣地品尝了无数小吃，并告诉鱼头，驴肉火烧是她的最爱。

和在登封的时候不同，此时的赵赵阳光许多，叽叽喳喳，像一只快乐的飞鸟。鱼头啃着驴肉火烧，向何平讲述王府井的故事，据说，1960年的冬天，一个中年人夜晚潜入北京王府井百货大楼，偷吃了三斤点心，口渴喝水，胀死在案发现场。

何平说，1960年，你爸还在穿开裆裤吧？

鱼头反驳道：你爸才穿开裆裤呢！你没读过卡尔维诺的小说吗？《蛋糕店失窃案》，三个饥肠辘辘的人冲进蛋糕店，吃得惊天地泣鬼神。

和鱼头吵架的时候，何平好像在人群中看到了刘美丽，她挽着一个老头儿，很快消失在人群里。

鱼头问，怎么了？何平望着滚滚红尘，说，幻觉。

何平经常会出现一些幻觉，内容不可告人，这一度让他怀疑自己是否已精神分裂。

王府井的夜生活很丰富，虽是年关，但商贾云集，纸醉金迷。

他们找了个酒吧，想为寻找项目的事儿找点儿灵感。

有现场演奏的乐队，卖弄着朋克和重金属。

看见没有，鱼头说，都是地下的。他说完这句话，跑到台上，跟吉他手协商了一下，居然接过吉他，荡气回肠地唱了一首《爱情牵亡曲》：

爱上你是我这一生最不后悔的决定 / 就算是生死别离也要传递这份情意 / 我相信只要相爱我俩就能心电感应 / 嘿 / 让我载歌载舞艳光四射 向你证明……

鱼头的演唱引来众人喝彩，吉他也弹得好，他一边唱一边将手指向台下的赵赵，那姑娘激动得差点将驴肉火烧给漾出来。

等他从台上满头大汗下来，何平说，哥们儿，行啊，咱们回去搞酒吧得嘞。鱼头说，正点，这个主意很正点。他们就这样，儿戏般确定了创业方向。何平粗算过酒吧的盈利，一瓶超市几块钱的百威，一旦进了酒吧，最低能卖到十五。何平说，等咱开了酒吧，我让你天天唱，请乐队的钱都省了。

鱼头灌了口燕京，很脆生地说了一个字：滚……

春节过后，何平和鱼头的酒吧就开张了。

钱是向父母借的，合作股份制，何平与鱼头的股份最多。他们的原则是，允许一部分人先富起来，然后消灭没有富起来的那一部分，最终实现共同富裕。

酒吧的名字叫 Lucy，刚进门蹲一鹦鹉，何平告诉它，你的名字叫 Polly。

何平父亲对酒吧的名字很纳闷儿，有一次，偷偷问老伴：

明明在路东，却叫什么路西……

第九章 Lucy 酒吧

从北京回来，没开 Lucy 酒吧前，何平只做了一件事。

何平求鱼头写了首歌，他负责演唱和设计封皮，最后花钱录完。

何平把这张独一无二的专辑寄给方琦，封面写着：这是结束，也是开始。

这张专辑完工之前，若干人听过，给予的评价是：相当专业。

何平那时还年轻，嗓子嫩得一掐就拧出水儿来，鱼头的吉他弹的极好，他在北京酒吧里撒欢儿的时候，何平萌生了这个想法。何平把对方琦的小暧昧唱进歌里，以她的机智，当会在千里之外，听懂他弦外之意。

录音棚是何平一个朋友的音乐工作室，临街，二楼，因隔音而寂静和燥热。何平和鱼头进门的时候，几个大叔级别的老男人正在挠琴，一副对青春心有不甘、念念回响的样子。一首歌录了好几次，鱼头挠吉他挠得都快崩溃了，这才曲终人散。录音室的耳麦很沉，录歌的时候只能听到自己的声音。录完歌，何平请工作室的朋友撸串，吃烧烤，喝大酒，顺道儿把方琦的故事讲了。众人听得心驰神往，纷纷夸赞这是一段“不带体液的爱情”。不带体液的爱情，才是真的爱情，三句话没完就上汉庭酒店大床房了，没意思。

何平在录音棚里的状态近乎于“号”，鱼头不失时机地打击他，说，你那是痔疮嗓子，甭管唱啥，一听都血赤呼啦的。

有时何平想，如果当年这张专辑公开发表，指不定会挤进中国原创歌曲排行榜。

这张榜单没有公布，只存在于方琦的心里。

何平想起离别那天，武汉下起小雨，方琦落寞地看着行道树，说，樱花谢了，明年还会开吗……

南方的雨和北方的雨不同，北方的雨豪爽，南方的雨绵长；北方的雨利索，下完晴天，并不纠缠，南方的雨且战且退，打的是持久战；北方的雨分量足，每一滴都有重量，南方的雨是细线条，可以在雨中观景。你可以看到校园里隐约的长满树的土丘，你可以看到蘑菇亭里躲雨的男女暗生情愫若即若离地闲聊，你可以看到足球场上积满了水，你可以看到路灯被雨雾拦截的光线昏暗，你可以看见像兔子一样灵活的雨声，你可以看见武大的毛孔在夜晚张开，像渴望爱情一样渴望呼吸。

当然会开的，方琦，武大的樱花每年都会盛开，芳香四溢，蒙络摇缀。来年，你会站在樱花树下，幸福地绽放。何平希望方琦在凝望樱花的那一刻，会想起他，想起何平给她写的歌儿。

这是结束，也是开始；这是生长，也是果实。

之后半年，方琦没有给何平写过信，她应该为考研的事儿抛却一切私心杂念。

Lucy 酒吧度过了开始的亏损期，渐渐盈利。

那只叫 Polly 的鸟，也渐渐习惯它的名字，每有人推门而入，都会讨巧地说"你好"。

酒吧的设计由何平来做，吧台上的老式摇把电话就是他的杰作。

日常事务交给鱼头，有一次，查账的时候，何平很惊讶地发现，从外面买进的 200 元一瓶的杰克丹尼，被鱼头拆开打包，混上可乐加冰，居然卖到了 7000！

何平很快就买上了车，接着考了驾照。

这个顺序显然是颠倒了，所以何平很看不起他的教练，他总是想方设法引诱何平，以便达到诓一顿饭喝一场酒的目的。在换了几个驾校之后，何平终于拿到了驾照，和所有新手一样，他在车屁股后面贴了一张纸条：驾校除名，自学成才。

何平学习驾驶的过程比较痛苦，为了不影响白天的活动，他报的是晚间班，后来发现晚间是没有灯的。第一天，他挂了一晚的挡。和所有教练一样，何平的教练很凶，不笑，很少说话，只在何平犯了错误后才发出怒吼。挨骂是考驾照的必修课，往好了说，这是对生命的尊重。何平在弯道项目中出错最多，自然挨了最多骂，他是个直来直去的人，不会拐弯。结业考试的时候，考官坐在副驾驶，考官很和蔼，说你不要害怕，就当我不存在。何平嘿嘿一笑，说教练都跟我们讲了，不要怕考官，把考官想象成猪啊狗啊，也就不紧张了。可想而知，考试当然挂掉了。

作为 Lucy 酒吧的合伙人兼股东，鱼头富裕起来的生活倒和以前没有多大分别，他只是每天坐在吧台上，看着对面的赵赵，绵绵地说着情话。何平显然是嫉妒了，鼓动他像自己一样学个驾照。他反问何平，学那个有什么好处？

何平说，你不知道，十几个人练一台车，遇上漂亮的小妞，挂着吊带，两个半球滚滚而来，滚滚而来啊伙计！

有了这么贴心的管家，何平就有了四处闲逛的机会，并很快把车卖了，换了一辆二手白色加长林肯。

何平的想法是，这辆车虽旧（也很耗油），却可以创造经济效益，婚车出租毕竟也是一份收入。于是，那辆白色加长林肯就经常停在 Lucy 酒吧的门外，像个奢华的招牌。

何平很得意自己的想法，鱼头却不以为然。何平说，你不认为，这样很酷吗。鱼头说，我只认为，你有一种气质，骚包气质。何平说，它是可以用来赚钱的啊。表面上看确实如此，鱼头说，但你是个不安分的人，没有定性，那辆白色加长林肯不会在 Lucy 酒吧外停很久的。

如果早生几年，赶在 80 年代之前，鱼头会是一位思想家。

他总能预见到很多事，犹如象棋和围棋的绝顶高手，总能窥探出对手五步之外的套路。何平被不幸言中是在以后，之前他还很拉风地开着那辆林肯，满世界丈量地球。

地球很大，也很小。有一次，红灯的时候，前面一辆银白色奔驰轿跑，总在起步后熄火，反复几次。何平的白色加长林肯堵在后面，眼睁睁看着红灯变绿，绿灯变红。十分钟后，何平下车，银白色奔驰轿跑的前面是个陡坡，新手的噩梦。开车的是个戴太阳镜的女人，何平敲开车窗，问：你还能开上去吧？

女人摘下眼镜，惊呼：何平？

何平说，刘美丽？

何平带刘美丽去了 Lucy 酒吧，介绍给鱼头和赵赵。刘美丽大方地和鱼头握手，说久仰大名。鱼头很有城府地说如雷贯耳。他们对彼此的印象，只存在于何平的口述中，可谓神交已久。刘美丽大加夸赞了酒吧，特别是厕所，把手居然是一撮稻草。

如果从酒吧设计来讲，的确算是何平的杰作：开门就是前台，摆满各种酒和饮料；卡座之间用蜡烛照明，光线被合理分割利用；酒吧整体空调用的是水冷循环，省电且环保；吧台的凳子很高，臀肥的姑娘坐上去，如是浅腰，能露出一层白皙的屁股。何平是按照方琦的喜好去设计的，每安排一个位置，他都会想：如果方琦来设计，她会这样安排。

肯定是你的主意，刘美丽指指何平，你总能让我高兴。

不是我让你高兴，何平纠正道，是你看到了厕所才高兴。

鱼头给刘美丽调了一杯红方，掺了雪碧和冰块，外加一片柠檬。刘美丽点上一支烟，用大拇指和食指捏住杯脚，很享受地喝完。她的脖颈细长，酒通过那里，弹起起伏的波浪。

刘美丽抽出一支烟，递给赵赵，被婉拒了。

多么朴实的妹子，刘美丽赞道。

刘美丽成了 Lucy 酒吧的常客，有事儿没事儿，总喜欢挑个地方坐下，听萨克斯演奏，喝鱼头调制的红方，掺了雪碧和冰块，外加一片柠檬。何平有时也过来，陪着一起喝，外面的白色加长林肯旁，总卧着那辆银白色奔驰轿跑，像一对神秘的组合。

何平没问她的境况，提起陈年旧事，说那一年去宾馆找她，偷了他父亲两枚避孕套。

是真的？刘美丽惊讶地张大嘴巴，说，你真可爱。

鱼头和赵赵下班的时候，刘美丽还没有走。他们在酒吧过了夜，何平不会像上次一样，扛着刘美丽回家，惹来家人的数落。他们整整喝了一瓶酒，刘美丽把何平摁到沙发上，撩拨他的欲望。她的嘴唇很湿，何平躺在那里，倒吸寒气。他们做遍整个酒吧，角角落落，包括厕所。她背对着何平，拽住把手的那一撮稻草，随着何平的每一次节奏而愉悦，发出类似于痛苦的喊叫。

他们尝试了很多姿势，她很兴奋，润滑得让何平忘乎所以。就在何平即将抽搐的时候，她游出何平的身体，将他骑在身下。何平搂着她的细腰，任她摆布，随着她的每一次蠕动而魂飞魄散。刘美丽的动作娴熟而凶狠，像要吞噬某种东西。她是在上面完成的冲刺，然后头发披散着趴在何平的身上。何平嗅着她的体香，几乎同时到达兴奋的极点。何平使劲搂住刘美丽，她的身体如此曲美，胸前一对 C 压得他透不过气。

她从何平的身上下来，一件件穿上衣服，然后在酒吧里给何平做了点儿吃的。她的手艺很好，做出的菜很有食欲，这年头，上得了厅堂下得了厨房也上得了床的姑娘，近乎绝迹了。

好吃吗，刘美丽说。嗯，何平边说边嚼，谁能娶到你，可真是一种福气。

何平听到刘美丽的一声轻轻叹息，就从后面抱住她，说，为什么喜欢在上面呢？

没什么，刘美丽说，这叫"以骑人之道还治骑人之身"。

他们的隐秘，只限于酒吧，出了这个地方，刘美丽就像换了个人，只作为何平的同学出现。何平很想问她有没有去过北京，有没有挽过一截老头儿的胳膊，但总没找着机会。

她的作息时间没有规律，有时接个电话，连声招呼不打，开着那辆银白色奔驰轿跑，绝尘而去。倒是晚上，一般都会有时间，于是陪何平过夜。

她每天的装束都不同，对内衣特别讲究，于是何平对内衣的解法相当熟练，后来发展到用嘴用牙齿也能咬开链扣，沿着边角，向下褪去……

鱼头知道何平和刘美丽的事儿，赵赵显然不太喜欢她。鱼头有时会暗示何平，说，酒吧里的沙发是不是该换了？何平说，还不到一年呢。但是，鱼头说，你没发现，它们都已经塌了吗？

何平说，还有什么需要换呢？

比如厕所的门把手，鱼头说，你没发现，那一撮稻草只剩下几根了吗？

鱼头对何平和刘美丽在酒吧里夜夜笙歌始终抱着宽容的态度，甚至，何平和刘美丽在吧台上做了一次，刘美丽的脚踢坏了几个杯子，他也没说什么。但是有一件事，鱼头还是提醒了何平，他说，刘美丽是不是有很重的心事？何平说，我也不知。他告诉何平，有一次，他竟然看见刘美丽躲在酒吧的一个角落嗑药。

虽然这是她的个人行为，鱼头说，但如果为此影响到酒吧的生意，就得不偿失了。何平想，鱼头的话是对的。况且，嗑药犯法，一旦被发现，Lucy 酒吧将脱不了干系。就在何平打算找刘美丽好好聊聊的时候，她却突然不见了。何平在酒吧待了一个晚上，也没把她等来，酒吧里的角角落落，填满她的影子。她的需求很强，不管在哪里，何时，都会向何平索要，像只发情的母兽。

何平在 Lucy 酒吧等了她几天，刘美丽没来，却等来了方琦。

应该说，方琦的出现很让何平意外，按正常轨迹，她应该开始读研究生了。

听说你当老板了，方琦说，不欢迎我来吗？

何平说，没有，只是太突然，没有心理准备。

和介绍刘美丽一样，何平把方琦介绍给鱼头和赵赵，方琦看着赵赵，很高兴地说，你就是那个河南姑娘吧？赵赵就不太好意思了。

看得出来，赵赵很喜欢方琦，就像方琦很喜欢赵赵一样。

你打算怎么办？鱼头把何平拉到一边。

什么怎么办？何平说。

何平明白鱼头的意思，但鱼头不明白何平和方琦的关系。

方琦不是那种酒吧一关店就脱衣服上床的那种女人，她比较传统（至少看起来像），要上床也只能在"父母之命，媒妁之言"的后头。

在那儿嘀咕什么呢，方琦冲他们招手，说什么我可全听见了。

应该还缺一个人，方琦笑着说，刘美丽怎么没来？

第十章 芝华士

方琦不打算考研了，因为在她准备考研的时候，研究生也扩招了！

这还得拜"大学产业化"所赐，只要你有钱，不是白痴，想读啥就读啥。

物以稀为贵的格局被打破，知识分子反倒成了嘲讽的代名词，真是个悲剧。

你可以在身边找出很多这样的例证，大学毕业后找到工作，但又不安于现状，辞职考研，结果研究生毕业，连之前的那份工作都没有了，只好随便找个活计，勉强糊口。Lucy酒吧招聘打杂员工的时候，就有这样的研究生前来应聘，被何平婉拒了。主要是用不起，王侯将相卖油条，咋说也不是那回事儿。

方琦似乎是看透了这一点，从武汉大学毕业，连犹豫都没犹豫，就回了这里。

她回家这事儿何平压根儿就不知道，何平对她还保留在长江轮渡上灯火阑珊的记忆，她那时还只是个刘海儿被江风托起的大学生，嘎嘎新的大美女，对樱花及一切浪漫的事物充满幻想。

简而言之，她是理想主义者，何平是现实主义者，连做梦都在算计一天的盈利，精确到一分一毛。

刘美丽的事儿，是赵赵捅出去的，何平始终怀疑，这个古灵精怪的姑娘，是故意的。她大概觉得方琦不错，想借方琦的手，把刘美丽这枚粉刺给挤出去。于是，在鱼头把何平拉到一旁，问他打算怎么办的时候，轻描淡写，就把刘美丽兜出来了。

方琦问，刘美丽今晚没有来吗，我可是好长时间没见到这个老同学了。

何平说，刘美丽好长时间没来了，她是富婆，特喜欢鱼头调制的红方。

何平把这块烫手的山芋丢给鱼头，以转移方琦的注意力，在社会上历练这么多年，遇事儿先搅浑是何平的生存法则。鱼头还为此给何平起了个绰号：搅屎棍。

赵赵不易察觉地冷笑一下，这丫头太了解何平了，她能治得了鱼头，把何平这号脉简直就是门儿清。

天底下就有这样一号姑娘，她们是上帝创造出来，专门惩治自以为是的男生的。就像赵赵，平时只是一个不起眼儿的姑娘，但是心眼咽进肚子里，鬼主意比谁都多。她是很容易被忽视的人，也是最不应该被忽视的人。她知道你性格中的缺陷，了解你的致命伤，在某个瞬间，像你的亲妈一样突然成熟起来。即使诡诈如鱼头，也不得不承认，他当年是小瞧赵赵了。赵赵看起来弱不禁风、噤若寒蝉，但总能在需要镇静的时候坚如磐石。很可惜的是，当何平意识到这一点的时候，已经晚了，所有人已经尽在赵赵的掌控之中。

这一招似乎很奏效，方琦果然就不再提刘美丽的事儿，央鱼头调了一杯芝华士，神清气爽地喝起来。虽然不再考研，但她另有安排，全力以赴考公务员。何平劝她别想不开，虽然工作稳定，可每年考公务员的人海了去了。有的职位几百个人才能考一个，何平说。但是，方琦说，你不去试试，怎么知道行不行呢？

而且，你也要考，陪我一块儿。

女生是很喜欢干什么事都要在一起的，一起上学，一起放学，一起上厕所，一起写作业，一起八卦，一起说悄悄话，一起看帅哥，一起看电影，一起吃零食，一起怀旧，一起感伤，一起等风起，一起看大海苍茫。女生凡事喜欢成双成对，大概是因为女生是不喜欢孤独的，需要有人陪；或者她们是没有安全感的，需要同行的保证。方琦是没有安全感的，她仅有的一点儿安全感来自家庭，没有父亲以后，这种安全感就崩塌了。

何平张了张嘴，一腔托词被方琦瞪了回去。

你不是去年拿到的函授专科？方琦说，我哥都跟我说了，报考的条件刚刚够。蛮子的嘴是靠不住了，他算是把何平给卖了。何平当初弄那张函授专科证书，是为进父亲的单位做准备的，后来Lucy酒吧有了稳定的收入，几乎就成了一张废纸。何平说，公务员考试的报名费很高，能割好几斤猪肉了。

你就值几斤猪肉钱？方琦反问，隐约透出一股杀气。

这才是蛮子的妹妹，何平想。

何平开车送方琦回家，她似乎闻出了刘美丽的味道，说，车里挺香的，带过不少女孩回家吧。

何平点燃一支烟，借故把车窗放下，迅速转移话题：唱片收到了吧。

唱得不错，方琦说，放给全寝室的姐妹听，都说是流行歌手的水准。

何平说，那倒未必。

只是封皮上的那段话不太懂，方琦说，这是结束，也是开始……

这可以有很多解释，这是结束，也是开始；这是死的结束，也是生的开始；这是过去的结束，也是未来的开始；这是旧感情的结束，也是新感情的开始；这是荒诞的结束，也是严肃的开始；这是寒冬的结束，也是春天的开始；这是幼稚的结束，也是成熟的开始；这是笑的结束，也是哭的开始；这是一个方琦的结束，也是另一个方琦的开始。

聪明人是点到即止的，何平没解释那段话，方琦也没追着再问。临下车的时候，她一再嘱咐何平多看点书，好应对考试。

你那么会忽悠，方琦说，申论应该不是问题。

但是还有行测，何平说，总不能全都靠蒙吧。

没事儿的，方琦说，把你对付刘美丽的十分之一拿出来，行测准过！

最后一句话是个致命杀招，她显然早就知道刘美丽的事，只是在酒吧里装傻，给足了何平面子。蛮子后来告诉何平，方琦刚一回来，就曾去Lucy酒吧找过何平。何平想，她肯定看到了刘美丽，还有她停在白色加长林肯旁的那辆银白色奔驰轿跑。

何平这才知道，方琦是有心机的，所有女人都是天生的侦探，细心捕捉着生活中的每一丝涟漪……

女人是天生的福尔摩斯，是包青天，可以从各种线索中探寻自己需要的答案。有很多事，方琦不说，不代表她傻，不代表她不知道。她当年因为喝药躺在医院，都没忘了刘美丽在何平的耳边嚼了什么舌头。她在大学里读书，但对何平了如指掌，他是怎么想的，他什么时候想学孙悟空任性一次，都心灵感应一般，传回到方琦那里。当她第一次去何平的酒吧，方琦就闻到了刘美丽的味儿，这是一股邪味，浸淫很深，非短时间内可以剔除。

何平开始庆幸刘美丽的突然消失，方琦的出现填补了刘美丽的空缺，他暂时不需要床笫之欢，光是公务员考试，就够他折腾的了。接下去报名，复习，为了显示诚意，何平还买了一套盗版公务员考试真题。

很快，考试的日子就到了，巧合的是，何平和方琦在同一个考场。何平说，想当年，作弊的手艺还是有的。方琦听出了画外音，做了个禁止的手势，说，最好死心，门儿都没有。

第一场考行测，方琦答题的时候，何平还在睡觉，她的手机被监考人员拿走，没办法把何平从睡梦中叫醒。

下午考试的时候，何平穿着大裤衩，趿着两根筋的拖鞋去了考场。监考人员看了看何平的准考证，问：你是上午缺考的那个？何平说是。那你还来个什么劲？何平伸个懒腰，说，重在参与……

坐下答题的时候，方琦犀利的目光投过来，戳得何平浑身不爽，芒刺在背。

考完试，方琦气呼呼地追到何平面前，说，这下好了，几斤猪肉的钱算是白扔了。

何平说，我只是陪太子读书，只要你考得好，我是无所谓了。她狠狠掐何平一下，也就不再理会。

放榜的时候，他们在酒吧里庆祝胜利，方琦考了第一名。

事实证明，平时多用功，有点真才实学，还是有好处的。比如她报的职位，考试的人数近四百，她竟然考了第一，就很不简单。根据一比三的面试资格，只要面试的环节不出问题，方琦就能成功晋级了。

喝酒的时候，鱼头拿着那张写有考试成绩的报纸，一副心事重重的样子。

咱们不能高兴得太早，鱼头指着报纸说，你们看第二名，是不是很熟？

连秋平？何平说，怎么会是他？

在一个地方生活得久了的好处就在于，凡是能折腾的主儿，基本都能为他们所熟知。比如这个成绩仅次于方琦的连秋平，他的父亲是本地最大房地产公司的老总。连家富可敌国，这小子经常开一辆三菱跑车，呼啸着招摇过市。

刚刚升起的热度迅速冷却，他们开始为面试担心，连秋平的名字像个樟脑球，让所有人不安。

送方琦回家的时候，没有开车，他们走着，气氛有些沉闷。何平说，你是笔试第一名，这谁也抹不掉。方琦没有说话，不知道在想什么。就在这时，一束灯光亮起，打在方琦身上。何平本能地把方琦推到一边，一辆汽车擦着方琦的身体撞了过去，速度之快，足可将人血碾当场。

肇事车没挂牌照，在冲过去之后，停了一下，然后急打方向，轮胎摩擦出一股青烟，瞬间就消失不见了。一切发生得太过突然，前后不超过10秒钟，何平看看方琦，她的脸上已经没有了血色。何平说，没事儿吧。方琦摇摇头。这件事发生在成绩公布的当晚，不得不使何平产生了怀疑。

没有牌照，突然袭击，一切仿佛是事先安排好的。

何平把方琦安顿好，当晚给蛮子打了个电话，把他约出来商量对策。

他是方琦的哥，不会坐视不管。他们四个人在酒吧里讨论了一夜，认为这件事绝非偶然，往最坏的方面去想，肇事者是想取方琦的性命，而受益者只可能是连秋平。

鱼头说，这件事最头疼的地方在于，我们没有证据，只是猜测，全是主观臆断。

蛮子拍案而起，说，我明天就找姓连的算账，看我怎么废了那小子！

何平把他摁住，说，你这样蛮干不行，只会把事情弄得更糟。

现在最重要的是，赵赵说，保护好方琦，至少在面试之前。还是赵赵的话靠谱，在没有确认凶手之前，唯一能做的，恐怕也只有防范了。

连家的声势第二天就造了出来，连秋平的庆功宴设在本市最高档的酒店，前去赴宴的人很多，报纸上罗列的名单足有长长的一串。报纸说，连秋平誓将本次考试进行到底。这相当于放了个风，和提前宣布胜利没什么两样。

报纸还说，本市今年房价持续上涨，连秋平父亲掌控的房地产公司新近开发的楼盘甫一上市，便被一抢而空了。

看看这些记者吧，蛮子扬着手里的报纸说，明摆着给连家做广告，房价天天涨，连秋平的腰杆儿只会越来越硬。这是没有办法的事，何平说，连家能做的事，我们做不到。

蛮子将那张报纸撕得粉碎，头也不回地走了。

他后来干了件蠢事，集结了一帮小弟，堵了连秋平的车。连秋平坐在他那辆改装了的三菱跑车里，挑衅地看着蛮子。知道我是谁吗？连秋平说。知道，蛮子说，所以才要收拾你。他把连秋平从三菱跑车里揪出来，一顿乱拳将连秋平送进了医院。接着，他自己也被送进了医院，伤于一场车祸，三根肋骨当场折断，骨刺穿破前胸，当场就昏迷了。

蛮子出事前，何平曾收到一则神秘短信，内容大致预言了蛮子的下场，好像整件事都在某个人的眼皮底下。

方琦哆嗦着手，在病危通知书上签了字。

他们在急诊室待了一晚，方琦的母亲，几乎一夜之间，头发就全白了。

她年轻的时候失去了丈夫，现在绝不能再失去儿子。

面试当天，方琦伺候在蛮子身边，她决定放弃。

何平陪在方琦左右，为蛮子祈祷，并为自己的无能为力而羞愧。人在很多时候都是无能为力的，你留不住生死，决定不了自己的命运。命运是注定的，你身边的人就是你的命运，你的光。你能做的，只是尽量让坏的命运延迟，让好的命运以一种惊喜的姿态降临。

何平思考成长的意义，于血淋淋的现实面前，低下了头颅。

第十一章 小三

回想起整件事，就像做了一场噩梦，甚至带有一丝诡异色彩。

蛮子出事前，何平曾收到一则陌生人的短信，暗示蛮子身处的险境。

还没等何平找到蛮子，他就出事了，过程和短信上的内容惊人一致。

何平回拨过那个陌生的号码，始终忙音。到通讯公司去查，办卡的身份证是伪造的。何平猜，这个发短信的人肯定知道内幕，只是因为某种原因不方便站出来。但有一点是肯定的，这件事与方琦的面试有关，与连秋平有关。

连秋平被打，接着蛮子就出了事，这种江湖路数，恩怨契合，一眼就能洞穿。

有人的地方就有江湖。这个江湖上有很多规则，僧多粥少，狼多肉少，所以必须讲清楚。大佬是江湖食物链的顶层，如果有外来物种横亘在大佬眼前，肯定是要被灭掉的。做这种事是不能光明正大的，所以要鬼使神差，杀人如草不闻声。做这种事是有风险的，如果失败，将被置于万劫不复的境地，所以行凶者必得心狠手辣。至于失手，方琦逃过暗算，连秋平就预感到会有麻烦了。

方琦放弃了面试，但并不表明她打算咽下这口气。蛮子的病危通知是一场虚惊，他还年轻，虽然断了三根肋骨，但求生欲望战胜了死神的邀约。方琦把蛮子托付给母亲，把何平叫出去，说，我现在就去找连秋平，为我哥讨个说法。

何平说，现在还不是时候，因为我们没有证据。

你怕了？方琦反问。

何平便不再迟疑，开车带方琦去找连秋平。

连家的房地产公司很气派，前身是大型企业，专接一些修路建桥的工程，生意一度做到海外。何平把车停在连秋平那辆改装了的三菱跑车旁边，周围泊的都是名车，宝马、卡宴、捷豹，甚至还有限量版的雪佛兰房车。这些车名义上是公司的，实际上是连秋平的私家车。何平还看到一辆熟悉的银白色奔驰轿跑，她停在黑色卡宴的旁边，之间似有某种牵扯。

来不及过多思考，何平和方琦就找到了连秋平的办公室。看门的保安忙着提一桶水仔细擦拭宝马的车轮轮毂，这应该也是他们的工作范围，就像董事长从车里出来，他们就立刻迎上去，将手平伸在董事长的头上一样。

连秋平的办公室很大，之前是他父亲的，现在是他的。

办公室的墙壁上挂一张世界地图，上面圈着很多陌生的地点，标注着这个公司的实力与辉煌。连秋平的办公室空旷如小型足球场，一面墙上挂着名人字画，旁边的橱柜里高低错落着价值不菲的文玩，办公桌很大，家具全部由珍贵的木料打造。另一面墙边摆的是一张喝茶的桌子，上面摆满了茶具和各种上好的茶叶。连秋平不太喜欢喝茶，摆这些东西主要是为了让自己看起来更有文化。办公室的东面有一道门，里面是卧室，装修富丽堂皇，连秋平在里面做过许多很私密的事情。

连秋平的年轻让何平惊讶于他所拥有的财富，有的人在他这个年龄，甚至超出这个年龄很多倍，依然在干着擦洗汽车轮毂的工作——而他，只因为有个好父亲，就可以对世间大多数美好的东西唾手可得。

他的脸上粘着创可贴，何平怀疑这小子是在知道他们兴师问罪之后，在某个垃圾桶里又捡起来，重新摁上去的。

你好，方琦克制了一下说，我叫方琦。

哦，连秋平指着脸上的创可贴，说，这就是你哥给打的。

明人不做暗事，何平说，既然到了这里，我们不妨就把事情挑明了，蛮子的事情是不是你干的？

我当是谁呢，连秋平傲慢地说，原来是Lucy酒吧的老板，还玩车吗？

何平与连秋平之前有过一面之缘，很多人喜欢在凌晨飙车，他和连秋平都参加过，只是没有单独比赛。

这个城市有很多富有的人，有很多钱花不出去的人，赛车就成了花钱的一个由头。飙车党是这个城市里特殊的族群，他们只在凌晨出没，驾驶百万级别的跑车，在城市的街道上风驰电掣。和《速度与激情》里演的不一样，这些飙车党的赛车远没有那么炫酷，而且比较低调，也没有穿着清凉的美女举着牌子走来走去。他们通常比赛完就回家了，不回家就到酒吧里喝酒，喝醉了回家。连秋平是这伙飙车族里驾龄最长的，他还在读小学的时候，他爸就开宝马了。有一次，连秋平不高兴，把他爸的宝马开出去逛了一圈，差点儿上了高速。

不仅是我，何平说，你应该对方琦身边的人都很熟悉吧？

我为什么要熟悉方琦？连秋平说，只因为她长得漂亮？

这是个很高明的无赖，连秋平是个出了名的公子哥、情场浪子，对所有漂亮的女人都能说出恭维之词。

我希望你明白，我们不是来调查取证的，方琦说，我今天来只想代表我哥，向你讨个说法。

连秋平嬉皮笑脸地看了眼方琦。

说法？连秋平说，那好，这件事让我母亲出面解决好了。

说完，他摁下桌上一个按钮，就有人推门而入了。

连秋平戏谑地说了声"母亲"，一个年轻女人走了进来，是刘美丽。

表面上，刘美丽是连秋平的妈，但他们在年龄上是很接近的。虽然刘美丽已经在穿着打扮上刻意把自己"变老"，但青春是掩藏不住的气息，这反而让刘美丽看起来更加性感。如果非要在刘美丽身上找出老旧的东西，可能就只剩下心态了。刘美丽曾在何平面前说过一段话：小的时候，我们都长身体了，所以很天真，很快乐。等长大，不长身体，就都长心眼儿去了，就活得很累了。

何平和方琦惊讶地站起，几乎说不出话来。

刘美丽倒显得十分镇静，她示意他们坐下，取出杯子，给他们泡上茶水。

秋平，刘美丽说，这件事交给我好了。

连秋平盯着刘美丽，这个他口中的"母亲"，一个和他年龄相仿的人。何平似乎明白了他们之间的关系，银白色奔驰轿跑，陌生手机短信，一切都顺理成章了。

和很多超级富豪的故事一样，刘美丽应该是连氏家族现在的掌门人，她大概是凭借着年轻和高超的功夫（何平体验过），挤走了连秋平的母亲，并取而代之。

刘美丽穿着黑丝，粗细均匀的腿足以征服任何男人。

何平想象着一幅肉艳的画面，赤身裸体的刘美丽，骑在年老体迈的连董事长的身上，一边扭动一边喊：以"骑人之道还治骑人之身"……

方琦大概也想到了，因为她不再像之前那么惊讶，只是冷冷地看着刘美丽。

这是一个十分有趣的场景，在座的四个人年龄相仿，却分别有四种身份：同学、情人、儿子和母亲。

何平在想，如果他把刘美丽在床上的表现讲出来，连秋平的脸上会有怎样的表情，会不会把这事儿兴奋地转告他的父亲。

刘美丽坐下来，一条嫩腿压在另一条嫩腿上，如果不怀好意，甚至能看到她的白色内裤。

刘美……不，刘女士，方琦换个称谓说，刚才你儿子把你请出来，希望你能给我们一个答复。

也许是"儿子"这个词太敏感，连秋平不自觉正了下身子，把两只脚抬到桌子上。

好，刘美丽说，你们想要什么说法？

补偿，何平说，蛮子现在躺在医院里，昨晚下了病危通知书。

和我们有什么关系？刘美丽反问。

方琦突然站起来，说，那我只好把面试的事情讲出去了，直到有人愿意听为止……

何平看出刘美丽的尴尬，她坐在这里，只是因为特殊的身份。

她并不是一个太坏的女人，甚至不是一个坏女人，不然，也就不会费尽心思给何平发短信了。连秋平旁观着眼前的一切，他并不稀罕什么面试，这一切都是父亲的要求，而且下达了死命令。原本一切顺利，没想到最后杀出个方琦，把笔试第一的位子抢了。他不是傻子，当然不希望把事情闹僵，下黑手打黑枪的事儿只能干一次。

连家大少是个智商很高，却经常犯浑的人。他的智商来自遗传，犯浑则是后天养成。上帝照顾连秋平，关上一扇窗户的同时，好不容易为他打开了一扇门，而他却用来夹脑袋。

他皱着眉头想了想，对方琦说，你先坐下。你哥的事情我也听说了，连秋平说，我听了也很伤心，出于人道主义，我会考虑给你们经济上的补偿。但是，连秋平接着说，这是有条件的。说完用手指着何平。咱们不妨赛道上较量一下，连秋平说，如果你赢了，我就按照你们说的办。

如果输了呢？何平说。

输了，连秋平说，Lucy 酒吧归我。

几乎没有犹豫，何平说，好。

连秋平直起身，怀疑自己听错了。

何平让刘美丽拿纸来，签字画押。

方琦拽住何平的胳膊，说，你……不再考虑一下了吗？

何平说，放心吧。

方琦很感激地看着何平，用身家性命去赌一场根本赢不了的比赛，如果不是技高一筹，那肯定就是疯了。她不知道的是，何平根本没有赢比赛的想法，他只想在赛道上和这个纨绔子弟同归于尽。

蛮子是何平的兄弟，方琦是他心中的神，他的天使，他愿意为了他们而冒这个风险。虽然连秋平生来富贵，穿开裆裤时就已经身价百万，但何平有和他一起共赴黄泉的机会。如果说，这个世上还有平等的话，死亡算是一个。所谓光脚的不怕穿鞋的，王侯将相，宁有种乎？

刘美丽当然不明白何平的想法，她略作思考，就拿来纸笔。

何平说，除此，我们还应该立一份生死状，毕竟赛车是高风险的事儿，如果某一方不小心挂掉了，与另一方无关。

连秋平警惕地看着何平，试图挖掘他这句话里的深意。

当然，何平说，如果怕死那就算了。

这句话让连秋平失去了理智，马上签了第二份协议。他不应该和何平这种人打赌，他有的是钱，应该好好活着。

他们离开的时候，楼下的保安还在跪着擦车。何平不明白，他们为什么就那么心安理得，安于现状，并不惜出卖自己的时间与尊严。

刘美丽把他们送到楼下，很愧疚地说，方琦……对不起。

方琦没有理她，弯腰进了车。

何平说，她心里有疙瘩，暂时解不开，不要跟她一般见识。刘美丽就苦笑一下，说，你放心，即使输掉比赛，我也会想办法的。何平说，你不能小瞧我，何平不再是几年前的何平了。

不是我小瞧你，刘美丽说，二手林肯怎么能跑赢三菱？你知道那辆车多少钱吗？

Lucy 酒吧即将破产的事儿让鱼头十分震惊。

你拿酒吧跟人家打赌了？鱼头问，你的二手林肯，还是加长的，能跑得赢进口三菱？你干脆把我也给赌上得了，反正也是喝西北风……

赵赵在一旁劝：何平这不是替蛮子出头嘛，上次在医院，蛮子差点儿就死了，多可怜……

鱼头真是个好人，赵赵这么一劝，他竟然就想通了。

第二天，他找来修车厂的师傅，对何平那辆二手加长林肯进行大修。

何平看到这一幕，说行啊，鱼头，你还真以为我能赢啊？

刘美丽私下找过何平一回，晚上来的，银白色奔驰轿跑停得很远。

何平说，今晚不走了？

她就掐何平一下，说，来点儿正经的。

何平说，我就喜欢不正经的……

她丢给何平一个纸包，打开，成沓的人民币，说，买辆新车去吧。

何平把钱扔给她，说，当你的小三（何平忘记她已经转正了）去吧。

何平不期望得到施舍，特别是刘美丽的。

比赛那天，连秋平老早就去了，改装版三菱急不可耐地发出震天动地的噪声。

何平开的还是那辆二手白色加长林肯，修火花塞耗了点时间，差点儿就迟到了。

鱼头远远看着何平那辆破车，叽叽嘎嘎地驶来，差点儿就哭出声来。

第十二章 红方

比赛时间定在凌晨，第一个跑完全程的，将赢得胜利。

连秋平叫来很多狐朋狗友前来助阵，一时豪车云集，想起《头文字D》。

何平坐在车里，对着绝望的鱼头，伸出一个V字手势。

方琦和赵赵也来了，她们和鱼头站在一起，虽然掩饰不住绝望，但至少装作很有信心的样子。来之前，何平去医院看了蛮子，他的情况稍微好了些，但仍不能说话。何平在蛮子耳边轻轻说了一句：好好养伤，我现在去收拾连秋平。

蛮子没有睁眼，嘴唇动了动，似乎有话要说。

何平和连秋平的车并排在一起，他把车窗落下，对何平笑，说，你就凭这辆车赢得比赛吗？

何平说，这辆车还是不错的，今早刚换的火花塞，可以确保不会半路熄火。

连秋平被何平逗乐了，说，不管怎样，还是十分钦佩你的勇气。

何平说，既然你那么肯定，你百分之百就能赢得比赛，那你敢不敢让我首发？

这是何平蓄谋已久的，如果想跟连秋平同归于尽，就要保证有一个时间段，何平的白色林肯和连秋平的改装三菱在同一个水平线上。换句话说，要想和连秋平同归于尽，至少得有一个同归于尽的机会。

发令枪响后，如果连秋平一马当先，将何平远远甩在身后，所有计划都将功亏一篑，Lucy 酒吧的破产将会是毫无意义的。

怎么样？何平说，敢不敢让我首发，几秒钟也好。

连秋平试图看清何平的诡计，但最终还是答应了，说，好吧，我倒想看一看，你是怎么赢得比赛的。

这样就好办了，首发意味着领先，当连秋平超车的时候，何平就可以猛打方向盘，将这小子撞个稀里哗啦，当然，何平也会稀里哗啦。

发令枪将要打响的时候，何平看到远处的刘美丽，她坐在那辆银白色奔驰轿跑里，向这边观望。在普通人眼里，刘美丽也许是个悲剧。但是，在这个"西门庆"化的世界里，笑贫不笑娼，很多人也就"宠物化"了——做有钱人的宠物，做一头成功的宠物。

这难说不是一种事业。

何平见过很多这样的"宠物"，她们大多是些青春靓丽的姑娘，妖娆美丽，可以让有钱的男人缴械投降。何平有一次，去理发店的时候，见过一个整容的姑娘，眼睛已经被"整"成斗鸡眼，鼻梁似乎也动过刀，用胶布包着。那个姑娘的可怜之处并不在于整容失败，而是她穿着一百来块钱的衣服，线头裸露，浑身散发出廉价的气息。这可以证明，有的宠物成功了，有的宠物没有成功，有的不仅没有成功，反而成了怪物。何平很心疼这样的姑娘，她们出身不好，花万把块钱去山寨医院整容，穿一百块钱的衣服，把生活过成了一块钱的品质。

在某些方面，何平要感谢刘美丽。她填补了方琦的缺失，给何平无尽的温柔体验，并在方琦和蛮子身处险境时给予提醒，她是个有良知的好姑娘。

发令枪响的那一刻，何平死命踩住油门，心里喊一声：再见，刘美丽！

何平在心里喊：再见，青春；再见，方琦；再见，回不去的时光；再见，放学后必去的路边摊；再见，课堂上用指甲盖捏出的星星们；再见，喜爱的或是讨厌的老师；再见，友人；再见，死敌；再见，无数个寥若晨星的夜；再见，无数个阳光灿烂的天；再见，年幼无知；再见，咫尺天涯。

白色加长林肯首先冲出起跑线，改装版三菱原地不动，等了几秒钟。

这个行为，可以看作是对何平的藐视。实际情况也的确如此，不要说几秒钟，即使几分钟，何平也赢不了连秋平。尽管如此，所有人还是不免有些吃惊。连秋平放松地看一下表，从容挂挡，改装版三菱一跃而起，追赶而来。何平在后视镜里看到步步紧逼的三菱，准备在它擦身而过的时候，猛打方向。

但是……事情总有但是。还没等何平打方向盘的时候，连秋平就已经飙过去了！

也就是说，何平低估了改装版三菱的速度，何平甚至没有看清它是怎么从自己身边飙过去的。何平当然也就失去了和他同归于尽的机会。

何平仿佛看到鱼头那张崩溃的脸、Lucy酒吧的破产，连同那只名叫Polly的鸟，也被连秋平一同煲了汤。

何平不紧不慢地开着那辆白色林肯，一路想着心事。有那么一刻，他想一脚将油门造死，汽车冲破护栏，就这么一了百了……

何平联想过自己离开后的世界，那必将是孤独的，四周弥漫哀歌。何平的父母一定会伤心，他们会因为晚年无人供养而放声大哭。父亲也许会哭得更伤心，虽然他平时表现最绝情。蛮子会永远记得自己，他是一个仗义的痞子，与何平亲如兄弟。鱼头会离开酒吧，带着赵赵开始另一种生活,鱼头是一个深沉的人,他不会很伤心,但当他头发全白的时候,会把何平的故事讲给孙子听。方琦也许会哭得死去活来,他们青梅竹马,有着浪漫的友情和升级加强版的爱情。最难猜的就是刘美丽,她也许会哭得歇斯底里,也许压根儿一滴泪都不会掉,她不会轻易表露自己的快意与悲伤。

但是……事情总有但是。当何平那辆白色加长林肯到达终点的时候,他看到了鱼头的欢笑,方琦和赵赵高兴地把何平拉下车,告诉他:你赢了!

何平以为这是幻觉,结果被鱼头的香槟浇醒,他没有看到改装版三菱,连秋平居然没到?!

就在这时,连秋平的那帮伙计好像接到什么指令,纷纷驾车走开了。

何平看了眼不远处的刘美丽,她正在接电话,手里不停比画着什么。

接完电话,刘美丽看何平一眼,驾驶她那辆银白色奔驰轿跑,转眼就消失掉了。

何平后来知道,连秋平当晚抄了近道,并为此付出惨重代价。当时,一名深夜看完电影的大学生从此经过,被连秋平的改装版三菱撞上了天。当然是死掉了。连秋平马上打电话给那群狐朋狗友,那群"富二代"公子哥们一个个赶到,像在参观电影拍摄基地。

连秋平接着打电话给刘美丽,刘美丽在电话里说,你不要紧张,我们会把你弄出来的。

这件事第二天就上了报纸,和第一次上报纸不同,这次连秋平的麻烦大了。报纸上有一张照片,连秋平坐在改装版三菱跑车的驾驶位,半遮着脸,十分茫然。

还有一张刘美丽的照片,她戴着深色眼镜,正在打着电话。

连秋平没有提飙车的事儿,说出来只会罪加一等,所以何平是安全的。

和何平一样安全的是 Lucy 酒吧,自从赢了比赛,他们就经常在酒吧里看直播，关注连秋平的案子。连秋平对媒体说了假话，说他当晚开车速度不快，没想到竟把人给撞死了。

幸亏有旁观者作证，谎言不攻自破，连秋平一下子被推到了风口浪尖。

也许对何平而言，这是最好的结果。没有同归于尽，连秋平却自己倒下了。他不应该答应和我赛车，不应该抄近道，不应该撞死大学生，不应该事后撒谎却不能自圆其说……

他太有钱，以致忽略了国情，民众可以对这个不关心，对那个也不关心，但对发生在马路上的事情尤为关注。因为所有人必须要走马路，这次不发出声音，下一次悲剧就可能轮到自己，出门买菜都要提前写好遗嘱。

虽然，蛮子的仇看似是报了，但何平始终高兴不起来，毕竟一条鲜活的生命为此而死掉了。虽然改变路线是连秋平的决定，但何平总觉得自己像个帮凶，客观上对这件事应负有责任。

这件事没有一方是赢家，方琦失去了机会，蛮子糟蹋了体质。

唯一高兴的是鱼头，他早已做好了当无业游民的准备。何平手里拿着契约，按照双方约定，他是可以找连氏家族索要经济补偿的。但何平没有去，想再等一等，刘美丽需要处理的事情很多，也许她正在为怎么捞出连秋平而绞尽脑汁。

没想到，最先找何平的恰恰是刘美丽。

她出现的时机很恰当。

方琦去医院照顾蛮子，鱼头和赵赵下班回家，刘美丽就是这个时候踏进酒吧的。

她看起来有些疲倦，刻意画着烟熏妆，并将那辆银白色奔驰轿跑停在离 Lucy 酒吧很远的地方。

何平给她倒了一杯红方，没掺雪碧和冰块，她现在更需要的是酒精浓度和一张温暖的床。

没有问，刘美丽就给何平讲了她的故事。

她前几年一直在漂，后来去了北京，就是在那里认识了连秋平的父亲。连家的总公司设在北京，为了金屋藏娇，连董事长在首都给她买了一套几百万的豪宅，就这么住下了。直到后来，她成功由小三转正，才回到这里。

你知道吗，刘美丽说，他每月坐两次飞机回来，名义上是来看我，但我清楚，他还有其他女人……

刘美丽还讲了连董事长的有钱，送钻戒都是鹅蛋大小，买汽车只需给会计打个电话，说：打一百万在账上。车就买了。

何平猜，这应该就是那辆银白色奔驰轿跑的由来。

我从此不再缺钱，刘美丽又给自己倒了一杯红方，说，但我过得并不开心，连秋平应该是恨我的，你上次去公司，已经看到了。

何平说，连秋平的案子怎么样了？

砸钱呗，刘美丽苦笑，说，快一百来万了。

何平是在报纸上看到，被撞大学生的家长已经接受了庭外和解，如果这样，他们能得到六七十万的经济赔偿。事实再一次证明何平是对的：一切能用人民币解决的问题，都不是问题。

刘美丽看看何平，说，连秋平的承诺还没有兑现，但我会把钱给你，作为蛮子的补偿，这也是他的意思。

何平没有说话，他不想跟刘美丽谈钱的事儿。

什么东西，只要一沾上钱，就再也不值钱了。

钱是一种很特殊的东西，等红灯的路口，骑两千块钱电动车的人羡慕开二十万汽车的人，但不知对方每月要还几千块钱的车贷房贷；开二十万汽车的人羡慕开百万豪车的人，但不知对方银行里有几百万的债务要还；开豪车的人羡慕骑电动车的人，没有钱，但至少没有还款的压力。

今晚还走？何平问。

除非你赶我，刘美丽说。

许是喝得兴奋了，何平抱着刘美丽，在酒吧里跳了一会儿。

她的手插进何平的衣服，搅得他军心大乱。

知道吗，刘美丽说，有时候，一个人，就很想你。

那我得把 Lucy 酒吧开遍全世界，何平说，不然养不起你，一辆车就一百来万，换个轮胎，就够 Lucy 一年的开销了。

何平也跟着喝了很多酒。平心而论，虽然开的是酒吧，但何平的酒量平平，因此经常遭到鱼头的嘲讽，他认为何平酒量尚可，只是在装。

何平也确实是醉了，不然，他会阻止刘美丽嗑药。

她似乎很畅快，整个人立即就兴奋起来，说，要不要来一口？

何平说，好。

就在何平准备来一口的时候，酒吧的门开了，站着方琦。

她看着何平，也看着刘美丽。桌子上乱七八糟放着东西。

方琦说，何平，你可以不爱我，但你不可以这样。

方琦的失望写在脸上，或者不仅仅是失望，还有绝望。她轻轻咬着嘴唇，梨花带雨，身体轻轻颤抖。她终究预感到这一幕会发生，但终究没能阻止它的到来。

还没等何平追出去，方琦就消失了。

何平踉跄着摔倒，仿佛看见青春无情地碎了一地……

第十三章 一地烟头

恋，是一个很强悍的字。

上面是"变态"的"变"的上半部分，下面是"变态"的"态"的下半部分。

这说明，爱一个人，是件挺折腾人的事儿，也挺不容易。

何平和方琦认识这么多年，从未提到一个"爱"字，哪怕"喜欢"，也绝少开口。他们从小在一起长大，说不上顺风顺水，但也没经历过磨难。即使她在武汉，何平在山东，两颗心总还是在一起的。但是，在那天晚上，当方琦看到何平和刘美丽坐在一起嗑药的时候，她说，何平，你可以不爱我，但你不可以这样。

何平是太不珍惜方琦了，因为他对方琦的简单视而不见。方琦是一个值得去爱的女孩子，清澈见底。一个人一眼能够看到底，不是因为肤浅，不够深刻，而是因为太简单、太纯净。这样的简单和纯净，让人敬仰；有的人云山雾罩，看起来很复杂，很有深度，其实，这种深度并不在灵魂的深处，而是城府太深。这种复杂，是险恶人性的交错，而不是曼妙智慧的叠加。简单，是一种大美。当知道这些道理的时候，何平已经失去方琦了。

方琦的话对何平打击挺大的，他开始考虑，对方琦的表白实在太晚了，或者压根儿就没有表白过。这么多年，何平甚至没有牵过她的手。何平想追出去，解释清楚，她却消失了。

有时候，你想找的那个人，寻找的时候会耗费很多气力，但将她丢失掉却很简单。

需要的，仅仅只是一个失望。

每个人都有特别悲观失望的时候，导火索可能只是一件小小的事情，比如打翻了水杯，找不到急用的东西，迷了路，生了病。像一根刺，扎破了心里积攒疲惫的那颗气球，然后委屈四散开来，连呼吸都觉得累。那就大哭一场、大吃一顿，或者大醉一回，总有办法排解，不要放任自己陷在不快乐里。方琦就是那个水杯，何平把这个水杯打翻了，把心情濡得很湿。但他没想哭，也没脸吃，更没资格大醉一回。他想了很多惩罚自己的办法，但都不够解恨。

何平当时有一种预感，如果就这么放弃了，方琦会从他的视野里消失，且永远不再属于他。

蛮子曾经告诉过何平，方琦之所以放弃读研究生，其一是研究生的贬值；其二是为了和何平在一起，只要读了研，后面就必须考虑留校，他们将永远咫尺天涯。多么好的姑娘，而何平却伤害了她。

何平在方琦家外坐了一夜，抽了一地烟头，也终究没能挽留住这段感情。

何平不能说这辈子只能爱一个人，这根本不可能。可是一定有一个人，能让他笑得最灿烂，笑得最透彻，记得最深刻。何平不能保证这辈子不爱上别人，但他可以肯定的是，方琦是他生命中最不想失去的人。当方琦还在，他不知道什么叫失去；当方琦离开，他泪雨滂沱。

刘美丽再没来过 Lucy 酒吧，她和方琦就跟商量好了似的，捅破一个阴谋，然后一起离开。

想起《双食记》，里面那个左右逢源的男人，被两边的女人识破，为了报复，女人们暗自商量，在他来的时候纷纷烹制美味的"慢性毒药"。何平甚至比不上《双食记》里的男人，他至少是吃了精美的食材，虽是倒下，却让女人们好生伺候了一回。

也许是过于失望，何平从此不再过问 Lucy 酒吧的事儿，甚至连对账的心情也没有。他只是开着车，到处喝酒，认识形形色色的姑娘，并跟她们上床。

她们对何平很着迷，但何平只在喝醉的时候跟她们上床，从不带她们回家，顶多在车里折腾。

二手白色加长林肯的空间很大，何平的腰部发力，可以把姑娘们顶得很远。

她们尖叫着爬起，把何平压在身下，整部车子就发出有节奏的震颤。

这部车子后来被何平卖掉了，只卖了两万，当时 Lucy 酒吧的经营越来越差，大有关门歇业之势。不知曾几何时，Lucy 酒吧居然出现了危机。何平根本没想到 Lucy 酒吧的没落，它竟然也是有生命的，有起有落，撑不下去也会死亡。

何平找鱼头商量的时候查了一下账，发现了很多问题，虽然何平很长时间没有参与管理，但漏洞很大，没逃过他的眼睛。

何平问鱼头，Lucy 酒吧到底出了什么事。鱼头告诉何平，前段时间，有一个孩子经常到酒吧喝酒，每次都带着一帮伙计，点名贵的酒，不醉不归。这个孩子每次来的时候，Lucy 酒吧一天的开销就有了着落。有一次，这个孩子在喝酒的时候突然晕厥，倒了下去，送到医院判了个中风。

因为这事儿，Lucy 酒吧受到"格外关照"，那个喝酒中风的孩子，据说很有背景。

鱼头跟何平说话的时候，赵赵在旁边若无其事地喝酒，并不像往常一样跟何平开玩笑。也许是酒吧的事儿让所有人心情压抑，失去了开心的动力。何平说，尽管如此，Lucy 酒吧也不应该走到这一步。鱼头死盯着何平，说，你什么意思？

何平说，账目上有些问题，不知道你看出来没有。

鱼头说，你现在看出问题了？你早干什么去了？你在外面找乐子的时候，还惦记着谁？

他说得没错儿，今天的局面是何平一手造成的，如果非要找替罪羊的话，何平应该首当其冲。何平问鱼头现在的打算。只能把酒吧卖了，鱼头说，位置不错，应该会有人接手。

何平从酒吧里出来，远远看了眼 Lucy 的招牌。这个位置的确不错。何平想起父亲当年对酒吧的疑惑：明明在路东，却叫什么路西……

转让广告没打多久，就有人表达了购买意向，出价 8 万。何平希望 Lucy 可以渡过难关，就像上次和连秋平打赌一样，最后蹦出个奇迹。连秋平此时，已经吃了半年多牢饭，虽然赔了很多钱，但毕竟夺走一条人命，况且还是一名大学生。为了不让自己家门口变成 F1 赛道，民众罕见地伸张了正义，集体把连秋平送进了监狱。至于他什么时候出来，鬼才知道。

蛮子的伤已经好了，因为何平又听说很多人被蛮子打得送进了医院。

他的经济补偿得到了兑现，是刘美丽亲自办的，具体给了多少钱，没人知道。也许是因为方琦，蛮子没来找过何平，何平更不好意思主动找他。

据说方琦去了一家汽车专营店，工作是随便找的。何平曾经偷偷将车停在汽车 4S 店外，看到一个肥硕的男人开车找她。他们聊得很开心，何平似乎应该为方琦的选择而高兴。

自从离开何平，换了工作，方琦感觉自己并不憎恶谁，心态平和到难以置信。女孩子，拥有独立的人格，懂得照顾好自己，在事情处理妥帖后能尽情享受生活，不常倾诉，自己的苦难自己有能力消释，不因小事随便发脾气久久不能释怀，内心强大而能生出一种体恤式的温柔，不被廉价的言论和情感煽动，坚持自己的判断不后悔。方琦已渐渐成为这样的人，一个最棒的女孩。

不管怎么样，Lucy 酒吧的转让是不可避免了。转让的价格是 8 万。何平只有一个请求，保留原有员工，他们跟了何平多年，没赚什么钱，但也不能让他们在这里失业。

对方很通融，答应了这个请求，说 Lucy 酒吧的名字还会保留，员工也会保留，因为它将变为一个私人会所，只对有限的人开放。

失去酒吧，失去方琦，何平并没有去纠缠她。他想，如果真的没在一起，他也不能难过，也许只是对方在自己无聊的时候给了他一些陪伴，在他还没了解自己想要什么的时候给了他一些惊喜。失去的东西，就顺其自然吧。转身的方式有很多，纠缠是最不酷的一种，何平不能不酷地活着。

何平对酒吧的未来不感兴趣，私人会所是刚兴起的产物，通常是邀请自己的朋友一起举办派对，并在这种场合达成某种协议。何平把这 8 万块钱分了，加上卖车的 2 万，按照股份给了鱼头。何平说，多给了你小子一些，跟赵赵回去，结婚吧。赵赵拽着鱼头，想哭。

鱼头说，你不想知道账面上出了什么问题吗？

何平说，在你走之前，我还不想。

鱼头说，我得多为自己考虑，怕你有一天突然癫狂，再把 Lucy 酒吧抵出去……

何平这才明白鱼头的苦衷，他是被何平吓怕了。

说实话，第一次和连秋平打赌，把 Lucy 酒吧抵出去这事儿，对鱼头触动很大。如果那一次连秋平没有临时改变路线，何平就不会赢得比赛，鱼头在 Lucy 酒吧的股份就将血本无归。虽然他在账目上做了手脚，但何平的错误在前，所以也就原谅了他。

赵赵分手时对何平说，有时间还是看看方琦吧，她是个好姑娘，不要辜负了她。

何平说，好。

心想，方琦也许已经不再需要自己了。

何平把剩下的钱交给父母，酒吧当年开张是他们入的股。父亲对酒吧的倒闭丝毫不感到意外，也许在他看来，建在路东而偏叫路西，本身就是不合风水的事儿。他的仕途很顺，还穿花花公子和老人头。母亲偷偷告诉何平，父亲最近活动频繁，想给何平弄个工作。何平说，看看吧，谁说我一定去？母亲就拍何平一巴掌，骂了一句"臭小子"。

虽然不再是 Lucy 酒吧的老板，但何平还是会想起那个地方，毕竟有很多回忆在里面。有一天，何平接到电话，号码是 Lucy 酒吧。那边说，交接时比较匆忙，很多事情没有交代清，希望他能过去一趟。虽然疑惑，但还是去了。酒吧的格局没有变，或者说，除了老板，所有都没变。

何平看到一个熟悉的背影坐在吧台上，说，你好啊，蛮子。

蛮子转过身，脸上露出累累伤痕，是那次车祸造就的结果。

即便如此，他的身边还是挤着漂亮女人，好像挽着他的是个不变的青春。

蛮子示意，让女人退下，看何平熟练地跳上吧台，说，方琦就是在这里被你逼走的吧？

何平没有说话，拿了一瓶百威，一口气喝完。

何平说，蛮子，你揍我一顿好了。

他冲何平笑笑，一瞬间，何平感到他变了，不再是以前那个只知挥舞拳头的愣头青。他说，也许你没有想到，收购酒吧的是我。

这一点的确让何平意外，他重出江湖，小小的血雨腥风背后，竟然躲躲藏藏，顺手抢了何平的酒吧。

是为了惩罚我，何平说，还是替方琦出头？

蛮子问，两者有什么区别吗？

Lucy 酒吧还是你的，蛮子说，只要你把方琦追回来。

何平明白了蛮子的意思，他最终还是希望何平能和方琦在一起。

虽然何平认为这个想法有些不切实际，但还是答应到酒吧帮忙。

相比何平的落魄、蛮子的崛起，方琦的日子要平淡很多。她那晚亲眼目睹了何平和刘美丽的龌龊，并被伤害得无以复加。后来，她应聘了一家汽车卖场，安心上起班来。因为职业的缘故，方琦认识了很多车主，大多是些有钱人。其中有一个对方琦起了想法，每天下班都要来接方琦。方琦是个很单纯的人，一来二往，竟关系亲密起来。

这也难怪，从小到大，方琦受到的只是兄妹之爱。蛮子宠着她，何平宠着她，而对于男女之爱，却是一点儿都没尝过。虽然上大学的时候，有人表达过爱慕之意，但都被方琦拒绝掉了。她是个比较传统的人，当时对何平抱有的希望太大。所以，当她被何平深深伤害过之后，便改变了这个看法，不再为何平保留处女之身。

何平是在方琦打给他的电话里知道的这件事。

她当时在电话里哭泣，骂那个已婚的男人骗取了她的贞操。

我想跟他一刀两断，方琦说，但他总打电话过来，威胁我的家人。

更糟糕的还在后头，那个已婚男人的老婆第二天就找到方琦的单位。

她想毁掉方琦的名声，让这个与她丈夫有染的女人身败名裂。

第十四章 朝鲜姑娘

时间，对于那些别出心裁的小花样，总是残酷无情的。

铅笔上飞转的卡带，心形吊坠，友谊证书，长江轮渡上的灯火阑珊，武汉西餐厅里的浪漫一夜，Lucy 酒吧里的一杯芝华士……这些别出心裁的小花样，像漂浮在时间长河里的一条条纸船，被世故与残酷浸透，接连沉入水底，锈蚀成难以忘却的泰坦尼克。

方琦是走进何平生命里的人，但她现在不想陪何平了，想走。来者要惜，去者要放。人生是那一场旅行，不是所有人都回去同一个地方。路途的邂逅，总是美丽，分手的驿站，总是凄凉。不管喜与愁，该走的还是要走，该来的终究会来。人生的旅程，大半是孤单。懂得珍惜，来的俱是美丽；舍得放手，走的不成负担。对过去，要放；对现在，要惜；对将来，要信。将来在哪里，何平不知道，但他相信自己一定会遇到一个和方琦同样好的姑娘。

何平的意思是，他和方琦之间是不可能愈合了。

方琦也意识到了这一点，她与何平的缘分尽了，再也不会有什么了。真正的放弃是无声无息的，不会把他拉入黑名单，不会删掉他的电话，看到他过得好可以毫不羡慕地点赞，即便路上碰见也可以给个恰到好处的微笑，只是心里清楚知道，他们不会再热络地聊天到深夜，不会因为矫情到死阴晴不定。当初那么喜欢，现在那么释然，没有犹豫，这段路，只能陪他走到这里了。明白了这些，方琦也就安心生活，安心工作。

从表面上看，方琦选择了汽车专营店的工作，实在是屈才。可实际情况是，当年和方琦一起参加应聘的，还有很多名牌大学的本科毕业生。他们已经学会务实，不再奢望几十万年薪外加巴厘岛福利旅行，只求暂时能吃上一口饱饭。

为了彻底忘掉何平，她在公司附近租了房子，并在那里被成功套现了贞操。

那个男人很会说，巧舌如簧，总能用精致的语言把方琦唬晕。

不仅如此，他还很会作秀，第一次接方琦下班，开一辆帕拉丁，有点钱的样子。

方琦被这个男人的殷勤蛊惑了，何平的那些小花样只能叫浪漫，而这个男人的所作所为，几乎可以称得上勾引。

他在每一句话里掺上一个"爱"字，好像每一听百事可乐里都要添加糖精。

这样一来，那听可乐就摇身一变，成了春药。

方琦失身后，那个男人的帕拉丁就不见了，他说那是朋友的车。

她还接到了一个中年女人的电话，告诉她，臭不要脸的小狐狸（真没文化），居然敢勾引我男人，他可是连孩子都有了的啊。

方琦当时就崩溃了，她打那个男人的手机，说，我们完了。

那个男人是个极品，事情败露后，不仅没有羞愧，反而很得意地说，你已经是我的了，我不会放过你……

一个男人，一旦不要脸起来，是十分难缠的。他开始每天不停地打方琦的电话，打方琦同事的电话，打方琦公司的电话。

没人接不要紧，关键是一个态度，继续打！

这一度影响了汽车专营店的工作，很多需要修车的顾客，电话打不进来，只能暗自骂娘。这件事甚至惊动了汽车专营店的总经理，他很严肃地对那个男人说，如果再这样下去，我们只好报警了。

我们是真心相爱的，那个男人说，你们只管报警好了。

实在躲不过去，方琦有时会接一下电话，那个男人便在电话里哀求。他是个卓越的演说家，电话能打几个小时。

总之，方琦说，我们是不可能的。

那个男人就疯了，在电话里骂起来，所有能想到的最恶毒的词语，都可以听得到。

方琦把电话挂死，同事的手机就响了，同事的手机关掉，公司的电话此起彼伏。

她不知道为什么会沾惹上这样的男人，她被魔鬼夺走了贞操，却还要躲避这个魔鬼。

那个男人的老婆也是极品，她把男人的出轨归结为方琦的蓄意勾引。像她男人一样，她也打电话骂过方琦，并扬言到公司里来，"扯烂你的嘴"。

没有办法，方琦请了假，回家，没敢把这事儿告诉蛮子。她知道她哥的脾气，更何况是这种事，一旦蛮子发了火，那个男人存不存在于这个世上，都很难说。

所以，方琦说，我只有找你。

每个人都有不得不吃屎的时候，何平说，只是不要细嚼。

何平不怎么会劝人，那句话却把方琦逗乐了。

你还是那么一针见血，方琦说。

何平看着方琦，想着她的第一次没有被自己及时截下，不自觉对那个流氓产生了恶意。方琦可以不属于我，但不能被侮辱、被损害。

何平把那个男人约出来，他见何平时还很嚣张，不自觉摆了个白鹤亮翅的 pose。

何平问他，连秋平知道不？他说，知道。何平说，就在一年前，连秋平被人一刀捅进医院，捅连秋平的，就是方琦她哥。

那个男人的脸，渐渐变绿，他刚开始还是一匹马，现在连驴都不是，充其量只是一头骡子。

面对这样的尿货，何平失去了调戏他的热情。临去之前，何平带了一瓶芝华士，喝干，想用芝华士的瓶子，在他头上豁条口子。可是现在，何平颓唐地将他放生，何平怀疑芝华士的瓶子，可以让他尿湿当场。

处理完方琦的事，何平就回了 Lucy 酒吧，他现在不是老板，不能像以前一样，为所欲为。蛮子经营酒吧的思路和何平不一样。何平追求的是效益，也就是通俗的钱，他追求的是乱七八糟，好像花钱买这么个酒吧，就是为了玩。

更奇怪的事情还在后头，有一天，蛮子带来几个女人，让她们穿上性感的衣服。

何平问这些女人从哪里来，蛮子说，朝鲜，一袋大米换来的。

何平以为这是个玩笑，没想到竟是真的，至少有一部分是真的。

那些姑娘来自贫困山区，其中一个是朝鲜人，蛮子依靠在边防上的关系，只用了一袋大米，就完成了交易。

何平问蛮子，你买这些妞儿回来，是想开夜总会吗？

蛮子说，不对外营业，自己用。

他的意思何平懂，这里是私人会所，需要特殊服务的人，会觉得这里安全，而且妞儿也干净。

何平说，蛮子，这里可是酒吧。

以前的确是，蛮子说，以后就不再是了。

他玩笑似的打了何平一拳，说，你小子认真什么，那些妞儿有看上的吗，随便挑。

何平说，你怎么这样儿，你可是方琦她哥。

这句话把蛮子给噎着了。

我是要求你对方琦好，蛮子说，但逢场作戏的时候，你也得勇于发挥啊！

何平没有接受蛮子的好意，他也喜欢漂亮妞儿，但不能胡来，一袋大米换来的姑娘，也有她的尊严。

况且，这是不是蛮子设下的一个套儿，目前为止还不能确定。何平不能被他捉奸在床，然后被指着鼻子说，就知道你是这块熊货！

何平无法原谅自己，他时常想起过往，想起方琦，想起回不去的年少时光。每个人都有这样的经历吧：躺在夜里，却怎么也睡不着，会有许多许多的画面在自己的脑海里，曾经的你，曾经的我，曾经的我们，或悲或喜，或忧或痛，很多人，不是你想一直陪伴就真的能一直陪伴着；很多事，不是你想怎么样就真的怎么样，你无能为力，什么时过境迁，物是人非，都可以成为很好的理由。何平无能为力，他能做到的也只是等待时过境迁，物是人非。

那些妞儿吃住在酒吧，朝鲜姑娘好像不太合群，总是落单。

经过简单培训，这些妞儿就正式上岗了。

酒吧每晚都会来很多神秘的客人，他们彼此熟知，打着招呼，然后一起走进包房。这些妞儿就在这个时候出现，她们被指派给每一位客人，劝客人喝酒，陪客人聊天，喂客人糖果。她们会被抱着、亲着、摸着，这说明客人已经放开了，事后是有奖励的。

唯独那个朝鲜姑娘，每次都很落寞，一个人坐在沙发上玩手机。

她很丰满，皮肤很白，像个郁郁寡欢的公主。

这跟周围的环境是不搭调的，蛮子不止一次地发牢骚：我用一袋大米把她换来，不是让她摁拨手机的。

何平说，她是外国人，对咱们国情还不了解。

屁，蛮子说，跟老子玩什么西湖龙井，她爹妈是朝鲜人，在东北长大，装什么超级大瓣蒜！

何平说，那也是半个洋人，容她点儿时间。

何平开始对这个朝鲜姑娘感到好奇，才知道她叫夏沫。

何平试着提醒她。

好几次，那些妞儿在酒吧里吃饭，何平总是凑在夏沫旁边，小声叫她名字。

也许是语言不通，她没有理何平。她喜欢穿绿色小碎花的裙子，白皙的手背经络分明，如果弯腰，可以看到半球。

何平又找到她的手机号，给她发短信，劝她以后"开放"些，以免吃到苦头。不曾料想，她居然回复了短信，说，你是在劝我跟那些人上床吗？

跟老外是没道理可讲的，尽管在这里需要出卖灵肉，但何平毫不怀疑，夏沫是不会逃走的。至少在这里，她可以吃得上白面米饭，何平之前还听说，中朝边境的朝鲜女兵，可以为了一条丝袜而跟过路的走贩上床。

何平想，夏沫的防守是徒劳的，在这种地方，沦陷是早晚的事儿，区别只在于，你采取何种方式。

何平不清楚蛮子为什么要这样做，他花了很多钱，每天请乱七八糟的人吃喝玩乐。早晨清理包间，总能扫出些恶心的秽物。

何平眼下的处境十分尴尬，他只想搞酒吧，而不是搞妞儿。

蛮子不在的时候，何平也会陪着客人喝酒，怀里搂着妞儿。

他们把头扎进姑娘们的怀里，在节奏和光影中慢摇。

现在的 Lucy，已不是以前的 Lucy。

以前的 Lucy 是酒吧，现在的 Lucy 是窑子。

以前的 Lucy 可以调红方、芝华士和杰克丹尼，现在的 Lucy 药丸有红、白、粉三种。

何平现在还不能走，方琦的事儿让他觉得，欠蛮子一份人情。

何平觉得，他与蛮子之间，关系是有变化的。友谊这个东西已经被世人捧得太高，它跟永恒其实没有太大关系。换了空间时间，总会有人离去，也总会有更与当下的你心有相通的同伴不断出现，来陪你走接下来或短或长的一段。所以，不要太念念不忘，也不要期待有什么回响，你要从同路者中寻找同伴，而非硬拽着旧人一起上路。鱼头走了，赵赵走了，方琦走了，蛮子也走了。过去的蛮子不在了，他脱胎换骨，变成了另外一个人。当何平决心不再念念不忘时，往事在历史的树洞里发出回响。

虽然他的经济赔偿是何平给要回来的，当初何平还差点为了他，与连秋平同归于尽。说到底，这都是义气上的事儿，不求回报。何平还是会偶尔陪着客人喝酒，夏沫还是不接客（玩手机是很忙的）。

有一次，夏沫的冷淡惹恼了客人，他看上去很斯文，说起话来却很直白。

他说，我就看上这小娘们儿了，你们都出去，我非得把她干了！

他两手攥住夏沫的腿，试图掰开。

其他人，包括何平，都很知趣地走开了。

何平听到那扇关上的门背后的挣扎。

那扇门关闭前，露出夏沫的脸。

她看着何平，欲言又止。

何平想冲进去，被蛮子拦住了。

他用眼神示意何平：那和你无关。

何平说，如果她是你的妹子，你还会站着，眼睁睁看她被糟践吗？

蛮子低下头，陷入了沉思。

第十五章 鸭绿江

身处地狱，

在地狱里寻找非地狱的人和物，

学会辨别它们，赋予它们空间，使它们存在下去。

夏沫就是这个地狱里"非地狱的人和物"，她倔强地反抗命运，尽力将沦陷的时间表向后推移。她那晚照例坐在沙发上摁手机，有人扑过来，整条手臂摸进她的大腿。她反感地避让，没想到惹恼了对方。她挨了一个耳光，被那个恼羞成怒的男人压在身下，她的脚踝很白，被攥在男人的手里。

她几乎被扒光了衣服，她那样新鲜，远远看去，一团白光。

蛮子将何平拦住是有道理的。他请这些人来私人会所，喝酒玩女人，是要利用他们掌握的资源。这些人惹不起，随便找个由头，就能把他碾死。何平说，如果她是你的妹子，你还会站着，眼睁睁看她被糟践吗？蛮子低下头，陷入了沉思。何平就趁这个机会，踹开那扇门。

那个男人脱得只剩下一条内裤，夏沫白花花躺在身下。

何平拉起夏沫，对那个男人说，对不起，今晚她是我的……

何平不知道他当时是怎么了，他也想息事宁人，但还是没能忍住。人愤怒的那一个瞬间，智商是零。人的优雅关键在于控制自己的情绪。用嘴伤害人是最愚蠢的一种行为。想要得到别人的尊重，先学会尊重别人。瞬间的惊奇真是种确幸，每种确幸都是个玄妙的句子。吊桥抬起，退回到内心幽静的花园，邂逅的还是那种熟悉的冷冷清清又轰轰烈烈的美好质感。在冲进夏沫包间的时候，何平的智商何止为零，简直就是负数。

那个男人瞪大眼睛，对何平咆哮：你算什么东西，知道我是谁吗？

何平没有理他，捡起地上夏沫的衣裳，拉着她向外走去。

迎面撞上蛮子，他无奈地摇摇头，闪开一条道，说，走吧。

把他们放走，蛮子就进屋，替何平挨骂，承诺用更好的姑娘替代。

何平带夏沫去路边摊吃了点儿东西，也许是挣扎得太狠，消耗了体力，夏沫吃了很多。很久她才抬起头，对何平说了声"谢谢"。

何平抽着烟，喝了一瓶啤酒，在她吃完后递过一张餐巾纸。好吧，夏沫说，咱们去哪儿？什么？何平说，还以为你是个哑巴。桌子上的啤酒瓶里还有点酒，夏沫拿过去，一口气喝干了。

夏沫说，不是你说的吗，今晚我是你的……

何平又要了两瓶啤酒，开一瓶给夏沫。

何平问，你真是一袋大米换来的吗？

不可否认，夏沫是有吸引力的，她是一个迷人的姑娘，尽管她是卑微的、弱小的、唯唯诺诺的。真正迷人的女人不靠脸，而是靠内涵和淡然，所以只有相处长了，才晓得女人美丽与否，外貌能吸引人，却不一定能留住人。真正吸引人的男人不靠钱，而是靠学识和阅历，所以只有不用金钱装饰，才晓得是不是真有内在，金钱可以满足人，却不一定能折服人。所以，容颜易老，金钱苍白，唯有内心强大才会久远。在何平最落魄、最没钱的时候，他爱上夏沫，这段感情与金钱无关。

夏沫有点惊人的小酒量，她喝起酒来很凶，第一瓶啤酒喝完，接着把何平那瓶也要了去。何平说，你不干酒吧，还真是亏了。我在东北长大，夏沫说，你也知道东北人的酒量。她随后讲了在东北的生活，山里的榛果，黑黑的土地。也讲了朝鲜和鸭绿江。

鸭绿江其实很窄，夏沫说，涨水的时候，总有密密麻麻的偷渡客，企图从那边漂过来，局面无法控制的时候，会迎来成梭的子弹。

　　她还讲了朝鲜的事儿，说在朝鲜，一袋大米可以换一名女大学生。何平说，这可是超级划算的买卖，不仅讨了老婆，而且还是大学生。但也是有代价的，夏沫说，如果被发现，偷渡出去的人，锁骨会被钩子刺穿，拖在地上拽回去。

　　何平被夏沫的描述震惊了，心想，倘若她被发现，会不会也被同胞用钩子刺穿锁骨，拖在地上拽着走。

　　她在桌子下踢何平一脚，看何平惊吓的样子，哈哈大笑起来。

　　何平也给夏沫讲了自己的故事，说如今的 Lucy 酒吧其实是他的，也曾经很有钱，换过车，开过林肯。当然天有不测风云，何平说，这一切都没了，我变成不名一文的臭小子。

　　并不是每一条小溪都想汇入大海，夏沫说，也并不是每个人都想当有钱人。

　　何平说，凭你现在的素质，我都开始怀疑你是女大学生了。

　　夏沫跟何平在外面晃了一整夜，何平没带她回家，一袋大米换来的姑娘也有尊严。

　　他们在广场坐了一晚，天刚刚亮的时候，何平把衣服披给她，让她枕着何平的肩睡了一会儿。她睡得很甜，不知道梦境里会不会有鸭绿江，打在水面的子弹，和穿过锁骨的血淋淋的钩子。

　　何平轻轻揽着她，她胳膊上还有昨晚挣扎时落下的瘀青，她的身上肯定还有。

　　何平突然很难受，好像轻薄她的那个人是他。

　　何平一时心绪难平，他怎么也不会想到，会为一个突然闯入心灵世界的姑娘而感同身受。时光匆匆，冷眼待世，马不停蹄地向远方奔去。可喜的是，它把一些人带向了未来，去徜徉这一世眷恋的风景。可悲的是，它把一些人搁置在了回忆里，沉溺在了旧时的笙歌里，怅然若失，难舍难弃。其实我们都明白时光的残忍，只是有时我们怕伤染了离人，怕惊醒了寂寞。在何平的视野里，方琦已成离人，渐行渐远。

回到 Lucy 酒吧，蛮子把何平叫过去，狐疑地看着夏沫。何平说，你就别琢磨了，我就带她出去吃了个饭，狗屁没干。蛮子说，你小子昨晚给我捅娄子了，知不知道？为了一个娘们儿，值得吗？

何平找把椅子坐下，揉揉肩，上面还有夏沫的香水味。

一会儿你去替我办件事儿，蛮子说，昨晚的事儿就算扯平了。

那行，何平说，你还得答应我一件事。

蛮子看看何平，说，我知道你小子想说什么，你喜欢上那个朝鲜妞儿了？

何平说，不管是谁，也是有爹有娘，也是她哥的妹子。去去去，蛮子说，又拿这套唬我，老子可不上你的当了。何平说，如果你还拿我当兄弟，还想让我替你做事，以后就不要为难夏沫。

这倒好，蛮子自言自语，一袋子大米换了个祖宗。

何平替蛮子干的那件事很有技术含量，简而言之就是送钱。

这件事儿如果干得巧妙，人不知鬼不觉，是艺术；如果干得纰漏，全世界无人不知无人不晓，就是自掘坟墓。蛮子通过私人会所认识的这些人，在某些方面都有着惊人的力量。他们在私人会所里玩舒服了，蚂蚱腿上拔一根汗毛，就够蛮子吃一壶了。

何平不想干这些鸡鸣狗盗，但是为了夏沫，他愿意牺牲。什么是成长？不要轻易成为你不想成为的人，不跟在人后盲目疯跑，不试图和一个装腔作势的人讲道理，不会挤进人群看一只死了几天的蟑螂，不再动不动的跟一个不在乎你的人谈抱负，不非得和某人某事达成和解，不能成为了你不想成为的那种人后浑然不觉。何平想，成长就是为了爱的人，成为了不想成为的人。

第一次送钱是很尴尬的，他们晚上在 Lucy 酒吧唱歌，把手插进女孩子的内衣，白天却是另一副面孔，举止风雅，彬彬有礼。他们一般不会很痛快地收钱，反而百般推辞，说这是原则。所谓原则，终究也是人定的，既然如此，原则是"活"的而不是"死"的。何平就只好在有人经过办公室的时候，把装钱的信封扔到桌子上扭头就走。

很快，蛮子就会接到工程，意味着打破原则的重要性。

闲着没事儿，何平也跟蛮子探讨过送钱的技巧，总结过很多秘籍。因为何平的努力，蛮子的事业渐渐有了起色，虽然前期在 Lucy 酒吧里投入了不少钱，但跟丰厚的回报相比，这一切都很值。他曾经想让方琦过来给他帮忙，可说了很多次，她都没有答应。

她应该还在生你的气，蛮子说，找时间跟她谈谈吧。

为了完成蛮子的使命，何平还是去找方琦了。自从上次帮她摆平了流氓，何平就一直没再找过她。她把何平安排在客户休息室，说，咖啡还是喝茶？何平说，随便好了。方琦穿着粉红色职业装，举手投足，都有着职业女性的成熟。何平把蛮子想请她出山的事儿说了，没想到，方琦拒绝得很干脆。

我知道他干的是什么生意，方琦说，我凭本事吃饭，最起码这双手是干净的。

何平说，方琦，你还是太单纯，如今这个社会，不是只要努力就能获得成功的。你说得对，方琦说，但我最起码是干净的。何平听到"干净"二字，联想到刘美丽的冰毒，就以为是在含沙射影地说自己。

就在这时，外面有人喊方琦的名字，是花店的快递。方琦把那捧鲜花抱进来，放到一个角落，和一堆正在干枯的花放在一起。

何平说，每天都会收到吗？

是的，方琦说，只是不知送花的是谁。

临走的时候，何平说，上次的教训一定要吸取，不要轻易被人骗了。我知道，方琦说，男人大概都是一样的吧。她这样已经给何平留足了面子，毕竟是高学历，只通过一个男人，方琦就了解了男人这个群体（当然也包括她哥）。

她理解中的男人应该是这样的：多情、好色、无赖，前期玩浪漫，后期要流氓，经不起任何勾引。

最后一条，算是何平的检讨，也是告白。

方琦的情感经历一直不是很顺，除了何平，她以后遇上的男人或多或少都有着某方面的怪癖，通俗地讲，就是很个性。比如那个天天送花的男人，从未和方琦见面，只是每天用手机和 QQ 与她沟通。令人生疑的是，每问到他的家庭状况，那个自称"某公司老总"的人，总是闪烁其词。直到最后，那个男人约方琦见面，才隐约看出他的用心。

方琦问何平：为什么网友见面，男人总暗示要上床？

何平说，网友见面不上床？搞笑，大家现在都这么忙……

也许是彻底对男人失望了，方琦辞掉了汽车专营店的工作，想到南方闯一闯。

她把工作辞掉后，何平才知道这个消息，但为时已晚。和蛮子想的不同，方琦的不愿加入和离开，与何平，关系是不大的。相反，她看不起的是她哥。她曾经拿她死去的父亲和现在的蛮子作比较，她说，一个正直的人，怎么会生出品行恶劣的儿子？大概指的就是蛮子的私人会所、御用小姐和三种色儿的摇头丸。

她还有一件不能原谅蛮子的事，就是背地里买走了何平的酒吧。

你知道我哥和鱼头做的事吗？方琦说，他们都是安排好的。

何平说，我不是傻子，账目上的东西一清二白，鱼头是故意做给我看，他倒没有隐瞒什么。

那你就这么算了？方琦问。

何平说，我也干过对不起鱼头的事，也对不起你，也许一切都是报应。

不管出于什么目的，方琦说，我哥那么做是不会得到原谅的。

方琦的话让何平十分愧疚，她有一颗原始而纯净的心灵，即使何平背叛了她，但仍会为自己鸣不平。如果说之前，何平还在为与刘美丽的媾和狡辩，那么现在，他开始为这事儿后悔了。何平把赵赵临走时说的话复述了一遍，赵赵说她是个好姑娘，不要辜负了她。

方琦笑着说，好姑娘不止我一个，你还会遇到的。

接着又说，如果你有幸遇到了，请不要轻易伤害她……

以后的人生轨迹表明，方琦是个极有原则的女孩，即使在最困难的时候，她也没有求助过蛮子，哪怕仅仅是一粒价值几十元的打胎用的药丸。

她走之后，何平就出了事。

那天早上，Lucy 酒吧外停了一辆警车，下来几个身穿制服的人。

他们把何平带走，理由是，与一宗受贿案有关。

何平不知道谁能救自己，只记得夏沫的眼神：恐惧，迷惘，不知所措。

第十六章 制服

何平失去了方琦，好像她不曾存在过。

何平失去了 Lucy，好像它存在着也只是一座灵魂被拆除掉的废墟。

何平那时的理想已演变为：多年以后，在一个已经拆了的酒吧，举办一场不存在的演出，唱一首从未被写出的歌，来纪念一个已经走掉的人。

何平失去了方琦，这种失去是刻骨铭心的。或许是多年再见，各自安静生活数年，在某个人潮拥挤的街头，透过公车的玻璃突然看见你想让司机马上停车，想用力拍打窗户来引起你的注意。想从车上跳下来，想奔跑，想大喊大叫，把整个阻隔在你我之间的世界撕裂。呼吸急促，面额潮红，手指颤抖，在激烈的想象中把自己感动得快哭了。而事实总是一动不动地坐着，安静地看着你远去。何平知道只能陪方琦走这一段路。这段路走完了，何平只能看到方琦的背影。

蛮子对方琦的离开无可奈何，他万没想到，盛情邀约的后果竟然逼走了自己的妹子，这是他始料未及的。幸好他可以赚钱，很多很多钱，足够赡养他的母亲——这也是方琦可以毫无顾忌远走他乡的一个原因。

他很快就成立了自己的公司，有了自己的工厂。那个时候，房地产是个炙手可热的行业，连氏家族正带动整个城市的房价一路飙升。新建的楼盘林立，配套设施就交给了小鱼小虾，蛮子就是小鱼小虾中的一只。

　　不知得到哪位高人指点，蛮子花了极低的价钱，购进一套二手保暖管制造设备，以家庭作坊式的生产，开始了最初的创业。

　　因为之前的承诺，夏沫以后就再也没有陪过酒，在吧台当了一名服务生。工资当然是有限的，但比起朝鲜，显然已经让她很满足了。私人会所里一切照旧，那些客人给蛮子的工厂提供订单，蛮子给那些客人提供小姐，也算等价交换。

　　之前欲对夏沫施暴的男人，在酒吧出现过几次。也许是不死心，每次都会对夏沫多看几眼，好像那是一枚已经熟透的伸手可摘的蜜桃。

　　第一个月发工资，夏沫请何平吃饭，还在上次的路边摊。夏沫要了一箱啤酒，说上次抢了何平的酒，这次补上。她是个比较内向的姑娘，笑起来甚至有些害羞，手背掩着嘴。

　　何平想象不出，她是怎么以一袋大米的价格被交易成功的，那些参与交易的人，何其残忍，何其没有人性。

　　他们并不知道，自己交易的竟是一颗多么纯洁而丝毫没有瑕疵的珍珠。

　　趁上厕所的工夫，何平埋了单。这让夏沫非常不安，她拿出钱，要赖一样站着不走。下次吧，何平说，总有机会的。她这才把钱收起，脸上红红的，像个做错了事的孩子。

　　何平带她去最近的KTV唱了歌，何平说，这次让别人为我们服务。

　　何平点了个迷你包，给夏沫买了爆米花香瓜子和情人梅，还有大瓶的营养快线，自己喝百事可乐。

　　他们坐得很开，夏沫唱歌的时候总要站起，一曲终了，何平会给她鼓掌。

　　夏沫唱歌极好，流行歌曲唱完，又来了几首邓丽君，把何平给震住了。

　　何平唱了几首摇滚，唱的时候想起专为方琦写过的那首歌，想起Lucy，差点就哭起来。何平之所以哭，是因为他让很多人失望，他在被很多人看好的前提下，功亏一篑。人最大的失望是对自己的失望。你可以撇下那个一再让你失望的人，却永远无法撇清自己。失望是人对自己最深沉的叹息。为什么你从来没有自己以为的那么好？为什么你做不到自己的期望？当你如此真实地面对自己，你不得不承认，你再也没有资格对别人失望。与其说，何平是对自己失望，不如说，何平是对自己的幼稚而失望。

何平怕被夏沫看到，装作喝醉酒的样子，倚着茶几坐在地上，好不容易才将一首歌唱完。

何平还记得，他与方琦唱歌时的样子。而现在，方琦变成了夏沫。生命中有些人，来时浓如烈酒，去时如萧萧班马，梦过无痕般不着痕迹，错过的人，没有再相遇的下一站，匆匆的人流会很快将彼此的身影淹没。生命的明天已不是此刻的自己，多少追不回的昨天，多少在我们生命里来了又走的人，某一天谁被尘埃里的往事牵绊，撕扯着迷茫无助的灵魂。何平就是尘埃这张网里的老蜘蛛，他因失去和绝望，变得迷茫而无助。

他们最后合作了一把《广岛之恋》，夏沫说，这首歌她第一次唱，所以没唱好。

何平说，下一次我们还来。

算了吧，夏沫说，你唱得那么好，我都不敢唱了。

他们溜达着，去了上次待过的广场。还记得，上次他们在那儿坐了一夜，夏沫倚着何平的肩膀，披着他的衣服，沉沉睡去。周围有跳舞的人，基本功差的跳兔子舞，基本功好的跳拉丁。跳拉丁的是个穿着火辣的女人，裙子上的衩一直开到腹股沟，每次扭腚，两瓣屁股总浑圆地凸起，引发无尽联想。

拉丁舞在一个嵌入式动作后结束，夏沫问何平：咱们开房去吧？

这句话，一下子把何平打蒙了。

何平还没从拉丁舞的性感中走出来，夏沫的诱惑就挤了进去。

刚才周围都是掌声，何平怕听错了，问，什么意思？夏沫就低下头，何平这才确定刚才那句话是真的。何平说，想什么呢？朝鲜妞儿。夏沫就不很自然地看何平一眼，说，上次你救了我，没什么报答，如果你想……今晚……

何平明白夏沫的意思，说，你是不是以为，我就是那种救了一个妞儿，回过头来非得肉偿的人？夏沫摇摇头。

何平说，你撒谎，如果你真的这么想，这朋友就没法做了。夏沫说，好吧，就当我什么都没说。何平说，就当我什么也没听到。

他们在广场坐了一夜，夏沫讲了她的初恋，何平逼她讲的，朝鲜人的初恋和地球人的初恋是一样一样的。

何平提到了方琦，夏沫逼他讲的，她认为方琦是从心底里喜欢何平的。何平问她原因。夏沫说，如果她不是从心底里喜欢你，是绝不会离开的。

何平说，你的意思是，分手还分出好来了？

夏沫大约是可以理解方琦的。一个女孩儿，对于不靠谱的人和不靠谱的承诺，事不过二。第二次的信任不是给它们一个复活的机会，而是给自己一个彻底死心的理由。机会给多了，对方不会觉得你善良，只会觉得你好骗。一次又一次的失望的最大坏处不是你浪费了时间，而是你的情感会趋于麻木。女孩儿应该趁自己的生命还鲜活时，及时放弃，对于不靠谱，事不过二。假如何平是这种人，或"旧病复发"，夏沫会毫不犹豫离开他。

他们一起回 Lucy 酒吧的时候，天已经亮了，所以门口停的那辆警车很鲜艳。

何平当时就有一种不好的预感，推开门，里面是几个穿制服的人。他们确认了何平的身份，然后把他带走，理由是他与一宗廉政案有关。何平的腿有些发软，制服们架着他，去了他该去的地方。

何平之所以没有反抗，是因为他不止与一宗廉政案有关，别说一宗，乱七八糟宗，N 宗的罪名都够了。

比何平更紧张的是蛮子，钱是何平送的，但钱的主人不是何平。这件事的妙处就在于，它是可大可小的。往大了整，拔出萝卜带出泥，更

多的骚猫狗臭将被抖落出来；往小了整，弄好了，可以全身而退，关键
是怎么操作。

第二天，蛮子来看何平，说，整件事都弄清楚了，有人搞鬼，而那
个搞鬼的人，恰恰是上次在酒吧欲对夏沫施暴的那个人。

蛮子说，那家伙放出话来，除非让夏沫献身，不然你就甭想出来。

何平一下子就紧张了，被制服带走的时候他还没这么怕过。何平说，
夏沫知道这事儿吗？蛮子说，我找她谈了。何平说，你不应该讲，她傻
了吧唧，没准儿就自己去了。蛮子说，还有更好的办法吗？何平说，就
算我出不去，也不能让夏沫羊入虎口。蛮子说，她就在外面，让她过来
跟你讲吧。

夏沫穿一身绿色小碎花的裙子，很不安地坐在何平对面。

何平说，你记住，不管这里什么情况，你都不要干傻事。

夏沫说，但你是为了我才走到今天这一步。何平说，不仅是为了你，
换了别人，我也会冲进去，明白？夏沫努力克制着自己的情绪，如果周
围没人，她会哭出声来。

何平说，如果你主动让那个浑蛋糟蹋了，我的所有努力都白费了，
我们会败得很惨。

随后，何平给蛮子交代了两件事：其一，何平知道什么事情该说，
什么事情不该说；其二，必须保证夏沫的安全，如果第二条不能保证，
第一条自动作废。

行，我算看出来了，蛮子说，你们是我祖宗，活祖宗！

虽然如此，基于对蛮子的认识（他已不再是以前的蛮子了），何平
还是给鱼头打了个电话，并把银行账号和密码发给他。鱼头是个很精明
的人，只要有足够的资本，他的外交才能就会施展出来，犹如多年前在
河南登封的脱险。

就在鱼头开始运作这件事的时候，蛮子突然找何平，说，夏沫不
见了！

何平的第一感觉是，这个姑娘要去干傻事了。

何平疯狂拨打夏沫的电话，始终是忙音。直到电池快撑不住了，夏沫才接了电话。她说，我正在去宾馆的路上，那个人已经等很久了。

何平说，你马上回来接我，我被放出来了。

夏沫在电话里哭了，说，真的？

何平说，真的。

这时，有个制服叫何平，说，你可以走了。

何平拿着电话，当时就愣了，他在电话里对着夏沫喊：我真的被放出来了！

也就是一步，再晚一步，夏沫就会走进事先约好的宾馆，被禽兽蹂躏。

她打了一辆车，过来接何平，果真见他站在门口。

夏沫从车里跑出来，结结实实给了何平一个拥抱。

何平说，你看，我这不是出来了嘛。

夏沫没有说话，一直抱着他，泪奔。

晚上的饭局是蛮子安排的，说是给何平接风洗尘。

到了地方，才见到鱼头，还有赵赵。何平那通电话还是起了作用的，鱼头知道何平出事后，一分钟也没耽误就展开了公关。鱼头说，你别谢我，要谢就谢你的银行卡。何平说，就当前几年白干了。

何平把夏沫介绍给鱼头和赵赵，说，正宗的朝鲜妞儿。

据说，鱼头回去后，赵赵提醒他，说，你可别跟何平学坏了，每次见面都介绍姑娘，而且一个比一个漂亮。

何平在饭局上说了很多感谢的话，鱼头端着酒杯，说，以前是我欠你的，这一次是将功补过。他还谈了今后的打算，说赵赵喜欢去一个沿海的城市。

何平说，那就去青岛吧！

蛮子没怎么说话，何平从里面出来，于他，是一种解脱。

他并非没有鱼头那样的公关能力，和鱼头相比，他最关键的一点是没舍得花钱。他的公司刚刚运作，工厂刚刚开工，正是四处用钱的时候。

何平理解他的窘境，但还是提醒他，说，蛮子，这一次我是"自救"，你可欠我一份人情。

吃饭的时候，夏沫的座位离何平很近，自从抱着何平泪奔开始，她的手就习惯了挽住何平的胳膊。她不停给何平夹菜，时不时对着鱼头和赵赵绽放微笑。何平说，如果不打那个电话，是不是你就自投罗网了？

夏沫剥了一枚龙虾，堵住何平的嘴，冲他傻笑。

夏沫笑的时候，何平会产生一种亲吻她的强烈冲动。

何平发现自己已经不知不觉喜欢上了这个朝鲜妞儿，她那样傻那样天真，以至于让何平非常担心她的处境。何平说，这么好一姑娘，没个靠谱儿小伙糟蹋你一下真是糟蹋了。

夏沫问，谁啊？

何平说，我就是那个靠谱儿小伙。

就在何平与夏沫在酒桌上调情的时候，门突然开了。

一个满身是血的家伙冲进来。

出事儿了，他说，出大事儿了！

第十七章 原罪

> 我们走着迷失了方向，尽在岸的河边彷徨。
>
> 不知是世界离弃我们，还是我们把他遗忘。
>
> ——《苏州河边》

何平在蛮子创业初期，帮他做了很多事，因为带有"原罪"性质，所以差点儿受到牵连。他们当时讲究利益最大化，只要能挣钱，就不择手段，也一度失去了方向。很多次，当何平醉生梦死，抱着马桶吐酒的时候，何平就仿佛在道德的河边彷徨。何平知道这是潜规则，大家都这么玩，你想洁身自好，结果只能是个死。

何平改变不了这个世界，这个世界是红色的，像胃里咳出的血。

为了某些理想，何平只想赢，不想输。男子汉不怕输，没输过的人，常常会输得一塌糊涂；没摔过跤的人，跌倒了往往爬不起来；没体会过饥寒的人，贫困注定会成为他的归宿；没历经拼搏的人，属于他的多数不会长久。什么被你轻视了，终会被你看重；你专注于一个方向，终会比别人走得更远。花香，常在夜色中；奋进，常在孤寂里；成败，常在路途上。何平赢过，也输过；他赢过事业，但却输过方琦，并且输得一败涂地。

夏沫曾经劝过何平，不要逞强，喝酒不要玩命。她是对的，只是作为女人，她忽略了酒场上的江湖规矩。有些酒你可以不喝，但有些酒你必须拧着自己的脖子往里灌。有时何平也要诈，偷偷往桌子底下泼酒，然后没事人似的把酒杯悄悄推回原处。

有一次，蛮子坐何平旁边，喝完酒回家，才发觉湿了半条裤子。

他后来就不再让何平管理 Lucy 酒吧，把何平安排到生产保暖管的厂区做了监理。为了照顾何平的生活起居，他把夏沫调过来，当了何平的保姆。大概他也认为，何平和方琦的情分也就到此为止了。

到此为止的意思是，从此陌路，不再走下去。那些发誓要陪你走完一生的人，总是走到半途就迷路了。有些人就这德行，张嘴就说爱你，然后又偷偷溜走。别轻言谁是你的世界，也别轻易就付出所有；别吵着说回忆多汹涌。静下来你会发现：时间从不喧哗，生命从来不回答。你要做的就是迎风走下去，慢慢去接受，很多人最后的关系就是没有关系。比如何平与方琦，他们之间如果说还有什么关系，也就只剩下曾经。

就这样，何平和夏沫在厂区找了间宿舍，光明正大住到了一起。

每到周末，何平会骑一辆二手破摩托车，带着夏沫逛街，看电影，日子倒也过得有模有样。

自从上次被鱼头营救出来，夏沫就名正言顺成了何平的女朋友，他甚至还没承认她的地位，这个朝鲜妞儿就一头扎进何平的怀抱。

她知道何平和方琦的事儿，也知道刘美丽。

何平曾提醒过她：如果有一天，方琦回心转意了，该怎么办？

她居然说，那我也不走，跟定你了。

何平就把她抱过来，说，放心，即使有那一天，你也是先入为主，也是正房，堂堂正正的大奶！

有夏沫在的日子，生活变得井井有条。

她会把房屋打扫得一尘不染，把何平换下的衣服洗得干干净净，而且炒得一手好菜。她的厨艺很精湛，以至于何平的胃被宠坏了，每下一次馆子，都会拿当家厨师的手艺跟夏沫比较。有时，馆子里推出新菜，老板让何平谈一下试吃的感受，倘若比不上夏沫，何平会很诚恳地告诉他：如果从纯粹生理角度的饥饿感来看，这菜，还是可以吃的……

何平想说的是，在当下这个社会，像夏沫这样的女孩子，已经近乎是绝种了。

还有另一层含义，那就是，何平是幸福的。

何平会在每天早晨起床，吃到夏沫为他准备的早餐，床头是她为何平准备好的衣服，重要的场合还会给何平预备领带，并亲自为他打好。

何平最喜欢夏沫给他系领带了，她搂着何平的脖子，身上的香气袭人，每一次何平都忍不住亲吻她的脖子，被她的性感刺激得灵魂出窍。

何平和夏沫在一起很有感觉，也很有默契，很合拍。他们有共同的爱好，共同的憎恶，甚至连笑点都是一样的。真真切切谈过恋爱的人，和没谈过恋爱的空想畅谈的人之间，隔的不是一两个代沟，而是万水千山。如果你真的爱过，你就会知道，所谓艺术品位、文学造诣、道德水平这些统统无关紧要，当你以这些要求作为重点的时候，你很可能误导了自己。"合拍"才是一切感情的基础。和方琦相比，夏沫也许只是一个灰姑娘，但何平和灰姑娘吃路边摊的时候，会感受到幸福。

何平不再像从前那样有钱，银行卡里仅有的几万块也交给了鱼头，不然也不会出来得这么早。在厂区做监理时，何平每月只拿很少的工资，又要吃喝玩乐，所以就变成了"月光族"。手头拮据的时候，夏沫会调整食谱，买价格便宜的菜蔬，仅有的肉和排骨都让给何平，扬言减肥。

这让何平很感动。患难过来的姑娘，你一定要珍惜，这是上帝赐予你的礼物。

经历了这么多，用时间考验过感情，何平对夏沫可谓倍加珍惜。时间是个很奇妙的东西，他穿插在我们生命的每一个角落里，看着我们从懵懂的孩童时期到羞涩的青春年华，再到以后的以后。我们也从开始的忽略到现在的珍惜，在感叹流年飞逝的同时，我们也在悄悄成长。那些逝去的岁月里的日子，有我们的欢笑，也有我们的泪水。这让何平开始考虑时间的意义。

唯一让何平不解的是，每月的花销，总有一些对不上号。一开始，何平认为是夏沫寄去了朝鲜，后来才发现，她竟是给了素不相识的人。

这个厂区建在市区郊外的一个村落，工人是临时招聘的，很多是当地村子里的百姓。生产保暖管是一项比较危险的工作，经常发生保暖管脱落，砸断腿脚的意外。比如上次在蛮子为何平接风的饭局上，有一个满身是血的工人冲进来，叙说了一名工友是如何被保暖管砸断了腿，骨茬匕首般刺出，血流如注。

蛮子当时很镇定，吃了一口菜，喝了一口酒，说，知道了。

那个满身是血的工人，盯着杯盘狼藉的酒宴，就这么被打发掉了。

这件事对夏沫打击很大，她的父亲在朝鲜挖矿，过着穷苦的生活，她完全理解那些工人的窘境。夏沫当时在饭局上质问蛮子，为什么对这些人这么冷漠。蛮子说，他们是签了劳动协议的，既然干了这份工作，就要为风险承担责任。

夏沫当时就摔筷子走人了。

尽管出现了流血事件，但蛮子是不会太在意的。他教过何平处理此类事情的秘诀，就是一个字：快。第一时间送进医院，找家属协调赔偿。农村人不懂法律，赔点钱基本就完事儿了。如果遇上难缠的家伙，你就告诉他，官司很难打，一拖就是几年，弄不好就人财两空。

如此一来，这一招竟成了"应急预案"，只要人没死，工厂就一切照旧。

也许是对于弱势群体的同情，夏沫每遇上此类事情，总会或多或少去接济。何平告诉她，全天下的穷人太多，我们是月光族，也需要被救济，以后就量力而行吧。每到这时，她就很难过，为自己能力有限而伤心。

她是个善良的姑娘，对这个弱肉强食的社会缺乏理解，不懂得一将功成万骨枯的道理。

她也是从这时起，萌生了让何平离开蛮子的想法。

会的，何平向她保证，但现在不是时候。

蛮子是个极有远见的人，自从他被连秋平送进医院，那颗容易暴怒的头颅忽然就开了窍。

拳头只能解决眼前，而头脑则能决胜未来。

明白了这一点，他就收购了酒吧，建立了工厂，并在极短时间内创造出巨大财富。

他用赚来的钱购入生产设备，规模在不知不觉中扩大，利润在无声无息中积累，附近医院里躺着的断腿工人数目也就不断增加。

何平劝过蛮子，是否不要再买二手设备，新机器的安全指数显然更高。

他对何平的建议不是很感兴趣，反倒劝他管好夏沫。她和那些人走得很近，蛮子说，这并不是一件好事。他还建议何平趁这个时候买一套房，即使付不清全款，交上首付也行。

何平那时对房价过于乐观，加之每月没有盈余，也就一笑了之。除了当监理，何平还给蛮子当会计，他办公室电脑里的密码还是何平给设置的。有时开玩笑，何平说，等我什么时候不干了，你就把密码换了。蛮子瞅瞅何平，说，死都不换！

蛮子在那一年买了一辆二手奥迪A6，花了几万块，油耗能赶上悍马。

他认为，自己再不济，也是个公司里的"总"，最差也是要坐奥迪的。穷人乍富，都有烧包的冲动，更何况手里还有点散碎银两。

蛮子也是在那一年结了婚，虽然很招女人喜欢，身后总有成堆的女人前赴后继，甘愿当他的炮灰，但是，蛮子只有一个。据说，那个霸占了蛮子的女人，将蛮子的名字文在身上一处非常隐秘的角落，由此获得了参加结婚典礼的机会。

方琦在蛮子结婚当天回了山东，虽然她看不惯蛮子的生意，看不惯蛮子的做法，但他毕竟是方琦的亲哥，小时候还曾经为了方琦跟何平打过架。

他们在蛮子的婚礼上见了面，她变化不大，却总说自己瘦了。

夏沫主动跑过来跟方琦打了招呼，她是从何平的心形吊坠里的照片上认识的方琦。

夏沫后来跟何平说，方琦和蛮子真不应该是一对兄妹，一个那么坏，一个那么好……

何平说，蛮子并不是坏人，他从小没了父亲，所以不得不使自己变得很强。

夏沫说，如果他不是坏人，婚礼上怎么会发生那样的事？

夏沫口中"那样的事"，发生在蛮子婚礼的中途。一群断了腿的残疾人，扮成赶喜模样，借恭喜发财的名义，向蛮子讨要赔偿。他们之前曾是保暖管厂的工人，被砸断腿后，基本丧失了生活能力。他们找过工厂，被告之是签过劳动协议的，也找过公司，都被蛮子赶了回去。万般无奈下，他们出此下策，上演了一出"八仙过海"的好戏。

虽然保安冲散了赶喜的队伍，但多少影响了众人的心情，特别是方琦的。

她在婚礼上看到了母亲的眼泪，设想如果父亲还在，该是多么幸福的景象。

她也对蛮子的绝情失望，当众人看到了蛮子的光芒，她却感到了掩藏在背后的隐忧。

何平说，还是要回武汉吗？方琦就点点头，说，我哥现在所做的一切，是注定要摔跟头的，我希望你在能力范围之内，将这个时间尽量拖延，越慢越好……

　　这是个不可思议的预言，不幸的是，竟然被方琦猜中了。

　　她只说回武汉，具体没说从事什么职业。她的气色不是很好，不再像以前那样开心。没想到，很快何平就又和她见面了，而见面的原因非常尴尬。

　　蛮子没有挽留方琦，他本想给方琦一笔钱，却被拒绝了。

　　他对母亲说，这钱给方琦攒着，直到她嫁人的那一天。

　　蛮子结婚后，和结婚前的生活没有太大改观。虽然有了老婆，但他身边总不乏更年轻漂亮的女人。甚至有些身价过亿的富婆，在公开场合宣称：如果蛮子愿意离婚，她的亿万家产就是蛮子的。

　　她们根本不知道我需要什么，蛮子说，她们只会给我挑选内衣，偶尔自作主张，挑自己喜欢的避孕套。

　　有一晚，他把那辆二手奥迪 A6 停在何平的宿舍前，偷偷把何平叫了出去。

　　他把何平搋到洗脚城的沙发上，挑了个很风骚的妞儿伺候何平，自己也找了一个。

　　他喜欢和女人"过家家"，何平闭着眼，听到旁边沙发上小姐的抱怨：人家身上的东西给你玩就不错了，还挑肥拣瘦……

第十八章　春药

　　钱是世上最好的春药。

　　这句话当年被蛮子挂在嘴边，奉为经典。还有另一种说法，把"钱"换成"权"，仔细想想，这个替换也不无道理。

　　经济基础决定上层建筑，没有钱，也没有权，大概是不能跟漂亮姑娘上床的。

蛮子每次喝醉酒，都喜欢讲同一个故事。

说他有一次，开着那辆奥迪 A6 到大学里办点事。天儿热，周围是数不尽的美腿热裤，个个都是细腰。他渴了，把车窗落下，拿出一瓶纯净水喝。马上，就有穿着吊带的女生凑过去，问：咱们去哪儿？

蛮子这才知道，半条胳膊和纯净水，是收降女大学生的暗语。

前提必须有钱，蛮子说，你蹬辆单车过去试试，把农夫山泉喝倒闭了，也不会有女生跟你走。

这些话，何平在不同的饭局上听蛮子讲过多次。他那天喝醉了酒，偷偷把何平从宿舍里叫出去，在他那辆二手奥迪 A6 上又说了一遍。何平不明白他要去哪儿，蛮子说，找个妞儿，补一补。何平说，身体有病，那得吃药。

蛮子就哼唧一声，说，药补不如食补，食补不如阴阳互补！

他这些歪理邪说，也不知道从哪儿听来的，总是振振有词。蛮子那天没带司机，亲自开车接的何平，然后拐弯抹角，曲里拐弯找了一家洗脚城。何平这人虽生性放荡，但洗脚城一类的地方却还是头一回进。

说是"城"，其实也不甚大，上下三层。

"洗脚城"仨字被花花绿绿的灯泡挟持，有节奏地闪耀着暧昧的光芒。

何平不肯下车，说，蛮子，今天算我请客，你的费用我全包了，但我可以不上去吗？蛮子说，你敢。

他的力气很大，加上酒劲儿，一把就将何平拖下车。

何平说，夏沫还在家等着我。

瞧你这点儿出息，蛮子笑话何平，说，不就是洗个脚嘛，害怕个屁。

何平被劫持着下了车，少爷们齐声说了句欢迎光临，里面的小姐就飞了出来。

与何平之前想的不太一样，蛮子并没有胡来，他点了"水晶泥"，就领何平到房间里坐下。天儿很热，何平打开空调，吃了桌子上预备好的苹果。洗脚城的房间很多，上楼的时候，不时有端着脚盆的年轻女人，从里面悄悄退出。

有的房间很安静，容易让人产生联想。也有少数，放浪形骸，大呼小叫。

没等多久，两个穿着统一服装的美妞，端着木桶和专业家什推门进来。她们在桶里兑上水，然后把他们的脚放进去。顿时，一股倦意袭来。

何平学着蛮子的样子，躺在沙发上，闭眼吹空调，光脚洗汤药。

也许是太过无聊，两个小姐居然一边工作一边聊天，说些打工仔关心的话题，甚至未来的打算。也许是声音大了，吵醒了蛮子，他睁开眼，很不耐烦地问：这儿有按摩的吗？

何平就知道这小子动机不纯，洗脚只是一个幌子，他的真正目的是后面的按摩。何平说，蛮子，你先在这儿按着，我先回去了。

他的酒劲儿没过，把何平按住，说，你小子甭在我面前装，瞅你那样儿，是不是很久没……嘿咻嘿咻嗯哼嗯哼过了？

何平吃了一惊，说，你怎么看出来的？

蛮子就很不屑地说，如果现在把你的精子切片，然后用显微镜观察一下，人家是蝌蚪的话，你就该是青蛙了。

蛮子说得对，何平是很久没有嘿咻嘿咻嗯哼嗯哼了。这小子在男女关系上很有天赋，连这种事也能看出端倪。之所以出现这样的状况，主要是何平的错。夏沫某一天突然告诉何平，她很久没来那个了。

他们晚上出去遛弯，顺便买了两根测早孕的试纸。

从厕所里出来，夏沫举着两条红红，神情沮丧地说，怀上了。

他们之前都很小心，安全措施都很到位。想来想去，倒是何平还在开酒吧的时候，跟姑娘们鬼混，那时很放纵，居然也从未出过事。何平和夏沫一起回想可能存在的破绽，只有一次，何平撒退得晚了些，直接搠里面了。

仅仅一次，夏沫就怀上了，不得不说，这个妞儿在某些方面的能力是超群的。

怪不得夏沫总说不太舒服，有时会产生呕吐的欲望。尿检之前，何平问她，以前有没有想呕吐的感觉。也会有的，夏沫说，有时没有吃早饭，等等。当何平笑着在床上等她的时候，夏沫就举着两条红杠的试纸进来了。她问何平怎么办，何平说，只能打掉。

睡觉前，熄灯，夏沫把何平的手拿过去，放在她的肚子上，说，最后摸一摸你的亲生骨肉吧，明天可就不在了……

不是宝宝，何平说，也就是一个细胞。

总之，你是扼杀了一条生命，夏沫很不服气地说。

他们躺在床上，没怎么说话，好像都有一肚子心事。你猜，夏沫说，这个孩子会长成什么样?

何平从床上蹿下来，说，不是孩子，是细胞，只是一个细胞!

何平快被夏沫的敏感逼疯了，她看到一个细胞，就能联想到一条生命。太敏感的人，总是因别人随便的一句话就胡思乱想;不是因心机重，而是太善良。不要把别人的闲言碎语当成礼物，因为你并不是收破烂的人;做好自己，当你真正完全投入到当下的事情中去时，不管这个事情多么简单卑微，你都能感受到无穷的乐趣。所以，何平开导夏沫不要胡思乱想，不要在意别人的眼光，因为他们只是想八卦你。提升自己，只能甩开别人。

虽然这么说，其实，何平也觉得是扼杀了一条生命。

何平只是不想让夏沫有任何负罪感，她太善良，丁点儿罪恶也会变成折磨。

第一次流产，何平找了个学医的女同学，她家开诊所，各种药品一应俱全。何平把她约出来，细细讲述了来龙去脉，请她帮忙。看在老同学的份儿上，她当着夏沫的面，把何平骂了一顿，然后回诊所，翻箱倒柜找出几粒黑色药丸。

药丸一共有两种，前后吃的时间有间隔，很讲究。

临走时，她还赠了夏沫几盒益母草颗粒。

也许是看出了他们当时经济上的窘迫，所以，那几盒益母草是她友情赞助的。

何平之所以找她，而不去医院，也是为了省钱。药丸几十块钱一粒，手术几百元一次，对于月光族来说，前者更有吸引力。

几十块钱的药丸，那也是药丸，功效卓越。

吃完当天，只隔了几个小时，夏沫就把身体里那个血赤呼啦的肉团给排了出来。

看，夏沫指着马桶惊叫道，我们的孩子！

不管何平以后是否追悔，这个孩子注定是没有了，一个何平与夏沫的骨肉，这显得相当决绝。无论如何追悔，如何追悔当初的决绝，决绝已然决绝，时光不会倒流，让你去重新选择；无论如何责备，如何责备当初的错误，错误已然犯下，破镜亦难重圆；我们的人生，活在这个快节奏的社会，许多错误与后悔，皆因彼此的一时口快，于是某些人，把珍惜变成珍重。何平轻吟道，珍重方琦，珍重我未出世的孩子。

何平当时太年轻，没怎么让姑娘流过产，不明白夏沫为此受到的身体上的损害。

她当时一个人待在出租屋里，痛得只能躺在床上，喝廉价的益母草颗粒。这些何平都全然不知，甚至没有买些鱼肉，改善那几天的生活。

夏沫是个很能吃苦的女孩子，打完胎，每天仍旧按时做好饭，等何平回家，没有半句怨言。

夏沫为何平牺牲很多，流产其实是一件十分伤身体的事。卖何平流产药的女同学曾经说过，如果再晚几天，就不是吃药那么简单了，还要"刮宫"。言下之意，有动刀的危险，都拜何平这浑蛋所赐。

因为情况特殊，何平很长时间没有碰夏沫，一来保护，二来有心理阴影。

至于蛮子是怎么看出来的，何平就不得而知了。何平只想拉住他，好让他取消按摩的打算。虽然第一次来，但何平多少明白按摩是怎么一回事。何平不想在夏沫身体不好的情况下寻欢作乐，再说，这里面干不干净，都还是未知数。

蛮子叫来了领班，问什么价。领班说，裤腰带以上 20，裤腰带以下 200。蛮子说，来个 20 的。

领班说，您先在包房等着。

结果按摩的过来一看，蛮子已经把裤腰带系在脚脖子上了……

何平后来对他说，你也忒不要脸了，你咋不系脚指头上呢，足疗的钱都省了。

这当然是一句玩笑，蛮子说他是故意这么搞，喝醉了寻开心。

他监督着把一个小姐塞到何平怀里，然后自己搂着一个，很仔细地玩。玩的时候还调情，怨人家某些部位长得不太成熟。何平侧着身子，听到旁边沙发上小姐的抱怨：人家身上的东西给你玩就不错了，还挑肥拣瘦。

他们在洗脚城待了两个小时，一个小时洗脚，一个小时按摩。何平那晚是穿着拖鞋去的，洗完脚，又穿着拖鞋回去。刚好下过一场大雨，享受了高档服务的脚，立即又被肮脏的雨水浸湿。

之前的兴致一扫而光，就像那稍纵即逝的快感。

把何平送到门口，蛮子的酒也醒得差不多了。何平从车上下来，拖鞋踩进泥坑，丝毫看不出是刚刚被一双多么柔嫩的女人的手给伺候过的。

蛮子落下车窗，说，最近厂区里的意外比较多，工人情绪不稳定，你得看紧点儿。何平说，好吧。何平知道蛮子请自己洗脚是有目的的，他倒是对电脑里的账目丝毫没有怀疑，更不要说修改密码了。

在何平眼里，蛮子看似大大咧咧，实则活得很累，好像背负了一个沉甸甸的行囊。一个行囊，如果已经装得太满，就会很沉、很重、很累。一个生命背负不了太多的行囊。拖着疲惫的身躯走在人生大道上，我们注定要抛弃很多。果断的放弃是面对人生、面对生活的一种清醒的选择。只有学会放弃那些本该放弃的包袱，生命才会轻装上阵，一路高歌；只有学会走出烦恼的困扰，生活才会绚丽富有朝气。何平想，他会劝蛮子如何轻松地活着。

为了不再让他请何平洗脚，何平只好把监理的事情做好。这是目前何平能做到的。为此，何平平息了几次工人们的"无理取闹"，吵得最凶的一次，一名工人为了索取赔偿，当场削掉了自己的一根手指。他的父母都是农民，老婆没有工作，全家指望他一个人赚钱，还变成了残废。

保安把他架走，带着他的那根断指。他显得很生气，身体悬在空中，大声质问：你们都是吃里扒外，只会组织跳绳、发避孕套，你们还会干些什么？！

何平发现，那些愤怒的人，大抵因为恐惧。而那一直让我们恐惧的不是外面的残酷的世界，而是我们自己的内心。未来的路我们谁也说不清楚，什么时候醒来，什么时候又睡着了，路的尽头有什么，这些我们都无从知晓。人生如此，我们都是走一程风景看一程烟云，我们不要抱着那些不着边际的幻想，我们只需给自己多一点的空间，多出去吹吹风，看看海。在何平看来，风与海，未尝不在人的心中。

每座庙里都有冤死的鬼，更何况只是一根手指呢。

在何平继续帮助蛮子伤天害理的时候，突然有一天接到了方琦的电话。

她在武汉，给何平打的长途。也许是遇到了棘手的问题，她突然在电话里吞吞吐吐起来。何平说，咱们是从小玩到大的交情，有什么事就直说吧。

能不能……借我点钱……100块也好。方琦在电话里说。

何平不知道方琦在武汉过着怎样的生活。

100块钱又如何成了一道难题。

而现实竟比何平想象得更加触目惊心。

第十九章 美兽

我分不清方向也看不清楚路，我开始怀疑我自己是不是糊涂。
这周围还有一股着火的味道，在无奈和愤怒之间含糊地烧着。
我突然一脚踩空身体发飘，我孤独地飞了。

——崔健

何平开始听崔健的时候，他已经老了，或者说正在衰老。

他是 70 后意见领袖，但并不妨碍 80 后思考。比如上面这几句词，就很能写出何平当时的状况，也写出了方琦的生活状态。他们虽然不在同一座城市，但一样分不清方向也看不清楚路，也开始怀疑自己是不是糊涂。

相比夏沫，方琦已是"旧人"，何平是一个很念旧的人。通常，念旧的人总有很多动听的故事，无论在哪儿，无论和谁发生，都会有割舍不掉的情结在里面。即使时间消逝，但记忆依旧崭新，我们要珍惜过去的痕迹，哪怕是很琐碎的事情。命运不会总那么慷慨，让我们旧梦重圆，侥幸的是我们可以把那些温柔的故事放在心底，想念的时候不会寂寞，不那么想念的时候各自珍重。在何平心底里，温柔的故事有卡带，有纸星星，有一整个夏天的青春记忆。

接到方琦电话，何平就给她寄了钱。

虽然何平也过得挺惨，但革命友情还是要讲的。夏沫真是个不错的姑娘，她听说方琦有难，便把平时存的钱拿出来，让何平尽快汇过去。她那晚兴致很高，吃完饭后，就一直挑逗何平。

何平说，你刚流产，还不到一个月，就忍忍吧。

也许是朝鲜人不信邪，不需要动员，她就把何平嘿咻掉了。

她的反应很强烈，几次把何平从上面推下来，自己骑上去，兴奋得有些不太正常。

何平说，你今天怎么了？

没事儿，夏沫红着脸说，就是想要……

何平猜，她是被方琦刺激着了，虽然心地善良，但夏沫毕竟是个女人，也会吃些飞来横醋。

他们做了很长时间，终于挺过高潮，她这才一动不动安心睡去。

何平从后面搂着她，身体蜷着身体。

明天我想请假，何平说，亲自去一趟武汉。

夏沫没有说话，何平知道她在听。

很快就会回来，何平说，在家好好休息。

何平伸手去摸她的身体，居然被挡了回来。夏沫有些痛苦地说不太舒服。何平跳下床，给她冲了一杯红糖水，说，流产后三十天内是不能搞的，看吧，太贪了。

幸好没有什么大事，夏沫说，这次和痛经的感觉是一样的。

她去了趟厕所，回来就往裤头上粘卫生巾。

何平说，也好，我前脚刚走，你大姨妈就来了，看来车票挺好买啊。

第二天，何平坐着火车去了武汉。无聊的时候，何平就发短信，在手机里跟夏沫调情，跟方琦假正经。

夏沫对何平南下的决定并不感到吃惊，也对他比较放心。

因为方琦看不上你，她说。

方琦在短信里告诉了何平她现在的住址，并在短信里善意地提醒何平：这么冒冒失失，朝鲜姑娘可要生气了。

火车驶入武汉的时候，整个白天还未苏醒，车窗外有晨跑的老头，洒水车氤氲地弄湿各条街道，如这座城市的前戏。收音机里出现武汉的调频，和全国所有电台一样，广播完新闻，立刻便有触目惊心的广告插播进来：别怕，××医院采用超导可视无痛人流术，手术只需三分钟，今天做手术，明天就上班！

何平在火车站旁边吃了碗热干面，喝了杯绿豆汤，坐上公交，直奔阅马场。

方琦说她的公司就在阅马场附近，何平仔细听着公交车上的广播，生怕错过了站牌。在阅马场下车后，何平就晕了，武汉的夏天是很要命的，早晨六七点就开始了桑拿天气。她告诉何平，她们公司所在，是个很气派的写字楼。而何平的周围，都是几十层的写字楼，且好像永远找不到出口和入口。

直到吃午饭的时间，何平才找到那座传说中的写字楼。它的正面是个手机大卖场，出口隐藏在屁股的位置，电梯口堆积很多纸箱，各种名字奇特的小公司都寄生在此。何平乘着昏暗的电梯，落到传说中的楼层，才终于见到了方琦。

她穿着廉价的女士西装，手捧盒饭，手忙脚乱接听着来自五湖四海的电话。

方琦看起来很糟，自从离开何平，她就没有顺过。

我们有许多路需要走，有的是主动选择，有的是被动承受。身外有多拥挤，心灵就有多孤寂。最好的是，用心甘情愿的态度，雕琢随遇而安的生活。如果知道去哪儿，路再远，履再艰，皆不会误入迷途。我们的怅惘，要么体如行尸，于漆黑的夜中游荡；要么灵魂出窍，与世界格格不入。与其沉沦而死，不若踏浪而舞，这是方琦的信条。

你也看到了，方琦闲下来的时候说，所以没空接你。

没事儿，何平说，忙了好。

说完话，她又匆匆接了几个电话，一个盒饭吃了俩钟头。那是个医药公司，工资与推销业绩挂钩，员工平时的工作就是打电话，吸引有钱无脑的傻蛋。

这个月我的销售额是零，方琦说，也许很快又要被炒鱿鱼了吧。

何平很担心地看着她的背影，没有忍心问她借钱的事情，按照她的工作业绩（零销售额），她每月只能拿保底的几百块钱工资。而在武汉，月薪几百，是连生存都会有困难的。等她忙完，何平跟着去了她的住处。

为了陪何平，方琦请了整个下午的假，她的几百块钱工资，估计不会剩下很多了。

她先领何平去了出租屋，路程很远，地上的柏油踩在脚上黏糊糊的。

她住的地方很大，分摊到的区域却很小。方琦说楼主是个很精明的人，他把一间房隔断成数间，然后分别出租，由此获得最大利益。多年后，"胶囊公寓"作为新兴事物出现，其前身，早已是九头鸟的专利。

方琦的住处不到 10 平方米，其间硬塞下一台电扇。她把电扇拧开，一股热风就吹进来，将她胸前的衬衣豁开一个缺口。

就在何平心不在焉的时候，隔壁发出男女欢爱的声音，因为很近，所以就"现场直播"了。她见怪不怪地说，那间房住的是一对情侣，喜欢待在房间看电视，把声音调大，放心叫床。

何平坐在泡沫板上，听了一阵叫床，吹了一会儿风扇。等方琦洗完澡，换上干净衣服，她决定带何平四处走走。

下午风云突变，太阳不知去哪儿了，来来往往的人却一点儿没少。他们本想找个地方唱歌，方琦知道一个很便宜的地方，等去到的时候才发现已经关门了。幸好她还知道别的地方，他们去了黄鹤楼，黄鹤楼地下防空洞里的 KTV 也关了门。防空洞里设施齐全，不时看到小孩子，不知死活地打着街机。

防空洞很凉快，吸引了很多贪图凉爽而又希望省钱的平民百姓，他们穿着背心，摇着蒲扇，坐在马扎上看有钱人搂着美女出入高级宾馆。

他们往回走的时候，天上下起雨，武汉的雨不很澄澈，下着的时候，或者下完了，都有着混浊状态。

他们被浇得突然，开始在雨中狂奔，随便找个超市钻进去，看着彼此落汤鸡的惨相，禁不住笑出声来。

超市里有躲雨的人，漂亮姑娘坐在塑胶座椅上，跟鲜花下的牛粪对话。

他们捧着饮料，看着外面的雨，有一搭没一搭地聊天。

方琦这才跟何平谈起她在武汉的生活，她说刚到武汉的时候身无长处，刷了几个月的盘子，然后应聘去了公交公司，又当了几个月的售票员。何平说这是怎么了，我们上学的时候，那么多人在我们耳朵边喊：好好读书，读书好了就有好的生活。可如今，好好读书，读书好了也只是刷盘子，当售票员。

方琦说，她有一种上当受骗的感觉。

等雨势渐小，他们踩着水，随便找个馆子吃了一顿。

饭馆老板很会过日子，那么热的天，也没舍得开空调。

付完账，何平把剩下的钱给了方琦。方琦说你不用管我，火车票还没买。何平说买火车票的钱已经留出来了，你就甭操心了。她说你知道为什么问你借钱吗？何平摇摇头。她说自己刚经历完一段感情，那个男人丝毫没有责任感，把她肚子搞大，却不知道该怎么办，也没有钱，几十元一粒的打胎药也买不起。

还是回来吧，何平说，至少可以不受这份罪。

但有些事是怎么也回不去了，她说，不管先前多么美好与纯洁。

何平知道她是话中有话，借今天的事儿回忆过去。她说你明天会走吗。何平说嗯。她说为什么非要来武汉。何平说放不下，不知道你在这边的情况。她说现在可以放心了，那个不负责任的男人走了，她肚子里的孩子没了，了无牵挂。

何平说武汉很好，但不一定是每个人的乐园。

她说，到哪儿都一样，因为全天下的男人都是一样的。

何平说就没有区别吗？

她说女人可以分很多种，破鞋、交际花、公共汽车，但男人只有一种，只叫男人就可以了。

方琦对男人的失望从何平开始，但一直就没结束。

何平很奇怪她对男人的看法与界定，当晚买了火车票，准备返回。

她礼节性地挽留何平一下，然后放他走。

虽然方琦经历了很多，但在何平的心里，方琦永远是最好的。得不到的永远是最好的，人生中出现的一切都无法占有，只有经历，我们都是时间的过客，总有一个拼凑着你的无奈，让你无法忘怀。有些人出现了，又走了，然后一切回归原点，偶尔想念却不再打扰，把最后一份尊严留给自己，我们都从"奋不顾身"到"有所保留"，总有某人慢慢教会了我们好好爱自己。方琦的生活是卑微的，但在何平面前，她保留着自己最后一份尊严。

她说即使何平留下，也没地方住。何平说是的，就算那个几平方米的宿舍能够挤下两个人，晚上也会被隔壁的叫床声烦扰。

她送何平坐上最后一班去汉口的公交车，何平问她以后的打算，她说暂时在这个皮包公司干着，然后准备学习法律。何平说你想当律师吗？她说只是为了好找工作。

何平说也好，以后谁再把你肚子搞大了，你就把他送进监狱。

何平想，方琦面对的这些乱七八糟总会过去，生活总会好起来。总有一天，你会回头看看那些经历过的人和事；当时再大的事，现在看来好像也不过如此。你甚至会觉得自己当时太小题大做，太幼稚，根本没有什么是过不去的，也根本没有什么人是离不了的。可你也不得不承认，就是因为发生过的这些，才让你变成了现在这个样子。方琦，你可以恨人，但要感谢经历，成就了你。这是何平对方琦最后的祝福。

方琦在何平走后一个月，就辞掉了工作，一门心思研究法律。她是个学习天才，那么枯燥的法律条文，她居然背得滚瓜烂熟。等全国律师资格考试的时候，她把那些书烧掉，走进考场，顺利拿到了律师证。

这是影响方琦一生的事，律师证的获得，改善了方琦的生活，也改变了她的命运。她因此嫁给一户有钱的人家，而噩梦，从那时就开始了。

何平刚回山东，就和蛮子干了一件惊天动地的事。

那件事之后，蛮子成为了名副其实的老板，那辆二手奥迪 A6 很快就变成了崭新的 A8。

何平以为蛮子自此会建造一个庞大的帝国，类似于连氏家族那种。

当所有人都以为这个帝国已经建立起来的时候，蛮子却走了。

他在空中摆好了落地的姿势，耳边传来崔健的歌儿：

我突然一脚踩空身体发飘，我孤独地飞了……

第二十章 小产权

青春这东西，

你有的时候不明白，

明白的时候你已经老了。

比如何平对方琦的感情，之前是无休止的暧昧，接着是无极限的浪漫，最后是无条件的牵挂。

虽然她的初夜不是何平的，甚至压根儿就没属于过何平，但他仍从骨子里喜欢她。

闲着没事，清理杂物，何平总会把那些老得过分的卡带找出来，拿根圆珠笔慢慢摇。

方琦给何平颁发的友谊证书，他始终都还留着。

心形吊坠里有他们的合影。

何平曾经认真反思过他和方琦之间的过往，当初那么好，却分了，却散了，还不如普通的朋友。有时候爱情最大的敌人，不是出轨，也不是生活压力，而是想太多。有些人，一旦恋爱就会东想西想，就会胡思乱想。对方可能还不知道，你就已经在心里面过完了一辈子。这不是谈恋爱，而是一种自毁情绪。爱情应该是让人愉快的，想要好好爱，千万别想多。遇见不易，珍惜那些温暖、信任、依赖，且行且珍惜。说到底，何平失去方琦，就是因为太在意，太怕失去。两个相爱的人从此小心翼翼，想太多，恨太深。

夏沫有时看何平整理这些旧物，会偶尔吃醋，扬言找时间把这些破烂都给烧了。

她对心形吊坠里，我和方琦的"合影"是很有意见的，虽然她第一次认识方琦，就是通过心形吊坠里的"合影"才知道了方琦的模样。

她有时故意问何平，自己和方琦到底谁更漂亮。如果回答很模糊，或者说风格不同无法类比，那么当晚的饭菜质量就会有比较明显的下降。

夏沫虽然淘气，但淘气得可爱，任性中有着浓浓的人间烟火。何平对以往的感情期望太高，反而失去了美好的平凡。有一天，何平终会明白，他需要的不是轰轰烈烈的爱情，只是想要一个不会离开自己的人。冷的时候，她会给你一件外套，胃疼时会给你一杯热水，难过时她会给你一个拥抱，就这么一直陪在你身边。不是整天多爱多爱，而是认真的一句：在一起，不离开。这六个字很简单，但做起来很难。不是谁与谁都能在一起，不是谁与谁都能不离开。

何平从武汉回来，夏沫做了一顿好吃的犒劳他，还故意凑他身上嗅了嗅，说似乎闻到香水味儿了。

何平说你这就错了，方琦从不洒香水。

她说你对方琦这么了解，当初可真不该分道扬镳。

何平看她的醋劲儿上来了，饭没吃完，就把她摁到床上，狠狠收拾一顿。

完事儿后，他们躺在床上，夏沫歪着头问何平：咱们结婚吧？

何平惊得从床上摔下来，说，你没病吧？

她扑哧一笑，说，逗你玩呢。

女人就是这样，跟男人混久了，就会失去安全感。

何平明白她心里是怎么想的，她的青春是有限的，稍纵即逝。而何平是个没有定性的人，在青春还未被挥霍之前，是绝不会主动投降的。虽然他已不知不觉跨入了剩男行列，但周围有那么多同道中人，男光棍一堆，女光棍成群，也就不会感到孤独。

每条路都是孤独的，慢慢你会相信，没有什么事不可原谅，没有什么人会永驻身旁。也许现在的你很累，但未来的路还很长，不要忘了当初为何而出发，是什么让你坚持到现在，勿忘初心。丢失的自己只能一点点捡回来，也许每个人，要走过很多的路，经历过生命中无数突如其来的繁华和苍凉后，才会变得成熟。和以前的自己相比，何平是成熟的，他珍惜夏沫，就是把丢失的自己一点点捡回来，拼凑成一个完美的自我。

夏沫以后再也没有说过类似的话，她很了解何平，知道第一次恐吓会把何平惊到床底，如果还有第二次，没准儿连人都会吓跑。

老实说，之所以这么恐婚，除了害怕失去自由外，经济环境也是一个方面。

结婚不是过家家，是需要人民币的，对于两个月光族来说，连个房子也没有，谈结婚就等于开玩笑。

为了让夏沫死心，何平只有努力工作，为蛮子也为自己积累财富。

这个机会很快就来了。

他们先是接到一笔非常大的订单，然后加班加点生产，虽然很卖力，但仍然生产不出足够数量的产品。到了交货的前夜，何平找来几个农民，每人发两包烟一瓶酒，让他们在管子上泼胶水，接着扬沙。这样做的目的是压秤，把数量不足的管子放进汽车。因为胶水和沙子，管子重量充足，看起来竟也丝毫没有破绽。

这是一件亏心事，直到现在，何平偶尔想起，也会有脸红、心跳加速和唉声叹气的症状。

蛮子当晚亲自坐镇，工地扯起灯泡，农民扬沙的影子很有动感。

这批倒霉的管子卖给了一个倒霉的单位，负责人早被蛮子拿下，所以胶水和沙子的问题也就不再是个问题。

蛮子凭这单生意发了一笔横财，他接着在银行贷了很多款，拆了一个村，建了一个新的楼盘。

也就是说，蛮子正式进军房地产了。

他在开始建房的时候，还没有施工许可证，等到第一批楼封顶，许可证才办下来。

因为是拆了村子，蛮子的楼盘性质就变成了"还建房"，当然很影响楼盘价格。为了扭转这个局面，蛮子削低了房价，并承诺办理房产证。何平说，你削低价格是可以的，但咱们盖的是还建房，没有法律依据，怎么办房产证？蛮子说广告先这么打，楼先卖着，以后再想辙。

蛮子是天生的商人，就全国而言，他盖起的那批楼，几乎可以算是全国早期的"小产权"。他深知资金链对房地产的作用，相当于血液，还是动脉，于是千方百计在广告上费心思。

他的指导思想很简单，把你的钱从兜里掏出来，其余的事情再慢慢扯淡。

让何平大跌眼镜的是，蛮子所谓的"房产证"居然也办了出来。

假"房产证"制作及其精良，第一页赫然贴着印花税，也算煞费苦心。

这些楼房的受欢迎程度，大大超出了他们的预期。那时候，全国人民都在炒房，凡是家里有权或者有钱的，大多空置四五套，等待升值。对于小产权，很多人警惕性不高，价格低廉，且能办出房产证，是其最吸引人的地方。连续卖掉三期房子后，何平发现了比假房产证更为致命的问题，那就是：先前拆迁走掉的那些村民，蛮子并没有为他们留出房源。

这相当于，你拆了人家的院子，盖好的房子被你卖了，而被拆了院子的人倒没地儿可住了。

走投无路的村民，在确认自家宅基地上拔地而起的高楼居然没有一间是自己的之后，很团结地选择了"告状"。顺序是逐级的，先市，后省，最终闹到了首都。他们的运气实在太好，这件事居然惊动了某位高层，于是蛮子紧张了。他把最后一期楼盘还给了村民，极不情愿似的。

何平说你还真不能干缺德事，老一辈堵火车的事儿你都忘了？

虽然没有挣到最后一期楼盘的钱，但蛮子的身价显然肿了很多。他最开始收购 Lucy 酒吧，接着生产保暖管，一直到开发房地产，每一步都像是精心策划好了似的。

仿佛是天意，就在他们准备大干一场的时候，竟遇到了一个人。

何平那天早上开车带着蛮子往公司里赶，等红绿灯时旁边停辆卡宴，是个戴墨镜的美女。放下车窗瞄了瞄，蛮子很自信地说，肯定是二奶。

可能声音有点大，美女看着有点不悦，恰绿灯，他们撒丫子就跑，只见卡宴一脚油追上来，放下车窗，冲他们喊：见过二奶这么早上班吗？

何平一脚把那辆二手奥迪 A6 踩死，不可思议地说，乖乖……刘美丽？！

何平和刘美丽很有缘，他们上次见面也是在路上。她也认出了何平，从卡宴上跳下，与蛮子握手。刘美丽是个不依不饶的人，她还对刚才的"二奶论断"耿耿于怀，她问蛮子，我看起来很像二奶吗？蛮子说，你可别怪我，要怪只能怪你长得太漂亮，身价不过亿，都甭想打您的主意。

刘美丽乐了，看着何平说，你都交些什么朋友，看这小嘴……

刘美丽请他们吃早饭。何平问她怎么一直不来找他，她说事情太忙，没抽出工夫。何平没问她嗑药的事儿，看她现在的样子，应是戒了。

她问何平的境况，是否还经营 Lucy 酒吧，何平指指蛮子说，他就是现任的 CEO。

何平跟她聊了夏沫，她跟何平聊连秋平，说当年的赛车手很快就要出狱了。

你最好提防着他，刘美丽说，他是个有仇必报的人，不会对你善罢甘休的。

老实说，何平没把连秋平出狱当回事儿。

印象中，他还只是个乳臭未干的小毛孩子，为了抄个近道，撞飞了大学生。当他在里面主演《监狱风云》的时候，何平在帮蛮子创业，积累了丰厚的社会经验和人脉资源。

现在想来，何平当时对连秋平是过于小瞧了。也正因为此，何平为自己的轻视付出了代价，中了连秋平设下的阴招。

临走时，蛮子和刘美丽互留了名片。

虽然方琦的出走，一定程度上与刘美丽有关，但这件事已经相隔久远，蛮子差不多已经给忘了。

他说难怪何平当年被刘美丽迷得要死，长得确实标致，且有种骚乎乎的气质。

刘美丽的标致是有目共睹的，但最后一点，蛮子不知道是怎么看出来的。他泡妞无数，有丰富的阅人功底。何平想起吃饭的时候，刘美丽在桌子底下的小动作。

她用膝盖触碰了一下何平的膝盖，然后逃开，像无辜的十七岁。

蛮子说，我有一种预感，她还会来找你的。

何平说，我也有一种预感，她和我不会有什么结果。

刘美丽再次找何平的时候，何平正戴着安全帽在工地上晃悠。她把卡宴停在何平面前，招呼何平上去，拧开空调，打开音乐。那是一首老歌，《爱情游戏》——

这是个爱情的游戏 / 想玩哪你就别客气 / 别客气 / 要知道这输赢的道理 / 输了你千万别赖皮 / 别赖皮喔…… / 有人选择笑笑 / 让它过去 / 有人躲在黑暗中 / 偷偷哭泣 / 爱情它其实就是 / 没什么道理 / 它就是啊叫你 / 叫你别太在意……

何平觉得，刘美丽是上天派来考验他而设计的。每一次，当何平自以为曾经沧海，刘美丽就想方设法除却巫山，排除万难，来遇到他，来诱惑他。尽管已有足够的修行，但何平在刘美丽面前溃不成军，所有尊严在一瞬间丢盔弃甲。

她那天顺路带何平回公司。

停下的时候，问，听完走？就在车里待着。

何平仿佛看见青春，抬着棺材鱼贯而出。

第二十一章 "手刹"

何平以前觉得，进入一个人的身体，意味着进入这个人的生命，后来发现，进入一个人的身体，甚至不代表进入这个人的生活。

这个人就是刘美丽。

何平之前进入刘美丽的身体，以为进入了她的生命。直到她消失，有朝一日突然出现在何平眼前。

他们的配合很好，只需小小的勾引，两个人便能心领神会。

因为工作上的关系（都是房地产商），蛮子就经常打发何平去连氏集团，找刘美丽"洽谈生意"。回来的时候，刘美丽会开着她的卡宴送何平，临别时他们会说很多话，依依不舍。

赶上兴致好，两人都有需要，他们就在卡宴里搞。

刘美丽的活儿很好，这么长时间不见，功夫愈加炉火纯青。

和在 Lucy 酒吧里的习惯一样，她喜欢骑在何平的身上。

卡宴很大，空间很足，能满足刘美丽伸展四肢的欲望。

何平被她压在身下，鼻子闻着真皮座椅的味道，很奇妙地想象，她和其他男人在车里较劲时的样子。

引擎没有关，放着音乐，开着空调。

这样身子会很滑，刘美丽一边舔一边说。

蛮子一眼看穿了何平和刘美丽未了的情结，所以才安排何平去联络刘美丽，以获取更多的情报与合同。

结果和他的预期差不多，每次何平被刘美丽堵在卡宴车里糟蹋一回，或多或少都能给公司带来利润。

如果没有夏沫，何平是比较喜欢这种谈生意的方式的。

但是，每次回家，看到满桌的饭菜和夏沫的微笑，都会让何平内疚不已。

晚上坐在沙发上看电视的时候，何平搂着夏沫，说，你可真是个好姑娘。

有很多时候，何平都不再想这么瞒下去了。和刘美丽断绝来往，和夏沫好好过日子。该结束的感情，就让它结束吧，你难受猜疑睡不着吃不下，折磨的是自己，对于伤害你的那个人，也别置气。祝福彼此都能过得很好，也算是对她的名字在你生命里霸占好多年的谢意。只是你明白，你会努力笑，努力生活，努力把她甩在身后，然后优雅地忘记她，愿对方安好，愿你可以放下。虽然这样想，但何平仍然抵挡不住刘美丽的进攻，直至沦陷。

怎么了，夏沫问，你不会干了什么对不起我的事情吧？

她说以前看过一本杂志，分析男人心理，一旦做了错事，因为愧疚会突然对女友很亲热。

何平说你不要瞎猜，写书的人都是骗子，没一个好东西。

尽管这么说，何平的心里还是一惊，被人戳穿毕竟挺尴尬的。何平搂着夏沫看完电视，把她抱上床，伺候她睡着。

夏沫睡觉前说，她不想总待在家里，希望能找份工作，挣点钱。

何平说也好，无聊的时间多了，就会胡思乱想，找时间问问蛮子吧。她说不用问蛮子了，她不想在蛮子的公司里待，她自己找。何平想她肯定对 Lucy 酒吧还有阴影，就答应了。

那晚，心思缜密的夏沫早早睡去，何平却久久不能入眠。他有很多事，是夏沫不知道的，他也并非刻意隐瞒，只觉得这些故事还不到开启的时候。其实，每个人都有那么一段故事，无法述说。只能放任那些在深夜里对自己倾诉，深夜来临的时候，是一个人心灵最脆弱的时候，也是思念最疯狂的时候。在无数个失眠的晚上，习惯性地闭上眼睛，安安静静地想念一个人，一张脸，一个名字，成了最孤独的心事。在夜里独自哀伤，不想习惯，却无力更改。何平有一天发现，他因为肚子里的这些心事，已经患上了失眠的心病。

让何平意想不到的是，这个决定，竟是悲剧的开始。

何平和刘美丽继续保持来往，他们对彼此的身体都很熟悉，知道哪些部位更能激发对方的兴致。而且他们似乎没有因为这种关系，而影响各自的生活——

与其说何平进入的是刘美丽的身体，不如说进入的是刘美丽的寂寞。

她再次找何平的时候，显得比较疲惫。何平把钥匙拿过来，让她坐在副驾驶上。刘美丽很乐意有人为她服务，打开音乐，听的还是《爱情游戏》。她躺在卡宴巨大的座椅里，显得非常渺小。等那首歌放完，正好遇上红灯，她深情地看何平一眼，手搭在他的腿上，慢慢摩挲。

等何平起了反应，她就把手放进去，像在胡乱找什么东西。

何平舒服地叹了口气，后背挺住座椅，禁不住踩一脚油门，那辆卡宴就蹿了出去。

何平说你不能这样，没看着红灯吗？

刘美丽就很不在乎地笑笑，手依然忙活着。

何平说，万一被警察叔叔逮住，你可怎么解释？

她说，这太好解释了，就说把你那活儿当成手刹了。

刘美丽把何平攥得五迷三道。

那辆卡宴疯了似的飞驰着，后来寻了一条道儿，不顾死活一头扎了进去。

卡宴在一个小树林里停下，何平把车窗合上，刘美丽很主动地放倒座椅，迫不及待等着进入。

她很潮，"手刹"进去的时候很紧，她弓着身子，愉悦地喊了声"上帝"。

他们在车上玩了一会儿，也许是觉得不过瘾，她提议下车，站着。

车门很宽大，刘美丽站在后面，只能看到她的头和脚。

何平背对着她，忙活了一阵，最后的致命一击几乎把她顶进车去。

何平说如果喜欢这个姿势，就去网购两个吸盘，吸盘上有抓手，专门干这事用的。

她说，你闲着没事儿净琢磨点子了吧。

何平说那得看谁，伺候你这样欲望特盛的，就得不断创新，做一个"性爱革新小能手"。

她问，你跟方琦上过床吗？

何平说咱能不提这事儿吗。

她说你应该很后悔吧，当初如果没有我，你就能把方琦搞到手了。

何平穿上衣服，裤头压在刘美丽屁股底下，他试着拽了几次，没弄出来。

刘美丽冲何平乐，说，你就这么开车吧，挺好，我想什么时候摸就什么时候摸。

何平说你今天是不是疯了。

她说是的，那么多男人，只有你才能让我疯，疯得想死。

何平说以后别开方琦的玩笑，不然我会生气。

她问，你知道我是怎么想的吗？

何平放弃了争夺裤头的游戏，上车，点燃一支烟，光着屁股坐在驾驶位上。刘美丽把裤头扯出，扔过来，也许是故意的，正好套在何平的头上，像《七龙珠》里那头矮矮的好色的小猪。

她气急败坏地说，我爱上你了，怎么办？

何平盯着反光镜里，自己顶着裤头的滑稽样，觉得刘美丽刚才说的话也相当滑稽。

何平说，认识你这么多年，没想到你开起玩笑来也蛮有杀伤力的。

她躺在后面，用脚蹬何平一下，说，你这死人，我刚才没开玩笑，真是爱上你了。

何平说，那你上床动机就太不纯了。

对，刘美丽哼哼道，以前提出上床，会说你恋爱动机不纯；现在提出恋爱，会说你上床动机不纯……

他们那天不欢而散，刘美丽很生气，穿衣服还咬牙切齿的。

临走时，她提醒何平车胎的气不太足，让他下去瞧瞧。然后关上门，加速，自己跑了。

何平骂了一句，站在路边，好不容易才蹭了一辆顺风车。

回到家，夏沫已经睡了，高压锅里有温热的饭菜。

何平想，和刘美丽之间，该结束了。

躺到枕头上的时候，夏沫转过身，抱着何平，说她已经找到了工作。

何平问她在哪个单位。她亲何平一口，说，保密。

也许是累了，何平没有继续追问夏沫的工作问题，她要的只是一份工作，好打发无聊的时间，具体干什么、工资多少，并不重要。

第二天，早晨起来的时候，夏沫已经不在了。她提前做好了饭，给何平留了便笺，说去上班。何平就着豆浆，看完报纸，出门的时候没有卡宴等着接他。

也许刘美丽被何平气坏了，还会像上次那样消失个一年半载。

不止一次，何平联想过他们失联的状况，突然的消失，湮灭于茫茫人海。然后，他会想什么？我们已经多久不联系了，感觉这辈子都不会再见到你。有些事，不说是个结，说了就是一个疤。那些不能说的秘密，会不会成为永不见面的借口，一直在想，很多年以后，如果我和你，就这样再也不联系，可突然有一天，就这么站在喧嚣的人群里，相互注视着对方，第一句话需要多大的勇气才说出。何平不想说，也不会说，彼此微微点头，擦肩而过。

到公司的时候，一群人围着什么东西在看，近了才知道，是蛮子刚买的奥迪A8。他还是穷光蛋的时候，就已经对这台车垂涎三尺了。何平听到有人议论价格，接近200万的样子，蛮子的司机说，轮胎是真空的，扎不坏。何平不明白真空和扎不坏之间有什么关系，只是对蛮子的暴富有些意外，何平只知道他开始变得有钱，但没想到竟这么有钱。

何平在办公室里喝了杯茶，蛮子正给手下的经理开会。他现在比任何时候看起来都要精神，头发抹了油，根根可鉴，完全一副老板模样。何平想避嫌，被蛮子拦下了，他当着众人的面说，你又不是外人，按资历相当于副总了。

何平知道他这是在笼络人心，用副总的头衔诱他卖命。

何平把蛮子叫出去，说，刘美丽那边我不打算接触了，你要提前想好人选。

蛮子原地愣了半分钟，回过神的时候，何平已经走了。

作为局外人，他不清楚何平和刘美丽之间的事儿，也无法理解何平为什么抛弃了这么一个超级富婆。他在刘美丽那里得到了很多好处，当然，这种好处是互利的，刘美丽不是幼儿园里的孩子。

何平不想在这里耗下去了，蛮子的房地产项目玩得太大，他刚才的演讲透露出一股野心：投资十个亿，开发高层楼盘。而这十个亿，几乎都是向银行借的，包括那辆崭新的奥迪A8。

何平并不是一个悲观主义者，但蛮子的冒进让他感到并不安全。扩张的方式有很多，但急剧膨胀的结果，很可能就是最后的一声"嘭"。

这么长时间，之所以何平还能留在蛮子身边，都是因为方琦。

她临去武汉前说的话何平还记得：我哥现在所做的一切，是注定要摔跟头的，我希望你在能力范围之内，将这个时间尽量拖延，越慢越好……

有时，何平会想念一个久不联系的人，翻来覆去思量着终究还是放弃。时光变迁再无交集，已经找不到可以联系的理由。因为不确定对方是否也在想你，于是故作潇洒地说"相见不如怀念"。就像无能为力的时候，总爱说着顺其自然。其实我们只是害怕，自己在对方心里，已没那么重要。有些爱，只能止于唇齿，掩于岁月。

回到宿舍，夏沫还没回来，差点儿忘记她找到工作了。

何平躺在床上，喝了一瓶啤酒，越想越觉得方琦是何平生命中的一个魔咒。

因为她，何平不能安心与刘美丽鬼混；因为她，何平至今还待在这个破公司里，当她哥的"精神保安"。何平把那瓶啤酒"啪"的一声扔到地上，拿起电话，拨打方琦的手机。何平想质问她，凭什么让何平这样？凭什么？！

等电话接通的时候，何平立马就怂了，方琦的声音瞬间将何平撂倒在地。

何平当即没有了质问她的勇气，相反，何平很贱地关心起她的近况，问她学法律的事儿怎么样了。方琦说她很顺利地拿到了律师资格证，并打算近期回来一趟。

何平问她回来干什么。

她说，结婚。

第二十二章 老颓

方琦差点儿就被糟践了。

她有很多事瞒着何平，特别是一个人在武汉的时候。

她当时交了一个男友，湖北人，也是打工仔。那个男人很特别，喜欢不停跳槽，没钱的时候就问女人要。

就在他把方琦肚子搞大之后，甚至还拿走了她当月新发的工资。

没钱打胎的方琦，并没有马上给何平打电话，她在武汉上的大学，还有个把熟人的。她先是向从前的室友求助，没想到，曾经抠门的室友一点儿都没变。

回去的路上，她遇到了大学同学，男的。师兄热情招待了她，耐心听她说完困难，并表示一定伸出援助之手。跟师兄回家拿钱的时候，她被堵在门里。

师兄说他很早就暗恋方琦了，师兄说他还是处男，师兄问，女人啥滋味儿啊？

方琦觉得自己太倒霉，什么事都让自己遇到了。这是一种巨大的落差，小时候觉得悲伤很酷，听催泪的情歌，写决绝的字句，生怕自己看起来没情绪。现在想来，当时真是多虑了，人生的疾苦都会在未来的路上埋伏等你出现，一样也不会少你的，一样你都躲不掉。该遇到的渣子，还是会遇到；多么糟心的事，只能一件比一件无法收场。越想逃，逃不掉，只能选择面对。

她撞开门，一路狂奔，跑到腿软才停下来。

武汉可真大，她不知道身在何处，两旁的路灯总是很亮，总有那么多行色匆匆的过客，连人堆里的小偷都是一副倦容。这个城市太累，那么多楼房，灯火阑珊，却没有一个格子是自己的。

她随便找个话吧，花一块二给何平打了个电话。

方琦就是心里太憋屈，想找个人说话，聊一聊彼此的境况。有时候你会特别渴望找个人谈一谈，但是到最后你会发现，往往都谈不出个所以然，慢慢你就会领悟到，有些事情是不能告诉别人的；有些事情是不必告诉别人的；有些事情是即使告诉了别人，别人也理解不了的。所以，有些话，只能放在心里，让时间告诉你一切。时间会告诉方琦，很多人只想占她的便宜；时间会告诉方琦，何平是一直都爱着自己的。除此之外，她说不了什么，也不想说太多，这大概就是现实和想象，最让人尴尬的地方吧。

后来的事都说过了，何平去武汉找她，确定她没出什么大事儿。

方琦那段日子很开心，自从回到武汉，她就没这么开心过。工作了，开心的事情就变少了，不像学生时代，可以悠闲地溜达，在武大附近的西餐厅接受男孩儿的一捧鲜花，在黑夜的长江轮渡上看人间繁华。

从以后的经验出发，如果总结经验，情感方面的得失，方琦与何平之间是微妙的。他们似乎在等待一个机会，懂得保持距离，适当地离开，到怀念时再相见。这样的关系，远比永恒地黏在一起更长久新鲜。很多女人自寻烦恼，就是太执着，总想把爱人留在自己的视线内，令对方窒息，自己难受。远一点儿的风景，多一点儿想象和希冀，这是我们在枯死的生活中渴望旅行的最大意义。方琦有一种预感，总有一天，她会与何平相逢，再次相见。

在何平离开武汉之后，方琦坚持干完了一个月的电话营销，仍然是零销售额。

她不是不会卖东西，是因为她过于善良，不忍心欺骗未曾谋面的人。她所在的公司叫生物科技，那年头，打着生物科技的幌子满世界骗钱的人多得是。老板对她很不满意，还很纳闷儿：一个名牌大学的本科生，居然揽（骗）不到一单生意。

拿到最后一个月的800块钱工资（押金就不要了），方琦拿出一半付了房租，花了200买了书。此后，她就在那间几平方米的小屋子里，忍受着酷热，每天听隔壁小两口嘿咻，竟然把那几本书啃了下来。她每天只睡四个小时，吃一块五的热干面，五毛钱的绿豆汤喝不起，就喝自来水。

接着参加律师资格考试，过了。

上帝保佑那些真正付出过努力的人。

回出租屋的时候，公交车经过黄埔军校旧址，方琦脑子里浮现出横刀立马的英雄人物，竟莫名地哭了一场，泪水从公交车的窗户飘出，洒在潮热的空气里。

经历了很多，方琦早已学会保持沉默，宁愿沉默，也不向那些根本不在意自己的人诉苦。人的感情就像牙齿，掉了就没了，再装也是假的。哭，就畅快淋漓；笑，就随心所欲；玩，就敞开胸怀；爱，就淋漓尽致。人生，何必扭扭捏捏。生活，何苦畏首畏尾。劳累，听听音乐；伤心，侃侃心情；失败，从头再来。方琦觉得自己最需要的就是随性。

方琦把出租屋里的东西收拾好，出门的时候正碰上那对性欲超盛的小两口，他们跟她告别，然后继续回出租屋嘿咻。

方琦的行李箱很破，因为用的时间太久，一个轮子瘪了，拖在地上，像拖了一条被打断腿的狗。她只好改变方式，提着箱子走。火车站检票的时候，她实在提不动了，索性歇下来。

这时，一个男人说，需要帮忙吗？于是，她认识了老颓。

老颓不是他的真名，老颓其实不老。

他对方琦说，因为他年少老成，所以周围的朋友特别赐了这么个绰号。方琦从此就叫他老颓，总这么叫，真名倒是给忽略了。老颓是个好人，他看到方琦那么吃力地抬箱子，于是过来帮忙。过了检票口，千军万马冲过来的时候，老颓把箱子还给方琦，很礼貌地说了声"再见"。

没想到，他们在火车上又见着了，硬座，还是对面。

他们相视一笑，老颓帮她把箱子举到行李架上，方琦说她买不起卧铺只能买硬座，老颓说他买票时间太晚没赶上。

硬座车厢里很挤，同座的几个人是烟枪，烟雾缭绕，熏得方琦咳嗽。老颓很客气地跟那几个人商量，能不能尊重一下女士。

方琦觉得老颓是个好人。

他们在火车上聊了很久，才知道彼此老乡，而且同城。

谈各自经历的时候，又发现居然毕业于同一所大学，还是校友。

老颓是个比较风趣的人，虽然说话不多，但每一句都能让方琦开心地笑。后半夜，老颓悄悄补了一张卧铺，并把这个机会给了方琦。

老颓说，他最不忍心看女孩子活受罪。

那一夜，方琦舒服地躺在卧铺上，想着老颓还坐在硬座车厢里，心中涌出小小的感动。

她躺着给老颓发短信，两个人在同一列火车上，短信传递了一夜，直到方琦睡着为止。下了火车，老颓把她送回家，箱子提到门口。老颓问：以后还能见面吗？她说当然可以。

没过多久，他们就准备结婚了。

方琦在电话里诉说了她的恋爱史。

何平当时刚喝完一瓶啤酒，有点晕，听到"结婚"二字，头几乎炸掉了。

何平从床上跳下来，拿着电话，不停反问：你再说一遍，什么，结婚？你能再重复一遍吗……

她在电话里说，你是不是喝酒了。何平说没有，刚才是摄入了一点儿酒精，被你结婚结得，一下子醒了。

她说，那你一定要参加我的婚礼。何平说放心吧，既然你找到了幸福，我也跟着高兴。扣上电话，何平用自来水浇了个头，确信刚才那事儿是真的。

不知道为什么，何平竟然很失落，从床底翻出几十盘卡带、友谊证书和心形吊坠。何平打开心形吊坠，里面是跟方琦的合影，她在照片上笑得很开心。

夏沫回家的时候，何平已经抱着酒瓶子坐在地上睡着了，卡带散了一地，硌得屁股疼。夏沫把何平摇醒，她开始以为家里来了小偷。她问吃饭了没？何平冲她笑。她说你今天怎么了？何平还是笑。这把她吓坏了，扶何平起来，倒了一杯开水给何平。朝鲜女人就是好，就算整个世界抛弃了何平，毕竟还有朝鲜妞儿陪着。

何平说，咱们结婚吧。

夏沫惊恐地说，啊？！

夏沫那晚本想跟何平谈工作，她一直保密，不肯说自己去了哪里。

可惜何平没有听的心思，随便扒了几口饭，就躺到床上了。

夏沫做完家务，把地上的东西重新收拾好，睡觉前在何平耳边说：等你心情好了再告诉你。

第二天上班，蛮子要何平去找一趟刘美丽。他对何平昨天的提议视而不见，而何平似乎对自己昨天说过的话也忘了。相反，何平居然很想见到刘美丽，或者他们可以谈谈方琦。有些话，何平跟夏沫说不了，也许只有刘美丽才懂。

连氏集团还是那么富丽堂皇，门口停着一辆卡宴，一看到这辆车，何平就想起光着屁股的刘美丽。

保安直接把他放进去，他们清楚何平和刘美丽的关系，私底下应该没少说他们的闲话。何平直接闯进刘美丽的办公室，她吓了一跳，嗔怒道：你这不敲门的毛病什么时候得改改了。

刘美丽的办公桌很大，桌子对面是一面镜子。她坐在老板椅上，两条腿故意跷起，好让何平看清底裤的颜色。

何平说，你这发骚的性情倒是一点儿也没变。

她嘲笑似的撇撇嘴，依然没有改变之前的造型，她穿的是黑色底裤。

刘美丽说，我还以为你不来找我了呢，上次把你扔在荒郊野外，恨死我了吧。

何平站起来，一把抱起刘美丽，把她平摊到那张大办公桌上，说，所以今天报仇来了……

刘美丽在办公桌上任何平摆布，她刻意压低了声音，头垂在桌子下，倒看着对面大镜子中的一对男女。

为了看得更仔细，她建议调整姿势，以便她欣赏这场疯狂的对战。

何平把她的衣服脱得到处都是，她的黑色底裤，被何平摇在手上，像个挥鞭策马的骑士。

她的腰很细，两条腿十分均匀，抓在手上很有征服感。

何平不知道自己这是怎么了，何平本想找她谈谈，聊一下方琦，没想到却搞了起来。

何平想，方琦选择结婚也许是对的，他这种人不配和她在一起，何平只是一头兽，充满欲望的兽。

就在何平和刘美丽翻云覆雨的时候，办公室的门开了。

不是何平不小心，因为这个办公室是不允许随便进入的，也就是说，如果这扇门被突然打开，那个打开门的人，身份一定很特殊。

何平当时整个把刘美丽托起，把她送往胯部。

他们侧对着镜子，这样看起来很有感觉。

门被打开的时候，何平的动作停止了，刘美丽的呻吟也停止了。何平看到一张熟悉的脸，这张脸似乎在哪里见过，但又似乎想不起来了。

那个人显然被眼前的画面震惊了，他的表情刹那转变为狞笑，愤然离开。

刘美丽夹着何平屁股的腿松了下来，叫了一声：秋平！

哦，连秋平同学，你终于出狱了。

连秋平亲眼目睹了何平和他"母亲"的好事，他刚刚从监狱里出来，接受了党的教育，对这突如其来的很黄很暴力的场景还不太适应。

何平看到刘美丽的脸白了，和她的小腹一样白。

这件事对连秋平打击很大。

他很快就反击了，没有一丝犹豫。

他的复仇很成功，何平因此失去一切，所有的，最珍贵的一切。

第二十三章 十分之一

夏沫的逃亡是几天之后的事。

几天前，她还是连氏集团的售楼小姐，每天拿一根小棍，带领一群人，在沙盘上指指点点。就在何平喝醉的那天晚上，也就是方琦打电话告诉何平她要结婚的那天晚上，夏沫原本是想告诉何平她的新工作和新东家，可惜何平没有心思听。

何平对夏沫的关心太少，如果当时何平知道她在连秋平手底下做事，也许她就用不着逃亡了。

连秋平的复仇是有计划的，分阶段的，有条不紊的。

他出狱后第一件事就是打听何平的下落，还有近况，也就知道了夏沫。当他知道夏沫是用一袋大米换来的朝鲜姑娘的时候，连秋平隐约觉得，复仇的机会来了。

他不动声色，安排了夏沫的工作，并给予高薪。

连秋平的打算是，在一个恰当的时机，送夏沫回国。

何平从刘美丽那里回来的时候，夏沫已经准备好了饭菜。

刘美丽惊恐的表情还印在何平的脑海里，她大概是最了解连秋平的秉性，睚眦必报。何平当时问她，为什么连秋平出狱的事儿没告诉我。她说一直没找着机会，而且，说了也等于没说。

何平一边吃饭，一边想事儿，夏沫不时给何平夹菜。

我得告诉你工作的事儿，夏沫说，昨晚你就没听……

夏沫讲了寻找工作的始末，如何在附近发现的招聘小广告，面试如何顺利，工作后待遇如何丰厚。

连总还提起过你，夏沫说，他说你是他的好朋友。

何平把碗搁下了，连秋平的招数是显而易见的，有针对性地粘贴广告，形同虚设的面试，最终目的是让夏沫成为他手心里的棋子。

何平说，你得赶快撤，越快越好。

夏沫惊呆了，她不明白到底发生了什么，居然要放弃这么好的工作。

何平只好跟她讲了与连秋平的恩怨，告诉夏沫，如果继续待在连氏集团，总有一天会被身穿制服的人带走，遣送回国。

这是何平能想到的连秋平的复仇方式，他把夏沫留在身边，就是为了有朝一日，可以亲眼目睹夏沫回到朝鲜祖国母亲的怀抱。

而众所周知的是，遣送回朝鲜的偷渡客，结局都不太乐观。

何平渐渐感到力不从心，他还没有什么准备，就爱上夏沫，开始了这样力不从心的情感历程。如果晚几年，遇到事情，何平的心态可能会很不一样。我们都想要牵了手就能结婚的爱情，却活在一个上了床也没有结果的年代。对一个男人来说，最无能力的事儿就是"在最没有物质能力的年纪，碰见了最想照顾一生的姑娘"。对一个女人来说，最遗憾的莫过于"在最好的年纪遇到了等不起的人"。何平就是在没有物质能力的年纪，碰见了夏沫，他想保护她，却发现很难，他甚至连送夏沫的时间都没有。但傻乎乎的夏沫，在最好的年纪，遇到了等不起的何平。

晚上睡觉的时候，夏沫搂着何平，很紧。

有几次，好像是做了噩梦，她的整个身子都在抖动。

她曾经告诉何平过，被遣送回国，会是她这种人最大的不幸。因为出境是不合法的，所以被遣送回国也不会有好的待遇，通常被捉住的偷渡客，会被铁钩刺穿锁骨，拖着拉回去。有时铁钩紧缺，就会换个方式，用铁丝穿嘴，像牲口一样被拽着回去。

虽然只是传说，但透露出的一点很明确：只要被送回去，后果是很难预料的。

何平搂着夏沫，为她的不幸而担忧。

晚上做梦，梦到夏沫被一群拿枪的人赶走，铁丝穿嘴，跪倒在一片空旷的沙地，脑后是一杆乌漆抹黑的枪……

醒来的时候，何平给鱼头打了个电话，让他准备好收容夏沫。

鱼头已经去了青岛，他有绘画的底子，此时正在青岛的一个动漫公司开发网络游戏，据说还是"副总"。赵赵跟着鱼头去了青岛，她的运气也不错，当上了白领。

逃亡之前，何平带夏沫吃了一餐韩国烤肉。

那是一家比较正宗的韩国烤肉店，老板娘是韩国人，老板是大腹便便的中国人。平时他们很少来这种地方，因为消费比较高。何平给夏沫点了二斤牛肉，老板娘亲手烤制，把厚薄均匀的嫩牛肉平铺到烤炉上。夏沫吃得很开心，她说每天能吃到白面做的馒头已经很满足了，能吃上肉，就等于过年。

她用生菜卷了熟牛肉，喂何平吃。何平看她贪婪的吃相，心中一阵愧疚，感觉这么长时间以来，让她跟着受了很多委屈。夏沫很羡慕那个韩国老板娘，希望有朝一日，自己也能开一个这样的店。放心好了，何平说，会让你当上老板娘的。夏沫嚼着嘴里的牛肉，使劲点头。

她是这个地球上最相信何平的人，哪怕何平告诉她明天他将征服整个宇宙。

何平想，他有义务，让夏沫过上体面的生活。男人的担当，体现在进取。只剩一碗饭，独留给女人吃，那是没出息；为女人去努力，赚回两碗饭来大家一起吃才叫担当。遇到阻碍，声称为你好而离开女人，自己背地里辗转反侧的，那叫懦弱；为了在一起拼尽全力，让全世界去接受，那才叫担当。好男人不是面面俱到，而是永不放弃，努力再努力。何平还算不上好男人，但他决心做一个好男人，要让夏沫过上好日子。

他们刚坐上发往青岛的依维柯，蛮子就打电话过来，说刚才来了几个穿制服的人，问他公司里有没有一个叫夏沫的朝鲜姑娘，她现在在哪儿。

何平庆幸行动迅速，暗自嘲笑连秋平的愚蠢。

为了庆祝胜利，他们在青岛下车后没有直接找鱼头，而是去最近的海边戏了下水。那是夏沫第一次看海，当时接近傍晚，海边升起迷雾，潮水在石缝间起起落落。夏沫高兴地在灰褐色岩石间跳来跳去，有时停下来，摆个造型，让何平拍照。

这时，何平的手机响了，是个陌生的号码。

何平说，喂。

手机里的声音传出来，我是连秋平。

何平说，你肯定特想知道我们在哪儿吧？

连秋平在电话里笑了几声，说，真羡慕你们，都这时候了还在拍照，你们更像是去旅游……

何平把电话扣死，仔细看了下四周。

这是一块比较偏远的区域，海边连亘着一排排豪华别墅，人迹罕至。

何平的第一反应是：他们被连秋平监视了。

拜美国大片所赐，何平甚至想到，夏沫在连氏集团上班的时候，会不会被在身体里注射了芯片。何平把正在岩石上摆着 pose 的夏沫拉下来，脱她衣服，看有没有微创伤口。夏沫急了，说，你这家伙，耍流氓怎么也不看看地方？

突然，夏沫指着远处说，何平，那人好像在拍我们……

果然，在一个很不起眼儿的角落，何平发现了那个拿着数码偷偷拍摄他们的人。因为隔得很远，而且有雾，天近傍晚，所以没有看清他的脸。他显然知道自己已经暴露了，试图逃跑。何平朝他大喊：别走！那人就已经不见了。

何平摸起一块石头，朝那个方向掷去，口里骂着：姥姥！

夏沫不知道发生了什么，她只知道何平接了个电话，然后就疑神疑鬼，拉着自己耍流氓，最后对着落荒而逃的陌生人破口大骂。她问怎么了？何平说咱们很可能被监视了。她说我们不是已经摆脱制服了吗？何平说连秋平是故意放我们走，故意的。这个人的阴险程度超出了何平的预料，连秋平故意把他们放出来，只是想玩一场猫捉老鼠的游戏。

何平太了解这个人了，几年前跟他赛车的时候就已经领教过了。

夏沫问何平要不要报警。何平说咱们是制服通缉的对象，连秋平正是看到了这一点，才敢玩这个游戏。夏沫问连秋平到底想要怎么样。何平说不知道，对待连秋平这种人，不能用普通人的思维去考虑，几年前赛车的时候他本可以稳操胜券，可他偏偏抄了近道。

夏沫问他是想报仇吗？何平说，恐怕没那么简单。

何平也不知道连秋平想要做什么，他的下一步是否还在监视，或者仅仅只是为了好玩，看他们狼狈地东躲西藏，最终找个时机将他们擒获。

来不及考虑太多，何平拉着夏沫上岸，顺着沿海公路走了一会儿。遇到公共电话亭，何平跟鱼头联系，让鱼头一个人过来接他们。

何平说，越低调越好，我们刚才被人监视了。

鱼头在那边很兴奋，说，你们不是在拍电影吧？

他们在沿海公路走了一段，遇上吃烧烤的小摊，何平给夏沫点了几串鱿鱼，自己要了一杯啤酒。为了摆脱监视，何平领着夏沫故意走了些弯路，中途穿越沿海公路旁的一座酒店。在确信没有人尾随后，他们这才吃烧烤喝啤酒。鱿鱼很大，爪子很多，老板用刀子快速划几道，摁进吱吱冒烟的油板上，将一串烧烤演绎得出神入化。

快吃完的时候，鱼头骑一辆破摩托车到了。

他看起来很黑，也许是海风吹久了的缘故。何平招呼他坐下，又要了一杯啤酒，说，就骑这么个破玩意儿接你兄弟？

鱼头嘿嘿一笑，牙还是白的。

他说这样看起来低调，被人跟踪也容易摆脱。

何平敬鱼头一杯啤酒，正喝的时候，总感觉某个地方有双眼睛在盯着他们。何平放下白色塑料酒杯，远处有个女人，貌似拿着一杆DV，在向这边拍摄。

何平压低了声音，说，快走，越快越好！

鱼头被何平弄傻了，他一口啤酒还没吞下，被何平吓得噎在喉咙里。

鱼头发动摩托车，何平坐最后，把夏沫挤在中间。

何平问鱼头，周围熟吗？鱼头说，闭着眼也能回去。何平说那好，你以最快的速度，甩掉后面那个托着DV的女人。

直到现在，何平的脑后脖颈，阴天下雨前总要疼上一阵，就是那时落下的病根儿。鱼头的破摩托车很小，三个人坐在上面很挤。何平抱着夏沫，半个屁股悬空，海边湿气很重，风舔着何平裸露在外的皮肤，很快就麻木了。

这一切都要感谢连秋平，他派来的队伍实在强大，无孔不入，有美国FBI的风范。何平那时还不知道他是如何做到这一点的。

何平不知道的事还有很多，更多的时候，他遇到了难题，却束手无策。

我们拼命地学习如何成功冲刺一百米，但是没有人教过我们：你跌倒时，怎么跌得有尊严；你的膝盖破得血肉模糊时，怎么清洗伤口，怎么包扎；你疼得无法忍受时，用什么样的表情去面对别人；你一头栽下去时，怎么治疗内心淌血的创痛，怎么获得心灵深层的平静；心像玻璃一样碎了一地时，怎么收拾。就在这个关键的节点，连秋平给他上了生动的一课。

何平那时不知道的事情还有很多，比如刘美丽和连秋平的关系。

他们表面上母子相称，可实际年龄却相差无几。

何平从青岛回来后，和刘美丽一起被连秋平撞见，他很气急败坏地站到何平面前，说，可能你还不知道吧，她已经被我"用"过了！

何平惊讶地看着刘美丽，她不慌不忙，只说了一句：对，我是被你

"用"了，但是，你只"用"了我的十分之一！

何平对刘美丽的认识是很惊讶的。一个女人能玩得起夜店，也收得起心；她可专一到让你惊讶，也可花心到让你害怕；她敢喝最烈的酒，也能放弃最爱的人；她可像疯子一样玩，可像个女汉子般工作，也可以在家做贤妻良母。一切的一切取决于你是谁，也取决于你如何待她。这也是刘美丽对待何平与连秋平态度不同的原因。

第二十四章 渔村

刘美丽和连氏家族的关系很复杂。

她先是跟连秋平的父亲搞。

接着跟连秋平搞。

又因为刘美丽和何平也搞过，所以何平知道这件事后心情很纠结。

何平当时刚从青岛回来，正陪着刘美丽在街上溜达。

别以为何平是忘恩负义的人，陪刘美丽逛街是何平的工作，蛮子吩咐的，虽然他没布置跟刘美丽上床的"家庭作业"。

刘美丽喜欢黏着何平，像个身生吸盘的异形，从远处看，何平就像侧身背了个五颜六色的麻袋。

这个亲热的举动正好被连秋平看到，他当时本想避开，但又不想便宜了何平，于是跳到何平的面前说：可能你还不知道吧，她已经被我"用"过了！

连秋平说话时的表情很到位，嫩了吧唧，错认为何平是个有处女情结的人。

街上的人很多，连秋平的这句话引来了短暂的围观，他们注视着连秋平对面的何平和刘美丽，期待着一场血肉横飞的械斗。

刘美丽摘下太阳镜，蔑视地扫视四方，然后从何平身上卸下来。

她走到连秋平跟前，不慌不忙，只说了一句：对，我是被你"用"了，但是，你只"用"了我的十分之一！

不可否认，刘美丽的这句话太狠了，且极具杀伤力。这句话跟何平之前听过的一个黑色幽默有异曲同工之妙，说有一个俄罗斯小姐，卖肉多年，等回国结婚，洞房花烛，才发现自己居然还是处女……

看热闹的无聊男人们爆发出雷鸣般的掌声，显然，连秋平是自找没趣了。

他自认为把刘美丽搞了，就等于把她毁了，没想到，他很可能还不如刘美丽手中的一根振动棒。

连秋平气急败坏地爬上那辆刚买的奥迪 Q7，临走时他恶狠狠地对何平说，走着瞧！

何平不明白连秋平为什么对他这么来气，他"用"了刘美丽的十分之一，不代表其余的十分之九都是被何平捅了。

何平刚想起，还没问连秋平跟踪夏沫的事儿，他的奥迪 Q7 就已经蹿出老远了。

看热闹的人一哄而散，刘美丽高兴地黏过来，像打赢了一场胜仗。

何平把她的胳膊拣出来，这让刘美丽恼火。

她问你是在嫌弃我吗？何平说没有。

她说你是不是觉得我特贱。何平说没有。

刘美丽接着说了一句让何平感到恐惧，也让何平十分反感的话。

她说，你知道我是爱你的吗？

何平怒了，大声呵斥道，别用你舔过别人的嘴说爱我！

刘美丽也怒了，抬手给何平一耳光，说，你也不是什么好东西！

这是何平第二次惹恼刘美丽，第一次是在她的卡宴车上，她生气后把何平给甩了。他们在大街上吵得很凶，因为彼此熟悉，所以吵起架来也很有默契。具体表现为：当何平问候刘美丽老母的时候，她也会毫不犹豫问候何平的老母。

毫无疑问，何平与刘美丽都错了，他们还太年轻，不知道离别意味着什么。对方犯了错，你无法原谅，转而离开，这是喜欢；对方犯了错，你艰辛地原谅了，又继续在一起，这是爱。可对方犯了错，你明明从未原谅，也无法原谅，却还是继续相处，不忍舍弃也不忍再提起，这是很爱很爱。爱是一件美好的事儿，很爱很爱却是一件连自己都无法解释的事。所以，当何平与刘美丽对骂的时候，这说明他俩之间是有问题的，因为他们根本不想原谅对方。

总之骂得很凶，也极难听，丝毫没有素质可言。何平骂她是"谁都能上的公共汽车"，她骂何平是"好色的国际人口贩子"。

刘美丽在赐予何平的绰号里巧妙隐藏了夏沫，她吃夏沫的醋不是一天两天了。

之前已经散去的围观群众重新聚拢，何平怕"好色的国际人口贩子"的名号太扎眼，万一被制服们听到，躲在青岛的夏沫就危险了。

她现在应该是安全的。

他们上次被鱼头骑着破摩托车接走，后面跟着一辆轿车，车上是个扛着 DV 的女人。何平半个屁股悬空，紧紧搂住夏沫，潮湿刺骨的海风舔着何平的脖颈。为了摆脱跟踪，鱼头将油门加到最大，沿海公路很空旷，这让追逐看起来像一场游戏。

鱼头的破摩托车很灵活，不然也不会那么快就摆脱了跟踪。

鱼头带着他们去了一个很寂静的村落，海边有很多船，船上有很多网，这个村子里的人向来以打渔为生。他们在一片平房落脚，门口挂100 瓦的灯泡，院子很大，赵赵从里面迎出来。

何平摸着已经僵硬的脖颈，问这是哪儿？

赵赵说，渔村。

晚饭很丰盛，也许是为了招呼客人，鱼头准备了一桌子海鲜。

赵赵给夏沫夹菜，亲手剥了几个龙虾给她。何平说，你们两个人住这么大房子，可真有点浪费。鱼头说房子是租的，幸好租金不是太贵。何平说，连秋平正满世界寻找夏沫，但愿不会找到这里。赵赵把刚剥好的龙虾递给已经打嗝儿的夏沫，说，你们放心吧，这里很偏，连公交车都没有……

何平正啃着鱿鱼，一下子愣住了，公交车没有……那你们怎么上班？鱼头指了指那辆破摩托车，刚进渔村的时候，也许是承重太多，拉缸了。

鱼头吃完饭出去修摩托车，赵赵深情地看着鱼头的背影，对他们说，他是为了我才跟着来青岛的，真委屈他了。

赵赵给他们安排了一间很干净的屋，床单和枕套都是新换的，能闻到海的气息。何平搂着夏沫，听着海浪睡了一夜。

熄灯前，传来摩托车的马达声，和鱼头耀武扬威的自夸声。

何平搂着夏沫，心想，这里应该就是世界的尽头了。

如果是在以前，何平绝不想到，可以安心睡觉也是一种幸福，和心爱的人期待第二天的太阳升起也是一种幸福。这是为什么呢？你说长相不重要，是因为你长了一张就算刚睡醒也敢自拍的脸；你说成绩不重要，因为你随随便便又不小心考了次年级前五；你说恋爱不重要，是因为你身边备胎多得可以摆四五桌麻将；你说家境不重要是因为你有一个看你皱一下眉就给你买新款的老爸；你说健康不重要是因为你不会半夜因为疼痛而翻来覆去咳得撕心裂肺；你说不重要，不过是因为你已经拥有了。你说不重要，不过是因为你从来不知道别人为它的努力和挣扎。何平不再轻易说什么不重要了，如果非要说什么重要，那就是夏沫，一个愿意为自己浪迹天涯的姑娘。

这里近似世外桃源，孤寂的渔村、斑驳的沉船和粗糙的渔网，世界的尽头才会如此这般。何平努力把这里设想为天之涯地之角，还有另外一层愿望，那就是希望连秋平不要找过来，让他们自由自在地生活。

起床的时候，鱼头和赵赵已经上班了，留了一桌子早饭，一如既往的丰盛。

虽然如此，吃的时候还是出现了意外，夏沫居然吐了。何平猜，也许是昨晚的海鲜吃得太饱。正教育夏沫的时候，鱼头家的电话响了。

何平说，喂。

电话里的声音传过来，我是连秋平。

就在何平五雷轰顶的时候，电话里的声音笑了，确切地说是笑翻了。

何平说，鱼头，信不信老子把屋给你烧了？

鱼头继续坏笑，说，你就不寻思寻思，姓连的有这种本事？何平说那可指不定，这年头，亲兄弟都明码标价呢。鱼头说也是，但现在还不是时候，以后如果手头紧，把你和夏沫卖了，还真不能怨哥哥。

鱼头在电话里说，房子后面有一块海滩，没有开发，所以人很少。何平说，如果被连秋平的眼线发现了怎么办？不可能，鱼头说，那地儿安静得很，你们想干什么就干什么！

鱼头的最后一句话是别有深意的。

情况和鱼头描述的差不多，也许是何平过于小心了，一个连公交车都没开通的村子，大约是不方便跟踪的。何平拉着夏沫，赤脚在海滩上跑，沙子很细，柔软得像个陷阱。后来看到因退潮而搁浅的船，穿行其间，捡拾坑坑洼洼里的海星。活着的海星身体柔软，死掉就变得僵硬，像个水泥浇筑的灵魂。

突然想起连秋平的话，还真让这小子猜对了，他们就是来旅游的。

何平想，他可能是太过敏感，心里这根弦太紧、太满。人生的弓，拉得太满人会疲惫，拉得不满人会掉队。把人生当战场的人，遇到的永远是争斗，激而烈。人生就是这样，选择什么你就会遇到什么，没有对错之分，只有承受与否。只要还有明天，今天永远都是起点。想通了这一点，何平感觉轻松许多。

坐在海滩上休息的时候，何平用脚围着夏沫画了一颗心。何平说，把你装在心里，你就怎么也逃不掉了。夏沫坐在里面，抱着两膝，笑得很开心。

何平说你这个小傻瓜。夏沫说，你才傻，你是个傻子。

夏沫接着给何平讲了一个朝鲜公主的故事，说从前有个朝鲜公主，小时总啼哭，唯独国王说"长大让你嫁给傻子"这句话才能停止。后来，公主长大了，国王想把她嫁给英俊潇洒的将军，但被她拒绝了。

知道为什么吗？夏沫眨巴着眼睛问。

何平说，她该不会是想嫁给傻子吧？

夏沫说是的，公主告诉国王，从小他就告诉自己以后会嫁给傻子，那么她就只能嫁给傻子。何平问后来呢。夏沫说，后来公主被逐出城，她怀揣珠宝，终于找到一个善良的傻子。何平说，朝鲜爱情故事还真有意思。

何平说不对，你这故事怎么听着像骂人呢？

他们玩到很晚才回，在沙滩上拍了合影。

给他们拍照的是个老头，他把自行车立在沙滩上，自己踩水玩。

夏沫的故事提醒何平要暂时离开青岛。

朝鲜公主要嫁给傻子，而方琦也要嫁人了。

为了亲眼目睹方琦嫁给老颓的盛况，何平把夏沫托付给鱼头，离开了青岛。

之后，就发生了陪着刘美丽骂走连秋平的一幕，当然，接着何平也被刘美丽骂走了。

何平和刘美丽之间什么都可以谈，唯独不可谈的就是感情。

刘美丽毕竟不是朝鲜公主，何平也不是传说中守株待兔的傻子。

何平当天参加了方琦的结婚庆典，场面很大，据说老颓的家里很有钱。

一袭婚纱的方琦，笑坐在宝马车里，粉底很厚，像个从不认识的姑娘。

何平以为她将过上童话故事里幸福的生活，万没想到，这一切竟是悲剧的开始。

何平想哭，却哭不出来，心里憋得难受。

何平想了什么话想要对方琦讲，他想说，在这个世界上，什么事情都可以将就，只有结婚这件事没办法将就。因为你要的不是一张证书，你要的是结婚后的一种生活。从结婚到老，你有足足几十年的人生。哪一天，都没办法面对一个将就的人。人生应该是，宁可孤单，也不将就。

何平躲在角落里抽烟，想起昌耀的诗：

在最不容易流泪的日子，有人泪流如注……

第二十五章 公共汽车

所有悲剧，隔远了看，都是很有喜感的。

也就是说，个体的悲剧是没人在意的，只能自个忍着。

就好像成功，无论怎么嘚瑟，你会发现，你的胜利也并没有谁在乎。

方琦的婚礼场面很大，一是老颓有钱，二是蛮子也有钱。两个土财遇上了，不能斗气，只能斗钱。为了撑场面，老颓家里甚至花钱请了威风锣鼓队。无论是谁，看在钱的份儿上，敲起鼓来总有使不完的劲。颇具讽刺意味的是，何平宣读了来宾致辞，亲口祝愿方琦和老颓白头偕老，还得早生贵子。

这个任务是蛮子交代的，他说何平和方琦是同学，还青梅竹马，于情于理都应该祝人家幸福。何平躲在角落里瞪着宝马车抽烟的时候，蛮子把何平拽出来，在他胸前别一朵鲜红玫瑰，下面飘扬的红纸条标明何平的身份。

看着那纸条，何平恍惚产生了错觉，以为自己就是新郎。

没人能理解何平当时的感受，即使你看了这段文字，也不能对婚礼当天，何平的状态，感同身受。经历不同哪来的感同身受，人各有别，如果每个人的话你都耿耿于怀，你这一生都会被困，这世上多的是伤口撒盐的畜生而不是救死扶伤的医生。别指望有人能心疼你为你扛下所有。你要做的只不过是迎着冷眼与嘲笑一直走下去，披荆斩棘，痛苦自己扛，眼泪自己尝，生活不过是一杯酒，醉完了还有路要走。没有人理解何平，何平只能自己披荆斩棘，自己迎接冷眼与嘲笑。还好，婚礼这天大家都很忙，别人没空搭理他。

既然心怀鬼胎，来宾致辞肯定是读不好了。东西是提前打印出来的，何平捧在手里，像在饭馆里审视菜单。方琦挽着老颓，刘海儿被一块丝网遮住，看不清脸，也就不知道她的表情。婚庆公司的话筒很糟糕，通电开关接触不良，何平的大拇指指甲快要抵烂了，仍有几次讲话中断。

何平当时觉得，这似乎不是什么好兆头。

好容易读完，婚礼时间还有很长。主持人是个唯恐天下不乱的主，他不知从哪里打听到，何平学生时代即是一名骚客，善写淫词浪曲。既然何平那么有才，主持人说，何不赋诗一首，献给今天的新郎新娘！

掌声。

何平用秋后算账的眼神看着主持人，略加思考后，当众来了一段快板：

"拜罢了地，拜罢了天，拜罢了天地拜祖先。拜罢了祖先拜高堂，夫妻交拜入洞房。入洞房，上牙床，上了牙床喜洋洋。夫妻二人不睡觉，只听得嘎吱、嘎吱……嘎吱吱……嘎吱嘎吱……嘎吱嘎吱地嚼冰糖！"

自从答应当这个证婚人，何平就不管什么形象了，他要以另一副面目出现。人不能太把自个当回事，偶尔装装逼壮壮胆就行了。其实没有人真的在乎你在想什么，也没人离了你就得死，千万别高估自己在他人心目中的地位。被别人议论甚至误解都没什么，别人说你是狗你也不可能撒尿的时候去找棵树。谁没被别人说过，谁背后没说过人。生活在别人的眼神里，就必然迷失在自己的心路上。所以，何平想开了，让别人见识了他的另一面。

实践证明，酒桌上多预备几个荤段子是多么重要。

现场听众对这个段子很满意，如果不是老颓母亲脸上的愠色，何平倒还是想再讲一个的。老颓是个挺随和的人，他挎着方琦，自己乐得东倒西歪。仪式完毕，吃饭是在当地最贵的酒店，每人跟前守一碗海参汤。

何平和几个多年不见的同学坐一桌，身边的位子空了一个，很快有人补了上来，对面的同学喊：

稀客啊，刘美丽。

刘美丽挨何平坐下，发现新大陆似的，故意尖叫一声说，这不是何平嘛，多年不见！

何平想，这娘们儿真是会装，上午还骂他是"好色的国际人口贩子"，下午就健忘症了。

何平赔笑一下，将碗里那坨黑乎乎的海参扒进嘴里，汤很鲜，时刻提醒这里跟大排档是不一样的。也许是对何平的冷淡不满，刘美丽没有急着吃海参，她不易察觉地抬起脚，用尖尖的鞋跟，死命踩了何平一下。

何平呛了一下，口里的汤差点儿喷出。面对惊讶的质疑，何平解释道，有点烫……然后低声对刘美丽说，你这是干什么？她得意地笑笑，小声说，凡是忽略我的人，都要付出代价。何平想她真是疯了。

坐在一个桌子上的，都是若干年前的同学，他们集体开始奔三，男人发福，女人发胖。

何平跟几个男同学聊天，发现他们已经变成了流氓，而若干年前，他们是连纸条都不敢递的家伙。

刘美丽跟那群已经变成妇女的女同学聊天，她们大部分已经结婚，近半有了孩子，少数结婚有了孩子后又离了婚。

刘美丽对离婚很感兴趣，跟她这种人在一起，是没有积极话题可以谈的。

何平让服务员把男宾的杯子满上，一起喝了几杯酒。何平认出其中一个曾经很胖的同学，现在却变得很瘦。他们聊起来。何平说，你瘦了不少啊。嗯，20斤。何平说，嚯，怎么减下来的？那人问，嗯……你结婚了吗？

何平说没有。

那这样，你先结个婚，然后呢，打两年架，然后就闹离婚，然后再把婚离了，你就我这样儿了……

何平想，那些离了婚的人，他们都选择错了。总有曾经错过的路、错过的车、错过的人，却谁也不能忘记那是属于自己的选择。错过了，也就过去了。人生，如果一直都在假装着没有错过前，那么又如何过去那道自己所设下的卡。错过，就让它过去，珍惜现在，珍惜眼前，不要让美好的选择在又一次的对以往的抱怨中留下未来的遗憾。对方琦，何平有遗憾，但不抱怨。

何平没有喝酒的胃口了，不知道这些个男男女女，都中了什么邪，好端端的离什么婚。刘美丽和一群女宾喝的是红酒，她看何平坐在那里抽烟，就端个杯子转身敬何平。她说，来宾致辞读得不错，段子也挺好，能再讲一个吗？何平说，你就不能正经点，没个女人范儿。

刘美丽讽刺地看看何平，说，跟你时间久了，想正经也正经不起来了。

刘美丽突然站起来，对着一桌子同学说，咱们把这杯酒干了，让何平再讲个段子怎么样……

千万不要惹娘们儿，不然会很惨。

何平就因为不小心惹了刘美丽，所以被逼着还得讲荤段子。何平站起来，说，那好，请大家猜一个字的含义，谁知道"囍"字是怎么来的吗？众人摇头。何平说，把"囍"拆开，就是"吉古吉古"，这是说新郎新娘在拜完天地入洞房后，床体和肉体必然发出带有"吉古、吉古……"强烈节奏的混合声。从此无数次销魂的"吉古吉古"将延续到地老天荒。

刘美丽哈哈大笑，她的爽朗招惹来很多目光，但她似乎并未在意。

她把杯中的红酒喝光，这是刚才的赌注，何平讲一个段子，她喝一杯红酒。

她接着又喝了很多，后来坐不稳了，就往何平的身上蹭。就像是故意的，每次把她扶正，刘美丽总会倒在何平身上。何平轻拍她几个耳光，说，醒醒。她缓过来，指着何平的鼻子说，你……你骂我了……公共汽车……

她随即扑哧一笑：现在你骂我，是因为你还不了解我，等你以后了解了我，你一定会动手打我的。

何平离开酒席，刘美丽顺着椅子躺在那里呼呼睡着了。

何平想到洗手间去，抽一支烟。方琦和老颓刚才过来敬酒，他们站在一起很般配，老颓喝酒很实在，方琦偷偷在一旁戳他。何平想，心形吊坠和友谊证书大约是不太需要了，何平得找个时间把这些东西扔了。

豪华酒店的坏处就在于，你置身其中，就像进了一个迷宫。里面包间太多，曲里拐弯，总找不到哪儿是哪儿。最后找到洗手间的时候，何平发现，方琦居然也在这里。

她在水池旁边对着镜子补妆，看见何平时，不很自然地笑笑。

何平说，你还好吧。

方琦说，挺好的。

中间有一段截熄，谁都没说话。

何平掏出烟，给自己点上。

方琦伸出手来，说，给我一支烟好吗？

方琦这个举动让何平很惊讶，刚才敬酒的时候，她和老颓还那么恩爱。

何平不知该不该把烟给她，直到确认她不是开玩笑，才弹出一支，递到她手里。

何平给她点着，发现方琦吸烟的动作很娴熟，她不是简单地吸进吸出，而是将烟在肺部过滤，最后才吐出来。还没来得及询问，何平的电话就响了，是鱼头打来的。

你快回来吧，鱼头在电话里说，夏沫不见了！

何平把烟头掐死，没有半点儿犹豫就告别了方琦。

临走时，何平把方琦嘴上的烟摘掉，说，无论遇到什么都不要作贱自己。

方琦抽烟的那一刻，何平原谅了方琦所有的过往。有时候，我们愿意原谅一个人，并不是我们真的愿意原谅他，而是我们不愿意失去他。

道歉并不总意味着你是错的，它只是意味着你更珍惜你们之间的关系。爱，不是寻找一个完美的人，而是学会用完美的眼光，欣赏一个不完美的人。专一不是一辈子只喜欢一个人，是喜欢一个人的时候一心一意。

回青岛的大巴上，何平设想了夏沫失踪的几种可能，每一种可能都与连秋平有关。夏沫肯定又被连秋平的眼线找到了，何平想起上次在沙滩上给他们拍合影的老头，长相那么诡异，肯定有问题。

何平也没法给夏沫打手机，自从上次被人跟踪，他就不再让夏沫接触所有的电子设备，哪怕一块电子表。

下了车，何平刻意看了下左右，确信没有人跟踪，这才打电话给鱼头，让他骑着那辆动不动就拉缸的破摩托车过来接人。

见了面，何平把他臭骂一顿，一个大活人都给看丢了。

鱼头很委屈，说，她有胳膊有腿儿，上哪儿去我也拦不住啊。何平气的把他头盔摘下来，说，就你这破玩意儿，还戴个屁啊。那不行，鱼头边说边抢过头盔：一个头盔50，脑 CT 一次 200！

回到渔村，赵赵在门口坐着，她听见摩托车的声音，还以为夏沫回来了。

看到何平，赵赵很不好意思地说，人丢了，都是她的错。何平说你们都是要上班的，哪里顾得了这么多，况且她也不是孩子了。

但是，赵赵说，她毕竟是外国人……

赵赵的考虑不是没有道理，吃完饭何平回到房间，发现夏沫的东西什么都没少。这至少说明，夏沫的出行肯定不远，而且是要回来的。何平问鱼头，这里连公交车都没有，夏沫是怎么出去的。鱼头说，村子里有摩的，遇上心善的，搭顺风车可以直接到公交站牌。

鱼头房间里的灯熄灭后，何平悄悄从屋里出来，去了海边。

何平不想搞得兴师动众，满世界打着手电筒找人，他一个人足够了。去的还是上次的海滩，沙地上用脚画出的红心不见了，何平想起夏沫坐在那颗红心里的微笑。风很大，吹着有点冷，但不妨碍他躺下。何平在想，如果他把这个朝鲜妞儿丢了怎么办，她没有任何心计，傻了吧唧，一根棒棒糖就能换取真心话。

让何平感动的是，就在他躺在沙滩上胡思乱想的时候，鱼头打着手电筒找了过来。他照着何平的眼睛，说，回去吧，海边儿潮冷，要得关节炎的。

何平摸着脖颈，说，已经来不及了。

这时，远处射来另一束手电筒的光，听声音是赵赵。

何平隐约看到赵赵的身后跟着另一个人。

似乎是……夏沫。

第二十六章 闪婚

"当阳光照在海面上，我想你，当朦胧月色洒在泉水里，我思念你。"

夏沫喜欢看《假如爱有天意》，何平躺在沙滩上胡思乱想的时候，忆起这句话。

很多时候，何平认为，感情之于夏沫，是不公的。在夏沫的眼里，何平会不会是一个注定离开的人。女人一生如花，只为悦己者容，但要用多少青春年华来等待一个决心离开的人，大概，一辈子的时间都不够。忘记一个人，了一段情，成全一个人，无非只是憋着眼泪亲手毁掉自己的幸福，转过身仍要强颜欢笑地面对现实，生活还是生活，爱情却不再是爱情。夏沫不会毁掉自己的幸福，假如爱有天意，她一定珍惜自己与何平之间的感情。

何平悄悄跑到海滩发神经的举动没有瞒过鱼头，他是何其精明，如褪了毛的猴子，何平前脚刚走，鱼头后脚就捏着手电筒追来了。何平说你甭担心，我是不会跳海的。鱼头说，瞧你丫德性，我是怕你拿了我们家东西，畏罪潜逃了。

他自从若干年前去了一趟北京，骂人就总是丫丫的。

不管怎么说，鱼头对何平帮助挺大，虽然经营 Lucy 酒吧的时候他做过手脚，但那也是被何平逼的。一个随时都有可能出卖酒吧的老板，是不能指望员工忠诚的。如果不是赵赵赶来，鱼头会陪何平一个晚上。

赵赵的身后跟着夏沫，当手电筒扫到何平的时候，夏沫跑着扑到何平的怀里。

她不知道这次不辞而别造成了怎样的混乱，她只是搭了一辆顺风摩的，去了一趟市区，买了点东西。回来的时候，因为司机临时有事，只好等到很晚。何平没有责备夏沫，她至今只能躲在这个该死的渔村，也都是何平害的。

何平问她买了什么。夏沫说，早孕试纸。

等她洗完澡，披着湿漉漉的头发与何平并排坐在沙发上看电视的时候，夏沫把那张有两条红红的早孕试纸交给何平，并恭喜他中奖了。

何平说，你今天大老远跑进城，就为了买这个？

夏沫点点头。

何平说，上帝，找时间还真得买彩票，这中奖率实在太高了。

何平本来还有点儿"性致"，但被夏沫的两条红杠给吓回去了。

在他考虑怎么搞掉夏沫肚子里的情况的时候，这个朝鲜妞儿不知从哪儿摸出一粒药丸，从容不迫吞了下去。

何平问那是什么？夏沫说打胎药，6小时后还要吃一粒。

何平说你也没征求我的意见，就把这个生命扼杀了？

夏沫说是的，我了解你，你是不会要这个孩子的。

何平坐在沙发上搂过夏沫，这个朝鲜女人的胆识让他羞愧，她冒着被人盯梢的危险出了趟远门，居然只是为了两粒药丸。

何平为自己第二次当爹的事实非常汗颜，首先想到的是种马，其次是夏沫的身子，老实说，何平对床上的事儿有些后怕了。

何平说对不起。夏沫说没什么，我身体好着呢。何平说以后咱不买便宜货了，咱也试试杜蕾斯、杰士邦。何平似乎想起不久前的一次"渗漏事故"，当时图便宜，15块钱买了一盒套套。何平开始相信"货真价实"这四个字了。杜蕾斯和杰士邦是以后的事儿，所以他们只能在沙发上聊天。

夏沫给何平讲了她上初中的事儿，说当时住在一个部队干休所的旁边，每次骑单车上学，很多兵哥哥都会趴在宿舍二楼门口目送，有时还能听见口哨和起哄。

何平抚摸着夏沫的身体，说，你当时就已经发育得够丰满了吧？

她用清澈的眼睛很无辜地看着何平，说不知道。

何平说，你竟然上过学？夏沫说，我虽然是朝鲜人，但从小在东北长大。何平没有问她被拐卖的经历，想必有难以言说的苦痛。夏沫还说了一些往事，山上的野生蘑菇，大冬天跟兄弟姐妹挤一个炕，等等。夏沫的声音很好听，何平说，你已经充分继承了我国的非物质文化遗产：东北话。

夏沫第二天早晨吃下第二粒药丸，忍着剧痛，终于排下一个肉团。

她还居然叫醒何平，说，毛乎乎的，要不要看？何平说中国的80后小时候看过一部动画片，叫《哪吒闹海》，里面的风火轮小子就是一坨肉团。

一起吃早饭的时候，鱼头的表情比较凝重，他前几天还在为作品完成而激动不已。赵赵的工作比鱼头还要忙碌，她是顾不得欣赏鱼头脸上的表情的。

何平告诉鱼头，吃完饭他会带着夏沫进城转转，鱼头点头，神态木讷。

渔村里的摩的很好搭，单身女性可以免费，所以夏沫昨天走得很从容。他们一起去了市区，何平想带着夏沫好好玩一天，以弥补犯下的过失。因为很久没有出过状况，所以他几乎把连秋平给忘了，事实证明，忽略你的敌人是很危险的。

意外发生在栈桥，有一个眼镜男拦住了夏沫，他当时端着相机问，我是《半岛都市报》的记者，请问你是不是朝鲜人，名字是不是叫夏沫？

何平赶上去，推开那名"记者"，拉着夏沫就走。当时有一个庞大的旅行团从这边经过，正好把他们和"记者"隔开。"记者"很懊恼，掏出手机拨了三个阿拉伯数字：110。虽然隔开一段距离，但110的号码何平还是看得很准。问题很严重，"记者"不仅知道夏沫的身份，还知道她的名字。更糟糕的是，那位"记者"并不打算罢休，跟着他们，一度追了很远。

青岛的地势很奇特，高低起伏，巷道弯曲，这给了他们摆脱追踪的机会。终于，在五四广场的时候，"记者"因为被人央求拍照而被甩掉。

为了保证绝对安全，何平拉着夏沫胡乱坐了一天公交车，最后连自己在哪儿都不清楚了。何平打电话给鱼头，说天已经黑了，但不知道身在何处，只看到路两边有很多美容店。

见鬼，鱼头说，你们是怎么跑到四方区去的？

回渔村前，夏沫陪何平在四方区的商场买了一件打折的长袖衣服，青岛昼夜温差太大，穿短袖吹海风是要出人命的。

他们打了一辆出租车，连夜返回，去渔村的路上何平一直在看反光镜，这个举动让司机发毛。快到渔村的时候，司机把他们放下，说，你们走吧，钱我不要了……

只能麻烦鱼头，他骑着那辆破摩托车把他们接回去。何平在路上给他讲了这一天的逃亡经历，虽然很生动，但这小子居然无动于衷。

何平问没事吧。

鱼头说，老板跑了，跑了。

何平这才知道，鱼头的事业遭到了重创。

他的动漫工作室辛辛苦苦创作了一年的成果，最终被老板独吞，携款而逃。被骗的不止鱼头一个，他的工作室，7个同事，瞬间集体下岗。

何平说你是副总啊，连副总都骗，没人性！

把夏沫和赵赵放在家里，何平和鱼头骑着摩托车去最近的烧烤摊喝了顿酒。从下午7点，一直到凌晨3点，两个人总共喝了108瓶啤酒。

他们发誓，一定要出人头地，让夏沫和赵赵都过上好日子。他们还回忆了很多往事，电击治疗网瘾的学校，河南登封的历险，Lucy酒吧的同舟共济，以及后来找关系把何平从制服手里救出。喝到最后，鱼头撒尿的时候都要扶电线杆，单脚着地。

喝到最后，鱼头倒下，只剩何平一个人。何平傻傻地攥着酒瓶，感到了不可名状的孤独。人到了某个人生阶段，最好还是能接受点孤独。酒肉朋友随喝随有，但一个人安安静静的时候却很难得。一个人待着，读书、散步，又或者是坐在某个地方什么也不干。外头的天空其实挺好，冷风吹在脸上的感觉也不是想象中那么糟糕，什么也不用去想，什么也不必对抗，大概才是生活原本的模样吧。何平想，如果可能，他会带着夏沫，去一个人迹罕至的地方，谁也不见，关起门过自己的小日子。

为了安慰鱼头，赵赵特意请了几天假，买来海鲜精心烹制。虽然跟着沾光，但何平的心思还不在吃上，他在想为什么无论走到哪里，总有人能认出夏沫。

连续关注了几天《半岛都市报》，和朝鲜有关的新闻都是搞核试验，并没有夏沫的新闻。

何平意识到这件事并没有完，而且只要稍加放松，夏沫就会在任何一个茫茫人海中被认出，然后被交给制服。虽然至今何平还不明白连秋平是怎么做到这一点的，但他现在必须要做的是，找到蛮子，递交辞呈，像保护自己的眼睛一样保护夏沫。

这个比喻是何平在方琦的婚礼上学到的，主持人煽情用的，但把方琦感动得够呛。

很凑巧的是，当何平找蛮子的时候，方琦也在。

她对蛮子的态度有所改变，至少比以前的"老死不相往来"要好。蛮子的房地产生意越做越大，经过几年打拼，虽然比不上连氏集团，但规模已相当可观。

刚想敲门的时候，正赶上蛮子和方琦吵架。具体缘由不太清楚，只隐约听到一句"反正我已经嫁人了，什么也改变不了了"。

方琦的缺点就是太好强，期望值太高。但他不明白，一件事期望值太高就输了，一份情付出太多就累了，一个人等的久了就痛了。生活中没有过不去的难关，生命中也没有离不开的人。如果不被珍惜，不再重要，要学会华丽转身。你可以哭泣、可以心疼，但不能绝望。这是何平在心底，对方琦的忠告。

何平想起婚礼举行当天，方琦在洗手间问他要烟的事儿，至今还觉得蹊跷。

何平走进办公室，这可以让他们消停一会儿。递交辞呈的时候，蛮子站了起来，说，你们一个个是不是都疯了？

蛮子说，以前穷的时候，大家都在一起，现在有钱了，却琢磨着离开。

何平说，不是我不想留下来陪你攻城略地，确实是迫不得已。

蛮子做了最后的挽留，并随时欢迎何平回来。

何平说再见。

方琦也站起来，和他一起跟蛮子道别。

蛮子坐在老板椅里，无力地挥挥手，有众叛亲离的感觉。

方琦看上去气色并不很好，也许是刚刚吵完架的缘故。她问，急着走？何平说还行。就一起吃饭。方琦的头发烫了，这样看起来更像是有夫之妇。

何平说你就不怕被老颓看到？洞房还没热乎，新娘子可就外遇了。

方琦没理他，说，嘴还是那么贫。

何平拿出烟，试探性地给方琦一支，她居然接了。

恐怕你不知道，方琦说，我和老颓的婚事我妈并不同意。

何平说那还不是结了？对，标准的闪婚，方琦说，但我母亲心头的疙瘩还是没解开。方琦说她母亲请人算了她和老颓的生辰八字，结果是凶险无比。我哥也不喜欢老颓，方琦说，所以结婚那天他花了很多钱，就是想让老颓难堪。

何平说，其他人的想法只能作为参考，最主要的是你对老颓的感受，真心相爱才是最重要的。

也许吧……方琦说。

方琦的含糊让何平感觉她并不怎么幸福，虽然她现在已经当了律师，而且还嫁了一位相当有钱的老公。

何平说你应该知足了。

是吗？方琦反问，你知道什么是婚姻吗？

"婚姻有如黑社会，外面的人不知道，里面的人知道了不敢说。"

方琦的话让何平非常震惊，他开始反思自己，耳边传来李宗盛的歌声。后来何平才发现李宗盛那么动人，是因为他写的爱情里从不哭泣自己的付出，多的是对曾经的反思，和岁月流过的一声轻叹。年轻人爱听伤感的情歌，倾其所有依然得不到你，那么爱你，你却抛弃了我和曾经，在李宗盛那里没有。他说旧爱的誓言像极了一个巴掌，每当你记起一句，就挨一个耳光。是空空荡荡，却嗡嗡作响。

第二十七章 紫宫

扼住命运的喉咙，更要扼住连秋平的喉咙，

否则，当你扼住命运的喉咙，连秋平就会扼住你的喉咙。

尽管十分讨厌连秋平，但何平是需要感谢对手的。每一个在你生命里出现的人，都有原因。喜欢你的人给了你温暖和勇气。你喜欢的人让你学会了爱和自持。你不喜欢的人教会你宽容与尊重。不喜欢你的人，让你自省与成长。没有人是无缘无故出现在你的生命里的，每一个人的出现都有原因，都值得感激。何平感激夏沫带给自己温暖，感激方琦让自己成熟，感激连秋平让自己更有耐心。

为了专门守护夏沫，何平给蛮子递交了辞呈。他当时问何平，多长时间才能回来。何平说，这事儿没法预测，只要姓连的还活着，还记恨我跟刘美丽之间的事儿。夏沫为何平付出太多，至少何平要对得起她。

何平还建议他把电脑密码给换了，他倒嫌何平叽叽歪歪，像个娘们儿。

夏沫的第二次流产，反应比第一次要强烈。

那一坨毛茸茸的肉团滑出体外后，她的脸色就变得很难看，蜡黄蜡黄的。何平担心流产这事儿会影响到女人的生育，上网查了一下，竟意外得知年轻流过产的女性年老后不易得骨质疏松。

何平不是为自己解脱，流产对女人身体的损害是肯定的，夏沫第二次流产后，每逢阴天下雨，关节总感到疼痛。何平猜很可能与第二次流产后没休养好有关。基于他使女人怀孕的功夫深厚，夏沫总建议他买彩票，并认为一定会中奖。

何平说，我想到了一个方法，可以让彩票中奖率提高一倍。

夏沫问是什么。何平说，再买一张！

即便如此，何平也没有买彩票，30多块钱的杰士邦倒是买了一盒。还是在青岛四方区的时候，买长袖美特斯邦威，顺手拿了一盒杰士邦。当时他们还在"逃难"，所以夏沫很惊讶地问，你倒是没忘了买这个。

何平告诉她，人在紧张时刻是最容易想起"这个"的，因为可以减压。

听说，美国9·11后的几个月，避孕套的销量翻了数倍。

何平回渔村陪着夏沫过了几天舒坦日子，没有记者，也没有"狗仔队"。他们每天在海边晨跑，天儿热就洗海水澡，在家帮赵赵打理家务，晚上用用杰士邦。直到有一天，外面来了很多人，二话没说就把门堵住之后，何平就开始紧张了。渔村的日子太安逸，以至于他们成了温水里的青蛙。

何平问，你们找谁？他们说：赶快把鱼头交出来！

显然是一场虚惊。

何平问，你们找鱼头干什么？他们说，鱼头是工作室的头儿，老板跑了，但账还没有结。何平说你们放心，这是鱼头的家，他跑不了，而且他也是个敢于承担的男人。好歹把这群人送走，何平就忙着给鱼头打电话：快走，赶紧的！

要账的人说得对，鱼头是工作室的头儿，他当时还挂了个"副总"的名义。

出乎何平的意料，鱼头并没有远走高飞，虽然事情已经到了火烧屁股的时刻。晚上围坐一起吃饭的时候，赵赵拿出一个存折，说，这是我的一点儿积蓄，你先拿去分了吧。为了表示诚意，何平说，如果你愿意，我可以卖血……

赵赵是个好姑娘，她从河南跟着鱼头走南闯北，不料想，竟然成了高级白领。她在关键时刻的慷慨解囊让何平欣赏。晚上睡觉的时候，何平拿这事儿开玩笑说，前天在网上看的，在朝鲜，两口子每嘿咻完一次，女的都要掏10块钱给男的。何平说，明儿个我得去朝鲜，还是你老家好。

夏沫坏笑着说，我也去。何平问你去干吗？

夏沫过来撕何平的嘴，说，我看你一个月挣10块钱够不够花！

玩笑归玩笑，睡前何平和鱼头坐在门口抽烟，他感慨于赵赵的蜕变。

她之前只是个诈骗团伙的托儿，后来良心发现跟他走南闯北，不曾想今日已是某著名集团的人事总监。何平说，开 Lucy 酒吧的时候，赵赵还是个姑娘，但她看人还是很准，所以方琦和夏沫都很喜欢她。鱼头说，结婚吧，有人疼多好。何平说还不是时候。何平其实是想起方琦的话了：婚姻有如黑社会，外面的人不知道，里面的人知道了不敢说。

时间过去这么久，何平在面对过去的问题上已经学会了顺其自然。生命里有门功课，名叫"接受"：接受爱的人离开，接受亲的人离世，接受喜欢的人无论如何也不能在一起。以及接受自己的出身、相貌、天分。无论活多大，每一次在"接受"面前，我们依旧像个只会号哭的孩子。区别是，长大的自己会对自己说：接受，是变好的开始。接受了方琦的离开，何平才能遇到夏沫；接受刘美丽复杂的现状，何平才能珍惜眼前。包括蛮子的巨变，从兄弟，到完全成为另一个人，何平也认了，生活的面目本就如此吧。

方琦的痛苦历历在目，吃饭的时候，她从没表现出痛苦的神情，痛苦只是何平的感受。她问何平，当年在 Lucy 酒吧目睹何平和刘美丽的糗事后不辞而别，是不是让何平很难过。答案是肯定的，但何平不想说实话，特别是这个时候。何平说前些天在论坛看了个帖子，有人问：说说你最爱的人伤你最深的一句话。

一个哥们儿回——"进去了？"

她想了半天，大约十分钟，才琢磨出这句话的意思。何平料想她应该哈哈大笑，没想到方琦只是歪了下嘴角，挺不屑的。何平想自己是不是过于庸俗了，人家武汉大学的毕业生，是听不得这些的。

方琦说，有些事情，讲出来你都不会相信的。何平说那就别讲，万一你打算保密，我会很难受。方琦说，我以后可能不会太幸福，因为我曾经错失掉了眼前的幸福……

何平看她想哭，掏出面巾纸给她，说，未来的事儿谁能说清呢，咱们永远别为尚未发生的事儿而拧巴！

何平在心里说，方琦，你可以哭，但是别哭太久。你可以逃，但是别逃太远。你可以爱，但是别爱太深。你可以笑，但是别太放肆。你可以孤独，你可以热络，你可以选择铭记或忘记。你可以用一切外在的东西来掩盖内心的真实，但在那条走了很久的路上，一定要有天能够释然对自己说，还好一直在坚持，还好当初没放弃。如果说方琦还有什么没有放弃，那就是生活的勇气。

方琦那时候就已想吐露真相了，可惜何平没让她说，也许还不是时候，何平怕知道真相后对夏沫不公平。何平看她擦干眼泪，然后要了酒，给方琦倒上。何平说，如果以后自己开饭店，店名就叫"很好吃的"。门外的招牌挂的是"很好吃的饭馆"，翻开菜单写的都是"很好吃的辣子鸡"、"很好吃的蛋花鱼"、"很好吃的土豆丝"、"很好吃的过桥米线"……

方琦被何平逗乐了，破涕为笑，她从小就听何平贫嘴，一直到现在。

她询问了夏沫的情况，何平如实回答，她为连秋平的咄咄逼人而愤慨。

何平说，连秋平是"咄咄"有余，现在只剩下个"逼人"了。

你的嘴还是那么刁毒，方琦说。

不过她总算理解了何平为什么要暂时离开蛮子。你在我哥身边我才觉得放心，她说，但以后不会踏实了。何平敬她喝酒，虽然夸大其词，但听着还比较悦耳。

何平那天喝醉了，喝醉是一种状态，不是跟谁都能喝醉的。

他们聊了上学的事儿，方琦说，何平，年轻那会儿你还是写过诗的。

何平立刻醒酒了，她还记得若干年前的某一首诗，这个何平曾经挚爱过的女人。

何平跟她告别，踉跄着走出酒馆。何平突然很难过，夏沫吃了那么多苦，却不曾知道何平是会写诗的。何平坐在酒馆门外的台阶上，先点燃一支烟，然后掏出手机，以短信的形式给夏沫"写"了一首长诗：

我是个语无伦次的人
只因为你
才会滔滔不绝
说着爱语

我是个天真的白痴疯狂的浪子
只为那传说中的雪莲
一抹惊艳
而踏上旅程

你随意绽放
无心插柳

却动了那一池春水

没遇上你
那些文字
只是粗糙的符号
机械的用语

当你显现
我的世界便草长莺飞
春意盎然

想把我的思绪
复制
粘贴
但在你面前
丝毫不敢偷懒
所以只有
傻傻的幸福
默默地喜欢

为什么一遇见你
农民的儿子
竟变成了诗人?

有时庆幸
你没有在无聊的时候想我
不然
全世界的诗人

都会饿死

我会勇夺诺贝尔
垄断
直至世上最后一个诗人的死去

然后
把
最后一滴带血的眼泪
和最后一句嘶哑的诗
献给你

虽然没有多少文化，但何平煽情的本领很高，这首长诗可以作证。

因为写得很长，所以短信发出没多久，手机就没电了。

何平连夜坐了开往青岛的车，晃晃悠悠睡了一觉，梦见夏沫穿着一袭白色长裙，赤着脚在海边逐浪。

这个梦境后来反复出现，几乎成为每晚的必修科目。

这个带有隐喻意味的梦境提醒何平，要珍惜眼前。人最大的不幸，就是不知道自己是幸福的，对于所拥有的一切，都视之为理所当然，然后拼命向外寻找幸福。所以上天为了使我们有看见幸福的能力，就经常会安排各种失去，通过失去，让我们看见自己曾经拥有的幸福。很多东西一旦失去，就找不回来了。

那首诗把夏沫给惊着了，她当时的感觉是：

一个满腿裤脚泥巴的农民，突然放下镰刀，拉起了小提琴！

回拨电话的时候，何平已经关机了。夏沫不知道发生了什么，拿着手机找到鱼头，问会不会出事。鱼头说，你不能用正常人的思维去考虑何平，比如他现在表现得像个疯子，那肯定百分之百没有事情发生。

回到渔村，夏沫问何平短信的事儿。当然不能提方琦，何平说就是很想你了，所以胡编乱造了一首。夏沫看着何平的眼睛说，按照鱼头教的方法，你是在撒谎。

何平去找鱼头，不是为了算账，"讨债风波"后大家无事可做，家里的伙食一天不如一天了。

鱼头显得很无奈，他的老本行是画画，重新投简历还需要时间。你总不能指望我抢银行吧，鱼头做了个拿枪的手势。

何平说，扼住命运的喉咙，还不如捏住命运的乳头。

扼住喉咙就只能拼死一战，捏住乳头的话，或许还能有个变通。

他们很快就达成共识，认为很有必要进行第二次创业，鱼头是懂何平的，"乳头理论"他领会得很透彻。

他们把女眷留在渔村，去北京考察项目。

北京是福地，他们第一次去北京，回来就开了 Lucy 酒吧。

王府井肯定是要故地重游的，何平替夏沫吃了几个驴肉火烧。

若干年前到过的酒吧已经没了，原址成了一个巨大的超市，像个吞噬了酒吧的怪物。他们还去了故宫，游客很多，碰巧遇到了熟人：一个疑似刘美丽的年轻女子，正挎着一个光鲜的老头走过来。

何平想起刘美丽以前说过，连秋平的老爸最开始就是在北京包养的刘美丽。

想起两次去北京，两次都遇到刘美丽，真是件不可思议的事。

刘美丽表现出十分惊讶的样子，向身边的老头介绍：何平，我以前的司机！

老头扫何平一眼，像看一坨狗屎。这让何平恼火，他走上前，给这对老夫少妻讲了个故事。何平说，刚才有个外国人问路，把"紫禁城"和"故宫"混淆了，逢人就问"紫（子）宫怎么走"。

刘美丽笑了。老头问，你怎么告诉他的？

何平说，走到头……

第二十八章 蚁族

那天是你用一块红布 / 蒙住我双眼也蒙住了天 / 你问我看见了什么 / 我说我看见了幸福 / 这个感觉真让我舒服 / 它让我忘掉我没地儿住 / 你问我还要去何方 / 我说要上你的路 / 看不见你也看不见路 / 我的手也被你攥住 / 你问我在想什么 / 我说我要你做主……

崔健这歌儿写得太他妈幸福了，以至于当何平遇到并不幸福的事儿，便对世界产生了怀疑。

何平怀疑方琦和老颜的爱情是假的，何平怀疑蛮子的生意是肮脏的，他怀疑刘美丽不只是公共汽车那么简单，他怀疑连秋平心理有问题，他怀疑赵赵凭现在的发展以后会甩了鱼头，他怀疑第二次创业能否成功。

唯一没有对夏沫产生怀疑，她纯洁得就像一张白纸，傻不愣登，对一切都充满不辨是非的爱。

何平觉得，他现在之所以敏感、多疑，都是因为太闲。闲了就容易想东想西。而对付太闲的方法，就是要培养一些爱好，不要空洞遥远的目标，而是实在甚至庸俗的吃喝拉撒。你必须一觉醒来很清楚至少今天还能干什么。去楼下最辣的粉店吃早饭，去给窗台上的盆栽浇水，去追一集刚更新的连续剧，去找一个知心老友唠嗑儿。你必须积攒这种微小的期待和快乐，这样才不会被遥不可及的梦给拖垮。何平想，他必须活动起来，不给脑子胡思乱想的机会。

但，这也许正是绝处逢生的希望。还是夏沫说得对，她说：你对一切都好了，一切就会对你好，很快的，你试试。

何平和鱼头二次进京考察项目的时候，夏沫留在渔村，帮赵赵打理家务。

也许是受到何平那首短信长诗的启发，她也给何平发了几句文字优美的短信：

我今早开窗的时候，浪漫的微风透露一丝秋意／看看窗外，如果树枝在风中轻轻摇曳，你爱的人便也在爱着你／张开耳朵，如果你听到自己的心跳，你爱的人便也在爱着你／闭上眼睛，如果你唇边有一丝微笑，你爱的人便也在爱着你……

夏沫的短信让鱼头浑身上下起鸡皮疙瘩，他问何平，夏沫是个需要哄的女人吗？何平说，女人大概都是需要去哄的吧。鱼头说不是，赵赵就不需要哄。何平说这样也挺好。鱼头说，赵赵也不需要猜，什么事情都挂在脸上。何平说这是你的福分，猜来猜去会很累。

何平想起刘美丽，她虽嫁入豪门，但周旋于连氏父子间，恐是不会幸福的。

岂止刘美丽，我们都是普通人。普通人的含义是，我们都不会太幸运。投胎技术不过硬，兑奖券永远只能刮出谢谢，喜欢的人总是看不见你，也不知道努力多久才能变成自己想要的样子。或许人生写到结尾，故事都平淡无趣，但因为平凡太久，就容易为小事满足。何平想，他最好的运气，莫过于很久很久以前，遇见了夏沫，直到现在，还没放弃。

他们在北京和刘美丽的相遇很凑巧，也许是老头子厌倦了坐着飞机看望少妇，刘美丽就只能自己跑到北京。

何平怀疑她在查看老头子的身体状况，万一有个三长两短，她可以在第一时间继承财产。或者她直接在床上施展"吸星大法"，把老头子的二两精血消耗殆尽，也不是没有可能。

何平给他们讲的"紫宫"的故事是真的，之前有个非洲留学生就是这么问的，只是何平把结尾改了，指桑骂槐。

因为经费不多，所以他们和刘美丽告别后就只能回家了（指望刘美丽的老公请客吃饭是不现实的）。回青岛的大巴上，鱼头跟何平商量二次创业的事儿，似乎彼此都没找到头绪。

他还研究了何平曾经说过的话：是的，扼住命运的咽喉，不如捏住命运的乳头。

而捏住命运的乳头，又不如嗫住命运的阴蒂。

正经人鱼头的这句话把何平深深鞭策了，这小子幸亏没接受更高级的教育，否则将贻害无穷。

其实，就二次创业整件事来说，最受牵连的是赵赵。经过几年打拼，她已经当上了某著名企业的人事经理，倘若放手，就意味着从零开始。让何平感动的是，赵赵丝毫没有犹豫，就辞掉了工作。赵赵说，当初鱼头是为了她才来的这里。老总开始挽留，将她调到了三楼的公关部（人事部在四楼），并加了薪。所以，当鱼头打电话到原部门的时候，赵赵的同事是这样回答的：她已经不在人事了……

鱼头说，啊？她……什么时候过去的？同事说昨天。

鱼头说，我怎么都不知道……也没有送她一程……

同事说没关系啊，下去找她不就好了吗？

后面是鱼头杜撰的，从得知赵赵离开"人事经理"的位置开始，他就清楚这是赵赵的迂回策略，为的是给老总留出缓冲时间，另物色人选。

他们回到渔村，把家里清扫干净，家具覆上报纸，做好了撤退的打算。

为了夏沫的安全，他们决定南下广州。北京算是白去了，一无所获，有些事情盘算得很好，但真正做起来却很难。何平把这一现象总结为：梦想照进现实。

他们背着行囊来到南方这个熙熙攘攘的大城市，赵赵甚至提了个红色的塑料桶，里面放着拖鞋、衣架和一卷凉席。自从拿出存折赔付了工作室其他人的工资，他们几乎是一无所有，弹尽粮绝，除了买车票的钱，他们甚至连条件差的宾馆也住不起。

刚到广州的第一夜，他们是在公园的长椅上睡的，确切地说只有赵赵和夏沫在长椅上睡，何平和鱼头坐在地上打蚊子。

第二天他们分头寻找工作，才发现广州的就业形势比北京还要严峻许多，他们再一次在公园会和的时候，每个人都很沮丧，夏沫的手里还攥着"包进富士康"的小广告。

为了夏沫的安全,何平专门给她换了造型,头发剪短,戴一顶棒球帽。

何平把她手上的小广告撕了,别说那是深圳的企业,即使在广州,他们也不会去。第一晚睡公园还有点新鲜,第二晚就是受罪了,何平看着躺在长椅上翻来覆去睡不着觉的夏沫,心中很是内疚。

第三天没找工作,他们在广州城边的一个村子里找到了要租的房子。其实也不能称之为"房子",因为那只是一个废旧的集装箱,铁皮翻卷,锈迹斑斑。把"门"打开,里面是呛人的霉味儿,只有8平方米,四个人勉强可以住下。虽然天儿很热,太阳晒透铁皮,但四个人还是横七竖八大汗淋漓地睡着了。

傍晚的时候,他们被热醒,夏沫接自来水漱口的时候发出一声惊叫,她在自来水里发现了来回游弋的红色小虫。

当然非常失望,来之前的预言应验了:梦想照进现实。

果真如此。每个人的情绪都很低落,也许大家都很后悔来到广州,他们住的是城中村,像他们现在住的集装箱,大大小小不计其数。每天早晨,都有骑着摩托车和电动车上下班的流动人口,他们表情木讷,来去匆忙。

这里只有生存,没有生活。

天无绝人之路,何平突然想起一个住在广州的亲戚,关系很近。

他们都很兴奋,像抓住了救命稻草,仅仅几天的落魄日子,已经快让他们崩溃了。为了庆祝这一"胜利",他们走上广州街头,痛痛快快大吃一顿。房子暂时没退,可以先把不需要的行李放在那里,等以后出人头地,那便是白手起家历经磨难的见证。

吃完饭,何平掏出手机给那个亲戚打电话,亲戚在电话那头支吾半天,没听出什么意思。何平问,明天可以去找你吗?电话就中断了。

愤怒是没有用的,亲戚是靠不住的,所以一切只能靠自己。落难后遭亲戚白眼儿的事何平只在电视里看到,没想到他比电视里演的还惨,看白眼的机会都没有。他给家里打了个电话,父亲在电话里发了一通脾气，大骂兄弟生分，末了问他需不需要钱。他说不需要，只是汇报一下近期的生活状态。挂掉电话，他们三个人面无表情地看着何平，对他"不吃嗟来之食"的态度相当不满。

幸亏没有把房子退掉，不然他们现在肯定要露宿街头了。何平没有接受父亲的救济是有道理的，他在单位辛辛苦苦给何平搞到的编制被何平浪费掉了，那是吃公粮的机会，不是一般人能办到的。既然有种出来混，那就有个混的样子，蛮子在成为大老板之前，还不是每天都要当小弟。

暴搓一顿的代价是，他们每个人一天的口粮只能是：三个馒头和一包榨菜。

生活质量如此低劣，他们现在基本上和乞丐差不多了，或者说他们还不如乞丐——报纸上经常有爆料，某乞丐衣锦还乡，二层洋楼奔驰宝马。当务之急是找一份工作，尽管鱼头有唱歌、绘画、吹牛逼的天才本事，尽管何平有经营酒吧和掌管生产的经验，但寻找一份工作还是看起来很难。为了省两元钱车费，在这个大城市，为了一份糊口的工作，他们天天把一双脚走得全是水泡。

晚上，夏沫在那个破集装箱改造的房子里给何平洗脚的时候，居然哭了。

她说，咱们走吧，为什么非要在这里受罪呢？何平说不能走，如果走了，那说明我何平是没有任何本事的人；如果走了，那说明你的隐藏是失败的，连秋平都会瞧不起我；如果走了，那说明我们只要离开了家便狗屁不是，是永远长不大的孩子。

睡觉的时候很挤，开始老失眠，何平就在黑影里从行李箱中找出友谊证书和心形吊坠，这些该死的东西真是占地方，几次差点儿把它们扔掉。

何平要感谢夏沫，这么久，一直在，不离不弃。几乎所有的爱情，都会从热烈，变得平淡。但这并非爱得不够。真正重要的，是爱上的原因。有些人，因为新鲜感爱你。而有些人，是因为看懂了你的灵魂。前者会在热情消退后离开，而后者可以陪你一辈子。所以，爱得再热烈，也不如爱得有理由。长长的爱，需要一个深深的缘由。在何平与夏沫之间，这个缘由就是，他们是一个整体。

这样的状态维持了三个月，没错，是三个月。

他们四个人住在8平方米的集装箱里，喝了三个月游动着红虫的自来水，吃了三个月馒头榨菜，脚底板磨了三个月水泡而生出一层老茧。

因为空间有限，他们尽量减少嘿咻的次数，而且因为担心另一对时刻有可能归来，所以情趣减少了很多，基本算是纯生理方面的应付。被另一对找到避孕套的包装是很尴尬的，这至少说明你的心思不在工作上。

唯一让何平欣慰的是，在广州，没有人能认出夏沫，齐耳短发和棒球帽还是起到了作用。他们可以无忧无虑地出门，不再担心随时蹦出来的"记者"和"狗仔队"。

这是多么讨厌的一对矛盾：他们以前不会为钱担心（至少温饱），却要东躲西藏；而现在他们可以光明正大地逛街，却只能寒酸地吃一碗桂林米粉。

尽管如此，但这至少是"自我"的，自由的，是自己的生活。我们很多时候是活给别人看的，也在盯着别人是怎么活的。于是，我们给自己戴上了面具，哪怕心里很苦很累，面具上镶嵌的依旧是永恒的笑容；我们看到别人脸上的笑意，总是怀疑他们也戴上了面具。其实，幸福是自己的，永远不要拿别人来做参照，别人做不了你，他不会知道你走过的路，你心中的苦与乐。何平很喜欢他与夏沫目前的状态，至少这是真实的。

桂林米粉是一种听着很好但吃起来很要命的食物。

夏沫有一次在吃完桂林米粉后，很迷茫地问何平，咱们已经吃了三个月，你闻到桂林米粉的味儿难道不想吐吗？

吃饭如此，喝酒基本算是奢望了。何平很怀念在渔村，跟鱼头一夜喝掉108瓶啤酒的经历。有一次，也许是被酒馋疯了，何平跑到城中村附近的一个酒馆，对老板说，我给大家朗诵我的诗，你们能不能给我酒喝？

老板笑了，说，我可以给你酒喝，但你别在这儿朗诵。

第二十九章 卡奴

何平在广州要饭的时候（和要饭差不多了），方琦开始在全国迅速蹿红。

起因是网络上的一段不雅视频，男女"主演"分别是老颜和方琦。

这件事先在网络上炒起来，然后上了报纸，标题是"硬盘里的秘密"。

那张报纸是何平无意中看到的，当时他还在吃油条，用那张报纸裹着。刚要丢弃的时候，在上面看到了"方琦"的名字，才知道这是一起因维修电脑而泄露的个人隐私。让何平很疑惑的是，老颜虽然很有钱，但毕竟只是局部地区的"名人"，居然也能上全国性的报纸。

为了验证这件事的真实性，何平牺牲了一天的伙食费上了网，分别用两种不同的下载软件下载了那段名为"硬盘里的秘密"的视频。如今的毛片质量不比往昔，看了几个钟头，愣没看出有码无码。

更郁闷的是，何平根本不能确定那两堆挤在一起的肉就是老颜和方琦。

何平找到最早最有影响力的关于这件事的帖子，点击已有几百万，最奇怪的是后面顶贴的 IP，大多出自本地。

毫无疑问，这是炒作。

何平将怀疑的方向集中到连秋平的身上，夏沫改头换面，他只能改变攻击对象，而方琦应该是最佳人选。

何平给方琦打了个电话，问报纸上的事儿是不是真的。

你也开始怀疑我了吗？方琦问，我 TM 还是黄花大闺女！

方琦急了，不然不会爆粗口，她是个素质很高的人。

她扣死何平的电话，坐在床边，对着坐在沙发里抽闷烟的老颓发脾气。方琦说，所有男人都喜欢看毛片吗，结了婚有了女人还要看吗，如果没有硬盘里你那些乌七八糟的东西，如今还会出现这样的状况吗？

老颓只抽烟不说话，从结婚到现在，他沉默的时间越来越多了。

方琦出门前特意戴了一副墨镜，自从"硬盘里的秘密"被曝光以来，她就承受了巨大的压力，许多平日里打招呼的邻居开始指指点点。她想，别说这件事是假的，即使是真的，两口子床上那些事儿谁没干过，有必要戳脊梁骨吗？

她找蛮子商量对策，打算起诉最先披露这件事的媒体。

蛮子比较冷静，他自从有了钱，就变得理智起来。他说我们先不要打草惊蛇，整件事的幕后主使还没有出现……

虽然已经是一名律师，但方琦还是感到十分无奈，媒体没有调查就直接发报，而且没有避讳当事人的真实姓名。

她回娘家吃饭的时候，遭到母亲的数落，母亲说，你跟他八字不合，门不当户不对，这门婚事当初就不应该成。方琦知道，母亲对"八字不合"的事儿很敏感，母亲当年和父亲的八字就不合，父亲死后，母亲就开始信命了。

还没等她啰唆完，方琦饭没吃完就走了，只留下一只碗在桌子上颤颤巍巍地打转。

她回到家就躺在床上，灯没开，卧室里结婚时挂起的彩带还留着。

方琦已经记不起这是多少次失眠了，她绝望地看着黑暗，有什么东西啃噬着她的躯体。在无数个睡不着的晚上，方琦相信会有很多人，习惯性地开始闭上眼睛，安静地想念一个人，想念一张脸。会想起以前一起说过的话，一起走过的路，一起的所有一切，一个人会傻笑，然后是无比的心痛。或许，最美的事不是留住时光，而是留住记忆，但愿时光只如初见。初见校园时代的两小无猜、青梅竹马，还有那个愿意为自己摇卡带的憨憨的少年。

她想，也许不应该埋怨母亲，母亲含辛茹苦把她和蛮子拉扯大，的确很不容易。再者说，她和老颓真就是天造地设的一对？他们只不过是火车上交谈了一夜，他帮着拿了下行李，表现出一点儿绅士风度而已。方琦想，她是不是太容易就被一个人给感动了？

方琦觉得心里堵得慌，她想透口气，大吼几声，让情绪发泄出来。方琦当时的感觉，是当她渴望找个人谈一谈的时候，却没有人可以谈。于是，方琦领悟到，有些事情是不必告诉别人的，有些事情即使告诉了别人，你也会马上后悔。最好的办法就是静下来，啃噬自己的寂寞，或者反过来说，让寂寞吞噬你。方琦希望自己可以被吞噬掉，被吃得渣都不剩。

老颓回来的时候没看到桌子上的饭菜，他打开灯，看到了躺在床上的方琦。

他俯下身，试图亲一口她，却明显感到了反抗。他说，咱们出去吃点东西吧？方琦没有说话，好像面对的只是空气。他坐进沙发，把塞满烟头的烟灰缸倒掉，然后准备抽烟。

方琦问，你是不是得罪什么人了？

他划着的火柴停滞半空，说了声嗯？

方琦忽地坐起来，泼妇一样喊道，你是不是得罪什么人了？！

这是他们结婚以来第一次"吵架"，如果这也算吵架的话。

老颓的脾气很好，他用仅剩的一截火柴点着香烟，还是用一成不变的语气说，没有，我们向来没有仇家。方琦对老颓的这种"淡定"开始感到害怕了，以前她会觉得这是一种迷人的风度，谦谦君子，而现在，她居然感到面前的这个男人很有城府。

她很丧气地又躺下去，像个坏掉的折尺。

她很听话地跟着老颓出去吃了饭，点菜的时候她试图争取主动，却发现没有一个菜是她想吃的，于是很沮丧地把菜单递给老颓。

他不紧不慢地点完菜，辣和微辣的细小区别都告诉了服务员。方琦坐在对面，突然产生了一个非常荒诞的想法：如果是何平，他也许会把菜单抢过来，拿着笔一个挨一个打钩。或者直接把菜单扔了，告诉大厨：什么好吃就上什么，你们看着办！

　　不知道为什么，方琦会时常想起往事，想起何平。这大概也是可以理解的，有时会想起一个久不联系的人，翻来覆去思量着终究还是放弃。时光变迁再无交集，已经找不到可以联系的理由。因为不确定对方是否也在想自己，于是故作潇洒地说"相见不如怀念"。就像无能为力的时候，总爱说着顺其自然。其实我们只是害怕：自己在对方心里，已没那么重要。有些爱，只能止于唇齿，掩于岁月。方琦把爱藏于心，也是为了夏沫，夏沫是一个好姑娘。

　　在想什么？老颓试图擦清方琦眼前升起的迷雾。

　　她紧张了一下，夺过茶杯，大口喝掉一半。

　　她说，你再把那事儿说一遍好吗。

　　老颓说好吧，电脑坏了，找人去修，里面的 A 片外泄……我已经说了很多遍了。

　　她说，我早让你删掉那些恶心的东西，也告诉了你很多遍，为什么不听？

　　恶心的东西？老颓冷笑道，夫妻之间有那么纯洁吗？

　　方琦哼了一下，难道我们过的还不够纯洁吗……

　　老颓抽烟的手明显有些抖，他在控制自己的情绪，以免失控。

　　他对方琦是真心的，尽管方琦的母亲以八字不合的理由回绝过他，但他还是以最快的速度攻陷了方琦的城池，玩了一次心惊肉跳的闪婚。他隔着桌子，伸出胳膊握住方琦的手，眼里不知什么时候涌出泪来。

　　他说，我爱你。

　　方琦绷不住了，她的心太软，跟着一块儿哭了起来。

　　无论怎么说，这都是她自己挑的男人，是牺牲了亲情换取来的"爱情"，如果眼下是一段不可避免的灾难，那就让他们一起克服吧。她想，男女间也许本就是"日久生情"的关系，无论对方是谁，在一起的时间久了，也会看着顺眼。

这么一想，她觉得老颜是无辜的，甚至有些可怜，于是稍微有些内疚地说，吃饭吧……

方琦感觉时间过得太慢，在时间的长河里，她不知道自己在等什么。最折磨人的等待不是你在机场等一艘船，因为你终究会知道你永远等不到；也不是在餐厅排队等号准备点餐，因为你知道这只是时间问题。最折磨的最无奈的等待莫过于你断不了念想却又不确定它能否发生，就像是每次燃起了希望却又被雨浇灭，总是给你一点儿阳光让你忘记带伞却又给你倾盆大雨。

当方琦和老颜大快朵颐的时候，何平继续在广州过着"生活所迫，随时接客"的日子。为了讨一碗酒喝，甚至跑到酒馆里去，愿意当场朗诵诗歌。不用说，简直糟透了。

何平开始动摇，有了回家的打算，况且方琦天天上报纸头条，何平得回去帮她。

鱼头把何平拦住了，说，你小子忘了当初立下的誓言了？咱们要为自己曾经吹过的牛逼奋斗终身！

这句话把何平点醒了，夏沫跟着他东躲西藏，赵赵放弃了大公司的职位，鱼头这个北方佬好容易来一趟南方，不是能轻言放弃的。为了能找到一份体面的工作，他们在"行头"上做了一番努力：脚蹬温州鞋，身穿地摊货，全身上下加起来不超过 200 元，唯独夹的包是高级包。

因为它的英文名就叫：Gaojibao。

一天下来，人累，心累。尤其糟糕的是，何平发觉自己口袋只有五块钱了！

这种情况历史上何平经历过一次，那时何平还小，父亲忙着天南海北跑运输，母亲是棉纺厂的职工。有一回父亲运输途中出了点事，赔了点钱，于是家里的经济状况非常拮据。最惨的一次，母亲钱包里只剩下两块钱。何平那时没有任何羞耻感，把这事儿告诉了同学，同学们奔走相告，笑得差点撞墙自尽。

非常及时的是，夏沫当晚就病了，可能是发烧。

何平揣着五块钱，出门去了附近的诊所，尽管开的是最便宜的药（何平要求的），但仍然超出了五块钱的范围。何平坐在诊所外面的台阶上，想到热气腾腾8平方米集装箱里正在生病的夏沫，想到房租钱没有了，想到口粮钱没有了，一种从没有过的绝望裹挟着何平。

绝望蹦跳着挥舞黑色手套，仿佛只要轻轻一拳，便足以要了何平的性命。

和很多励志电影里演的一样，何平当时想起了格雷厄姆·格林的一段话：

绝望是替自己定下一个万难达到的目标所必须付出的代价。有人说，这是不赦之罪。但一个堕落或邪恶的人永远不会犯这种罪，他总是怀着希望，从来不认为自己彻底失败而落到沮丧、绝望的冰点。只有心地善良的人才有力量永远背负着这受到永世惩罚的重担。

虽然这段话对解决何平当时的窘境一点儿屁用也没有，但还是相当打气。

何平想起临来广州前，塞到行李箱最底部的两张透支卡，面额一万，还是很早的时候办的。何平做事很有原则，不到万不得已，绝不借人钱财，特别是银行的。但是，当你整个身家只有五块钱的时候，原则这玩意儿就变成了很可笑的东西。

幸亏有两张透支卡，这样才能倒来倒去。为了不引起银行警觉（那些人不是吃白饭的），何平还时常逛很大的超市，只为刷一管牙膏。

晚上做了个梦，梦见几年过去，仍然找不到机会，何平失败了，成了一个平凡的打工仔，每个月收入不够敷衍基本的开销，望着夏沫婆婆的眼泪，何平狠狠心与她分开了，时间考验着何平的耐心，终将自己的信念完全击溃。背上行囊，坐上回家的火车，成为一名临时工，结束一生的梦想，在家里娶妻生子，平凡地过完一生，在家孝敬着自己的父母，抚养着自己的孩子，一家团圆，天天为了柴米油盐和老婆在厨房里吵架，望着她渐渐起皱纹的眼角，想着孩子因为家庭贫寒被小朋友讥笑，何平成了一个不合格的儿子，一个无能的丈夫，一个不称职的父亲……

梦中醒来，鱼头已不在了。

何平钻出集装箱，站着冲了个澡。旁边是一座未完工的危楼，城中村其实就是危楼村，正好以极低的价格租给他们这样的人。何平登上危楼楼顶的时候，鱼头正坐在那里，俯视下面成百上千的集装箱和远处那个陌生城市浓密的灯火。

他背对着何平，指着空气说，何平，将来其中的一间肯定有我们的！

他还没说完，楼下的集装箱附近闪烁了几下手电筒的光。

黑影中几个鬼鬼祟祟的家伙，已经迂回包抄了他们的住处……

第三十章 国际米兰

方琦的婚姻很奇特，她觉得自己快要崩溃了，就每天阅读金庸来打发时间。

她很惊讶地发现，倘若假以时日，她将从"岳灵珊"迅速转变为"灭绝师太"。

方琦曾经误以为这就是爱。爱的最高境界是什么？不是什么你死我活。是习惯，一个女人习惯了一个男人的鼾声，从不适应到习惯再到没有他的鼾声就睡不着觉，这就是爱；一个男人习惯了一个女人的任性撒娇，甚至无理取闹，这就是爱；一个人会为了另一个人去改变，这就是爱。对爱人，迁就多少，就爱了多少。但是，和迁就相比，方琦现在的状态更像是无可奈何，她无法改变，也无力改变。

她和老颓的关系是周期性的，波峰波谷，时好时坏。

上一次吵架刚刚好了几天，她就有了挑衅的准备，几乎每次都是她挑起"战争"，而那个老实的男人总是被逼无奈、仓促应战。她发觉"婚姻是爱情的坟墓"这句话简直太对了，不仅是坟墓，还是骨灰盒，也是焚尸炉。

方琦身心俱疲，她从没有像现在这样累过。她不奢望自己可以有什么爱情，她只希望有人疼就足够了。其实，能拴住一个女人的，未必是爱情，而是呵护。享受别人的照顾，的确是会上瘾的。这就是为什么"爱你的"总能打败"你爱的"，因为人性的需求本质上是一样的，我们孤单地来到这个世界，都是为了找到一个人，能对自己好。从这个角度来看，老颓终究是不能拴住方琦的，这才能发生以后的故事，一个女人，单枪匹马，自北南下。

她以前弄不明白，为什么好端端的一对，总要每天不停地吵。

现在她明白了，吵架是一种策略，特别是第一次吵架，胜负决定了这辈子的强弱划分。不用说，方琦在和老颓的第一次吵架中占据了绝对的优势，于是老颓就只有继续"颓"下去。他也是理亏，五大三粗的男人，玩起网游来夜夜通宵，洞房花烛也不稀罕。

方琦觉得，她和老颓之间，很难说有什么共同语言了。他们之间没有停止过争吵，不合拍，根本没有严丝合缝的时候。对的，人是磨合出来的，跟你绝配的爱人，并不是天然产生的。你们一见钟情的，并不代表会相处融洽。相处融洽的人，不一定会忠心耿耿。真正绝配的爱人，其实都靠打磨。你改一点儿，他改一点儿，虽然大家都失去点自我，却可以成为默契的一对。相爱和相处是两回事。相爱是吸引，而相处是为对方而改变。

什么叫守活寡？和老颓这样的男人结婚就是守活寡。更让方琦生气的是，有一天晚上她实在忍不住了，过去跟老颓理论，扫一眼屏幕，他在游戏里的角色名称居然是"夜战寡妇村"。

她揶揄老颓，说：你把老婆丢在屋里，自己到游戏中"夜战寡妇村"……

最让方琦难以理解的是，老颓对毛片有着异乎寻常的热情。

他的电脑硬盘里，至少有一半都是日本女人，尤爱苍井空和武藤兰。虽然老颓解释过"这是所有生理正常的男人都会做的事"，但方琦还是不理解，一坨热乎乎的女人身子为什么敌不过丈夫的一只右手。

总之是不太对劲，方琦开始认为老颓"外面有人了"，但这似乎太快了点儿。而且他只顾通宵游戏，从不顾忌女人（电脑硬盘里的除外）。她还发现了一些奇怪的现象：每周总有固定几天是消失的，每月总有数目可观的人民币是外流的。

一切迹象都表明，事情似乎不太妙。

为了弄清真相，方琦跟踪过一次，只不过运气不太好，她跟着老颓进了医院。

回家她问老颓去医院干什么了，这个蔫了吧唧的男人居然发火了，说他只是去看一位生病的同事。方琦接着问了钱的事，每月几千元的赤字是赖不掉的。老颓对这个问题含糊其辞，逼急了，他反问方琦，这就是你嫁给我的原因吧？女人总是喜欢钱的。

方琦没有反驳，给了他一个嘴巴。

方琦已经容忍了很多，但一个人的努力是徒劳的。真正的爱情，要懂得珍惜，没有谁和谁是天生就注定在一起的。一辈子不长，遇见心爱的人，是多么幸运的事，为何不紧握着他的手呢。一辈子只爱一个人，并不丢人。心里知道，除了他还会有更优秀的人出现，可是一个人不能这么贪心。一颗心需要去温暖另一颗心，坦诚相待，这样才能幸福。方琦很想把这个道理讲给老颓，但这个男人已经让她极度失望了。

尽管如此，老颓还是原谅了方琦，他不曾动过这个女人的一根手指。

方琦倒是希望他把自己一脚蹬翻在地，这样就可以给种种怪异的行为找到注解，他们也可以好聚好散。有时她会善意地想，老颓是爱自己的，他会找一个合适的时间，把这些事情讲清楚。直到后来，无意中发现的一件事将所有幻想击碎了。

她那晚口渴，起来喝水的时候经过老颓的房间。

里面的灯还亮着，虚掩着门。也许是太过专注，老颓没有注意到身后的方琦，他忙着在一个帖子的后面上传视频。让方琦万万没有想到的是，老颓更新的那篇帖子居然就是"性爱视频"的始作俑者。

换言之，老颓就是"不雅视频"风波的幕后黑手！

生活是最杰出的戏剧大师，你永远想不到敌人竟然是朝夕相处的伴侣，你也永远想不到深更半夜里会有人捏着手电筒包围你的住所。

何平当晚和鱼头坐在楼顶上远望那个陌生城市的浓密灯火，脚下成百上千的集中装箱和座座危楼清晰可见。发现有人向他们的住所包抄的时候，何平随手摸了一块板砖，和鱼头冲了下去。

夏沫和赵赵还在"屋"里睡觉，如果被突然闯入，后果是不堪设想的。

广州附近的城中村是个比较大的安全隐患，因为人口流动性比较大，所以经常发生大大小小的刑事和非刑事案件。"砍手党"声震全国的时候，城中村曾经作为他们的老窝，郊外垃圾堆里经常能看到缺失了指环的人的手臂。

何平在想是不是透支卡惹下的麻烦，套现虽然很爽，但被发现了就不是闹着玩的。之前在电视里看过，有的银行也是需要雇用黑社会去收账的。

何平想等这件事过去，就赶快找一份工作，"拆东墙补西墙"确实是民间大忌。或者他们是连秋平派来的（他似乎总在高估这小子的能力），何平对姓连的已经是风声鹤唳了。

等何平们举着板砖高喊缴枪不杀的时候，那两个拿着手电筒的人居然真就举起手，说，别打，我们是记者！

打的就是记者！

在青岛的经历让何平对"记者"尤其敏感，当时，《半岛都市报》的"记者"追着夏沫赶了半个青岛城。从那时起，"记者"已经和"连秋平的帮凶"画等号了。幸亏天比较黑，何平扔出去的板砖只砸到了"记者"的手，他们吓得扔掉手电筒，抱头蹲在地上。

何平给鱼头说，连秋平雇的这些人也不怎么样嘛。

抱头蹲在地上的"记者"反问，谁是连秋平？

可能真是一场误会。

鱼头问，这么晚，到这里来干什么？那两个人用讨饶的语气说道：我们是来采访的，白天不敢，所以只能晚上偷偷摸摸地来。也许是听到了动静，住在附近集装箱里的人有的已经开了门，正寻找骚扰美梦的根源。"记者"此时变得非常害怕，小声说，能让我们躲一躲吗？如果被抓到，就真的死定了！

这是何平所见过的最可怜的"记者"，他以前接触过这个行当，因为控制话语权，所以赢得很多人的尊重。如果混成一个小小的头目，一些想出名的或者想上报纸的人，还会奉上金钱。

有几个拿着棍棒的邻居向这边聚拢，何平想他们也许真的不是连秋平的人，于是打开门，把他们藏了进去。

夏沫和赵赵早就醒了，她们隔着铁皮听了外面的对话，自然很高兴可以"救人一命"。

刚把"门"关上，夹枪带棒的邻居们就围了过来。

城中村的邻里关系就是这样，平日为了刨食，大家擦肩而过，连个笑脸也没有。但如果到了关键时刻，比如现在，就会空前团结、同仇敌忾、一致对外、连拉带踹。带头大哥是个码头的搬运工，扛大包，喜爱足球，在小腿上文了一枚国际米兰的队标。

他们明火执仗地围过来，带头大哥问，看到两个拿手电筒的人没有？何平说没有。带头大哥狐疑地看着何平，说，如果看到了，一定告诉我，不然就是一场灾难。

鱼头说不至于吧。鱼头见大家没笑，就收敛了自己的笑容，他的手里还拿着板砖。带头大哥盯着鱼头手里的板砖，说，他们是记者，如果把城中村报道出去，咱们全部都得滚蛋！

何平明白了带头大哥的苦衷。城中村虽然条件很差，但毕竟给外来打工的人提供了极其低廉的房子。当然，很多负面问题是显而易见的，成百上千的破旧集装箱，一栋栋未完工的歪斜的危楼，每日都会有年轻的小夫妻（或者只是同居）来这里寻租和搬走，每日都会有姑娘打胎，把孩子惊恐地丢在马桶里。

何平看着眼前这群貌似强大的邻居，他们举着各式各样匪夷所思的"武器"（甚至还有杀虫剂），只是为了不让记者采访到需要的东西。这样，城中村就不会被曝光，他们才能继续在这个租金低廉的地方继续生活。

临走的时候，带头大哥突然发现了一个丢在地上的手电筒，那是被何平一板砖打掉的。

他弯腰捡起来，递给何平，问，你的东西吧？

何平抢过来，说，谢谢。

等他们走远，何平和鱼头才敢开门，将门反锁。8平方米挤进6个人，写出来新闻应该很叫座。

何平用手电筒抵住一个记者的胸膛，这样看起来就像是被一把枪钉在墙上。何平说这里面太挤太热，所以希望你们滚蛋，能滚多远就滚多远，但是你们不能将这里的情况写出去。

他说，好的，但是你不认为妇女和儿童应该在更好的环境下生存，比如重建后的城中村？

何平说，你跟那些正漂着的人谈生活环境，简直就是扯淡！

"记者"趁着夜色溜掉了，何平警告他们不要做傻事，不然无论他们跑到哪里，何平都不会饶了他们。

他们后半夜没有睡觉，四个人爬到集装箱旁边的危楼楼顶吹风，和远处的巨大城市相比，他们显得异常渺小。

何平和鱼头商量了未来的打算，决定先干点力所能及的事，小人物有小人物的活法——鸿鹄安知燕雀之志哉？

为了生存，他们彻底放下了面子和尊严。

白天何平去餐馆刷盘子，晚上去麦当劳打小工，半夜去偷人家的破烂拉到废品收购站去卖。刷盘子的好处是可以免费吃到中午饭，地沟油之类的秘密是不会捅出去的；去麦当劳打小工可以吹免费的空调，看五颜六色的美女；半夜的"垃圾争夺战"需要广大人民配合，夏沫和赵赵把风，何平和鱼头负责转移。

破烂这东西一般没人偷，所以给了他们下手的机会，偶尔半夜被宠物发现（比如狗），他们会撒丫子跑，宠物在后面屁颠子追。

真是天有不测风云，就在他们的"事业"蒸蒸日上的时候，终于出事儿了。

有一天早晨，就在他们四个人挤在8平方米集装箱里吹冷气的时候（冷气扇是半夜从破烂堆里偷来的），震耳欲聋的噪声把他们扰醒。

推开门，黑压压的人群大兵压境，身后跟着巨大的吊车和推土机。

当天报纸标题是：《整治市容从今天开始》，署名记者姓蔚，照片很眼熟。

带头大哥领着人冲了上去，何平仿佛看到一场血肉横飞的战斗，即在眼前。

第三十一章 奋斗

带头大哥没能拯救城中村，数不清的集装箱和危楼被清除干净。

他试图和推土机大战500回合，却不小心被铲断了腿，正是文了国米队标的那一条。

也许这是一件好事，市容整治，碧水蓝天，治安环境会好很多。但何平想哭，因为如此低廉的房子以后怕是租不到了，他开始后悔那晚轻易放掉了记者。

表面上看，城中村是被拆迁队干掉的，实际上是被他出卖了。

何平攥着那张报纸，发誓一定要找到姓蔚的记者，为带头大哥报仇。

并不全是沮丧的消息，上帝把门堵上，至少还会给你留个猫洞。

除了夏沫（安全需要），他们其余三人都找到了工作。鱼头从事老本行，赵赵还是白领，何平则被一家培训机构聘用。虽然听闻公司老总有些好色，但也只是道德层面的败坏，与何平吃饭是不相冲突的。

他们新租了房子，虽然价格不菲，但至少不会为房租发愁了。夏沫有些不高兴（家庭主妇嘛），何平说你的任务就是服务群众，万一抛头露面被人识破，他们所有的努力就都白费了。

何平说，夏沫，你不要不开心了，只要自己过得好，是不用顾忌别人眼光的，家庭主妇也不错。世界上最不开心的人，就是那些最在意别人看法的人。拿得起是能力，放得下是智慧。有的人拿不起，也就无所谓放下；有的人拿得起，却放不下。拿不起，就会庸庸碌碌；放不下，就会疲惫不堪。只有放下那些无谓的负担，才能一路潇洒前行。在这方面，鱼头是何平学习的榜样，赵赵和鱼头因为活得简单，也就有了足够多的幸福感。

晚上休息的时候，何平搂着夏沫跟她说悄悄话，何平说你得耐心等我偷师学艺成功，那时候咱们就可以成立自己的公司，你就是老板娘！她这才安心下来，每天为大家洗衣服，做饭，整理家务。有时下班何平会买几盘盗版碟，供夏沫在家独自消遣。有一次下班，在过街天桥上买盗版碟的时候，何平看到一个瘸腿的衣衫褴褛的乞丐。

他脏得已分辨不出面容，黑黑的小腿上有一枚 模糊的国际米兰的刺青。

何平含着眼泪离开那里，一切都是因为何平，并不是所有人离开城中村后都找到了合适的工作。何平想，只有把眼下的工作做好，才有帮助别人的可能，于是对在培训公司的工作格外珍惜。

很快何平就左右逢源，陪客户吃饭和消遣的机会也越来越多。

何平开始学会了布置各行各业的人脉，学会了见人说人话见鬼说鬼话。独自在外，一定不要奢望能交到知心朋友，金字塔生存状态下只有利益。也不要指望一味拍马屁就能取得成功，业绩才是根本。虽然很不情愿，但何平还是捧起了英语课本坚持学习，有时下班还在公司啃专业书籍，整理客户资料。

何平开始认真学习，他充分认识到读书的重要性。读书多的人，和读书少的人，有明显的区别。读书越少对环境越不满意；读书越多对自己越不满意。读书少的人，看问题越主观、越简单，就越容易对什么都抱怨。书读多了，眼界开阔了，分析思考问题的能力提高了，特别是从前人的经验与分析中，增加了自己对复杂问题的判断能力，知道怎样看问题，更知道自己的短处在哪里。何平现在要做的，就是少抱怨，多读书。

晚上立刻回家的次数越来越少，有时只能给夏沫打电话，然后拖着疲惫的身体陪着一帮客户觥筹交错。何平的酒量有了质的飞跃，喝啤酒只是因为口渴，喝白酒多了会觉得有些胀。广州喜欢下雨，所以陪完客户，半夜会被淋个透湿，在回家的路上摇摇晃晃边走边吐。回到家已经是半夜两点，夏沫会把何平扶到马桶边，亲眼目睹何平咯血的壮举。

第一次吐酒咯血的时候，夏沫哭了，抱着何平说，咱们回去吧，不能再这么拼命了……

何平告诉夏沫，现在回去会对不起很多人，带头大哥至今还在过街天桥上要饭。

除了何平，鱼头和赵赵还都不错，赵赵很快就晋升了部门经理，并有了随公司去香港旅游的机会。鱼头当时要去深圳签一个广告合同，所以把亲属团的名额让给了夏沫，她终于也有去香港旅游的机会了。

临走前，夏沫很担心，怕何平喝醉了没人管。

何平微笑着说，你尽管去，这三天我准保滴酒不沾。

当晚就大醉。

而且淋了雨，回家扶着马桶吐个昏天黑地。

摸上床，接着发起高烧，浑身酸痛。也许是前段时间身体透支的太厉害，所以躺在床上一点儿力气也没有。幸亏床头还有一杯白开水，一喝就是三天。也就是说，何平躺在床上捱了三天，烧得几乎晕厥过去。

现在想来，何平是太希望获得成功了，以至于到了不要命的程度。其实，所有的努力和天赋都需要时间的积淀才能结出果实。不管是行业佼佼者，还是公认的成功人士，都是在一个领域潜心努力，然后等待一个风口。

何平这种心态，是很多急于成功者的心态。现在社会发展得很快，一年的时间好像世界就发生了翻天覆地的变化，于是很多人开始着急。两个月了研究还没有头绪，两年了还是没有找到做方案的感觉，五年了还是在做普通职员的工作，十年了画画还是"一般"……于是就沮丧了、迷茫了、怀疑了，甚至退缩了。其实，在任何领域做任何事情都是一场持久战，不是一个月，一年就可以看到尽头。

这些想法，是何平在经历生死后的感念，但他在床上发烧的时候是挺不住了。

何平连喊救命的机会都没有，手机在回家途中就丢掉了。

看起来只有死路一条了，就在命悬一线的时候，他恍惚中听到夏沫的声音。

在 120 救护车上，何平听到夏沫不停地喊自己的名字。

何平的眼皮有些水肿，也没有睁开的力气，只慢慢伸出右手的食指和中指（左手打点滴），摆了个 V 的造型。夏沫破涕为笑，攥着何平的手说，你这家伙，现在还有心思开玩笑！

夏沫是个很有心数的姑娘，当她第二天还没打通手机的时候，就预感到事情不妙了。何平昏昏然睡到九点，夏沫趴在病床前已经睡着了。何平没惊扰她，拔掉针头，继续上班工作。

何平得亲自给董事长负荆请罪，三天没去上班，手机也没打通，弄不好这个饭碗就要砸掉。

何平守在董事长的楼下，这个地方以前来过，是个比较高级的社区，好像里面还住了些娱乐圈的名人。没等多久，董事长就从电梯里出来，他的身后跟着一个年轻的衣衫不整的女孩儿。

这个女孩儿刚进公司不久，看样子似乎是在这里待了一夜。

何平之前听过董事长喜欢玩弄下属的传闻，所以赶紧躲到一旁，庆幸自己没有鲁莽上前。

　　戳穿上司秘密是要付出代价的，况且他是全国有名的培训机构的董事长。

　　何平看着他们进了轿车，上车前女孩有些犹豫，然后被董事长不耐烦地搂了进去。

　　回公司的路上，何平在想自己是不是太孬种，只为保住一份工作，而丧失了做人的准则。走过街天桥的时候，何平看到跪在地上乞讨的带头大哥，他本不应该是今日的下场，那么他又为了谁？

　　就在何平想事的时候，过街天桥的下面聚满了人，好像是一起刚刚发生的交通事故，中间一名记者在做现场报道。是的，是记者……

　　何平突然愣住了，这个捧着话筒面对摄像机的家伙似曾相识。

　　也许是种报应，终于让何平找到了那个报道城中村的记者，就是他害得带头大哥拖着一条残腿流落街头！

　　何平想起拿着手电筒发现记者的情景，于是飞快跑下过街天桥，在附近的五金用品店，买了很多手电筒。他背着这些"手榴弹"，登上过街天桥，居高临下，以《英雄儿女》中王成的经典造型，雨点般向记者扔出了愤怒的——手电筒……

　　当晚的电视节目播出了何平的"英雄行为"，因为袭击记者太过突然，而且武器也很特殊，更奇怪的是这种袭击的连续性，铺天盖地的手电筒扔了足足有五分钟。

　　除了其中一枚准确击中记者外，其余"子弹"均被广州市民疯抢。

　　这是一个翻车茄子都会被路人疯抢的时代，更不要说家用电器——手电筒了。扔完最后一枚手电筒后，何平就被带走了。

　　经过那个记者的时候，何平故意高声问他，你家隔壁是不是有个叫马勒的？

　　他被何平"天女散花"的手电筒攻势打蒙了，用一块手帕捂住受伤的额头，直到何平问他"隔壁家马勒"的事，他才想起何平是谁。

　　鱼头带着赵赵和夏沫去派出所找何平，是在看完电视之后。

何平的手机刚丢，正急着找不到人的时候，电视里播出了他在过街天桥上"群发"手电筒的壮举。

鱼头刚刚从深圳签完广告合同，他没想到离开的短短三天，何平就惹了那么一摊子事儿。同样来派出所看何平的，还有那个被手电筒击中的记者。鱼头当然也认识他，虽然额头一侧因为肿胀而突出变形，但大概的容貌还是没变。鱼头说你丫还敢来啊？就想抡起拳头胖揍一顿，被赵赵拦腰抱住了。

夏沫问他，你来这里干什么，想看我们的笑话？

那个记者就低下头，他跟制服交涉了一下，好像还亮出了什么证件，然后签字保释。

刚出派出所的门，何平和鱼头就合力把记者撂倒在地。

他气呼呼地躺在地上说，你们不要激动，咱们找个地儿好好谈谈！

看在保释的份儿上，他们答应找个地方谈一谈，于是去了一家小酒馆。这个酒馆的位置比较偏僻，如果谈不拢，何平就敲他几个酒瓶子，然后迅速闪人。

夏沫比较了解何平的为人，悄悄问他，你不会想把他杀了吧？

何平那口酒当时就喷了出去，正好射到记者的脸上。

他无奈地擦了擦眼镜，说，咱们还是先认识一下吧，我姓蔚，蔚蓝的天空有几只小鸟飞过……的蔚。

请再说一遍，何平问，你叫"鸟"什么？

虽然他强调了很多遍，说自己姓蔚，并且拿出报纸为证，但何平还是叫他"鸟记者"。

何平们交流了"城中村拆迁事件"，对他不守信用的做法非常鄙视。

何平说你现在可以到过街天桥上去看，那个被打断了腿的瘸子就是带头大哥，如果不是你，他现在还能扛大包，还住在廉价的房子里。

你说的都对，鸟记者说，但是，他们能在城中村待一辈子吗？那些铁皮箱和歪斜的楼房会永远存在下去？就像广州的一个地标？

尽管何平很想在这个便宜的小酒馆里把鸟记者一瓶砸倒，可最终何平还是让他走了，他告诉何平那篇报道本来压了下去，后来上面打下电话，要严厉整治城中村，于是就背着他发了报纸。

鸟记者说得对，有些事情他们根本无能为力。

何平想起公司董事长和年轻女职员，她肯定是逼不得已，但又有什么用？被何平撞见又能有什么结果？

何平只能眼睁睁看着一个黄花大闺女被这个禽兽蹂躏，如此而已。

鸟记者临走时给何平留了名片，说他可以随时找记者，但最好不要带手电筒。

还有，鸟记者说，我姓蔚，蔚蓝的天空有几只小鸟飞过……的蔚。

何平说好吧，再见，鸟记者！

回家的时候，何平再次来到过街天桥，叫醒了蜷缩着睡觉的瘸着腿的带头大哥。

他好像已经不记得何平是谁了。

何平塞给他一些钱，问他有什么难题需要解决。

回家，他说，我想回家！

何平第二天从公司里找了一摞没用的 A4 纸，钉在一起，然后把这厚厚一本交给带头大哥。何平告诉他信访办的地址，说，你到了地儿，二话不说就掏出这摞纸来，再喊几句民不聊生的词儿，然后就有人送你回家了。

别忘了带着身份证，何平说，没准儿还能管你顿饭。

第三十二章 .rmvb

方琦想，老颓肯定是因为和自己有仇所以才娶了自己。

不然他为什么要凭空捏造"不雅视频"？她现在的网络名气和芙蓉姐姐已不分伯仲了，可想而知在天下人的眼里，她方琦到底是怎样一坨货色。

老颓被发现的时候刚刚上传完一段新的视频，他从硬盘里截取日本AV里的片段，打上马赛克，最后以"方琦.rmvb"的格式上传。大约任何一位姑娘的名字，后面只要加上".rmvb"或者".avi"的后缀，便立时会有另一种风味。

他确实是"凭空捏造"了这些所谓的"方琦夫妻视频"的东西，因为从结婚到现在，他根本没有碰过方琦的身子。

结婚当晚，他玩网络游戏熬了一个通宵，此后便一发不可收拾。这让方琦难堪，她不是那种风骚的女人，也不懂"勾引"的技巧，逼急了她会暗示老颓是否上床睡觉，倒像自己欲火焚身了一般。

她说，我们找个地方谈谈。老颓就跟着出了门。他没有想象中那种特别的惊慌失措，只是被发现后的那一刻显露出一丝惊恐，此后居然就镇定自若了。

出门的时候，他的胳膊碰掉了冰箱上一座陶制泥偶，泥偶是穿着旧式新郎新娘服饰的小两口，被摔碎前，新郎还有一个亲吻新娘的动作。

幸亏摔得粉碎，方琦想，现如今所有标注"幸福""美好"的东西都让她感到恶心。

他们随便找了个酒吧，倒不是为了寻求浪漫，而是因为24小时营业的场所实在难找。河边儿那种地方不能去，报纸上常有情侣在河边儿被社会青年打劫的新闻，轻则劫财，重则劫色。

想到劫色，方琦就觉得像是一种嘲讽，她这种老颓都不屑于招呼的女人，怕是已经半老徐娘了。

想到这里，她掏出包里的小镜，仔细揣饬那张脸。

也许是晚上的缘故，居然看不到一丝皱纹，镜子中活脱的就是一个美女。

方琦稍微找到一点儿自信，就觉得舒服了很多，悄悄看了眼对面的老颓，他显得很沮丧，灯光下仿佛苍老了许多。

一个人的名字，甚至绰号都很重要，很多人都叫他老颓，姓氏也给忽略掉，他竟真的颓了起来，且一颓到底。

她喝着柠檬水，用一种挑衅的语气问，说吧，为什么这样对我。

老颓温柔地看着她，这个婚姻骗子，事到如今还要包装自己的虚伪，方琦保证，如果他笑出声来，她手中的这杯柠檬水会毫不客气一滴也不浪费地泼到他的脸上。

方琦打上幼儿园开始就没怎么受过欺负，她那时穿着绣有"好孩子"的白色兜兜，每回都用锋利的指甲教训那些看不顺眼的家伙。她现在的这双手圆润修长，不久前刚做的美甲，所以看起来比较性感。她打算万一吵起架来，就把这些指甲插入老颓的皮肉——这一定够他受的。

他说，方琦，请相信我，无论我做了什么，都是因为爱你。

她有些无语了，一个在网络上向自己泼脏水的人（也泼了自己，多无耻），居然口口声声说爱自己？

编，她说，你继续编。

这种油嘴滑舌的男人她见多了，她哥小学没毕业就开始泡马子，各种各样的招数可谓了如指掌。

老颓的心理防线快要崩溃了，他夹着烟的手有些哆嗦，烟灰簌簌落得到处都是，跟前的烟灰缸好像是多余的。

像是做了很大努力，他从裤兜里捏出几张纸来。

方琦想，他连离婚协议书都准备好了。

离婚这种事她并不感到新鲜，只是像她这种刚刚结婚又接着离婚的，实在太过儿戏。方琦好像看到母亲数落自己的那张脸，当初八字不合，却非要闪婚，终于还是离了。蛮子倒不会说什么，最多找几个人把可怜的老颓"修理"一顿，到时候她会不会为老颓说情？也许不会，方大律师的"性爱视频"家喻户晓，可都拜这个男人所赐。

她无力地摊开那几张纸，不是离婚协议，是诊断证明。

不知为何，当看到的不是离婚协议的时候，方琦居然感到一丝轻松。

她明明是讨厌这个男人的，更后悔这段婚姻，可之前那种神经紧绷的状况确实没有了。

还是为了面子，她想，离婚毕竟不是一件十分高尚的事情。

她想看懂面前的诊断证明，不懂装懂也好，可丝毫没有头绪，像战争中意外截获的敌人情报。

不要兜圈子了，方琦说，我想要的是答案，不是哑谜。

老颓把烟头掐灭，指着那几张纸说，这是我的诊断证明。

他接着给方琦讲了一个故事，从前有个小男孩得了一种怪病，这种病小的时候看不出来，等到发现的时候那个小男孩已经长大了。大男孩的青春期是糟糕的，他有着对异性的渴望，却没有正常的功能。直到他遇上了心爱的女孩儿，他想也许结完婚会好一些，可是他错了，他没法变成一个真正的男人。越是做不成男人，他就越是希望证明给别人看，于是编造了"性爱视频"。他开始只在一个很小的论坛发过，却想不到弄巧成拙，天下皆知。

方琦说，那个小男孩就是你？

老颓说，是的。

方琦说，你这样做只是为了让别人知道你是一个正常的男人？

老颓说，是的。

他顿了顿，明显思想斗争了一下，然后坦白，我当时还有另外的想法，那就是一旦这件事曝光，我们就会被捆绑在一起，永远拆散不了了。

这个想法让方琦大吃一惊，她没想到爱一个人的方式也会有"搞臭对方"的说法，同时也对这种"畸形"的爱情唏嘘不已。

她开始觉得眼前这个男人很可怜，他做"坏事"的初衷居然是爱自己。

方琦突然明白了每个月莫名其妙的巨额开销，还有固定消失的两三天。

为了证明自己的话是真的，老颓撸起袖子，上面是密密麻麻的针眼。

方琦的眼泪都快掉下来了，她为自己的粗心而内疚，身为妻子，她对老颓的关心显然是不够的。她只是抱怨男人通宵玩游戏，却没考虑对方的隐痛。她早该找个时间好好谈一谈，也许两个人可以找到治疗的方法，也就不会出现愚蠢的"性爱视频"了。

方琦伸出手，和老颏的手握在一起，也许是长期治疗的缘故，老颏的手仿佛瘦了很多。

虽然这是一种由脑部引起的遗传性肾病，虽然每月用来治疗的花销有几千元钱，但方琦并不在乎——她在乎的只是这个男人的爱。

她经历过若干次感情，为情所伤，也心力交瘁，现在她只希望得到一个男人的爱。

幸运的是她似乎已经得到了，虽然证明的方式有些别扭。她觉得，性不是婚姻的全部，如果两个人是相爱的，柏拉图的方式也未尝不可。

她说，从明天起你得乖乖接受治疗，钱花没了可以挣，但必须好好活着。

她清楚地看着老颏的眼泪噼里啪啦地流下来，最后补充了一句：视频就不要发了，你还嫌你老婆名气不够大吗？

方琦这是第一次认错，她很少认错，除非真的是自己的责任。方琦在心底里对自己说，你是成年人了，应该懂事了，不能因为屁大点儿小事就和亲人、朋友、恋人冷战，无论错在谁，你都应该主动摆出和解的态度。不要再高喊"我是这样的人""我就这性格改不了"，狭隘和坏脾气不能被如此包装并泛滥。你应该相信，你能成为那个主动化解冰封的人，而你的举动则会让自己和对方从尴尬中解脱，并得到温暖。

方琦对老颏的感情，更多的是愧疚，理解不够，这并不妨碍对何平的偶尔想念。好久不联系的朋友，她不知道要用什么理由关心他的生活，她不知道要用什么借口让他能听一听自己诉的苦水。方琦怀念当初的日子，即使她知道生活总是往前。或许她很久没有联系何平了，不要觉得她无情，不要觉得她喜新，不要觉得她厌旧，方琦只是怕一开口，就变成了令人心酸的客套。

方琦说的对，在这个网络时代，"好事不出门，坏事传千里"。

像何平这样在广州混的打工仔，居然也能在报纸上看到方琦的报道。

何平还曾拿这件事专门咨询过蔚记者，不，是鸟记者。何平问他怎样才能消除"性爱视频"的负面影响，没想到这小子反问道，你是疯了，还是傻了？明摆着出名的机会一定不要错过！

在他看来，"网络名人"就是赚钱的招牌，为此可以不择手段。

鸟记者的话虽不中听，却至少证明了两件事。

第一件事是带头大哥顺利返家，他回家后第一件事就是给何平打电话，说他按照何平的指示去做，果真立刻就被一辆依维柯接走，那些人按照身份证上的地址将他送回家，路上还免费管了饭。

第二件事是方琦日后来广州，她是以"知名律师"的身份被何平请来授课，初衷也是为了钱，这是后话。

这两件事的共同点就是：结果才是最重要的。

带头大哥返乡的主意是鸟记者想出来的，他当时也觉得被拆迁队打瘸一条腿是很冤屈的事情（虽然他动手在先），于是想了这么个点子"曲线救国"。而比较庆幸的是，带头大哥在依维柯上接受了询问，然后被记录下来。那些人记下了带头大哥的地址和电话号码，并保证事件调查清楚后给他一个公正的说法。

不管怎么样，带头大哥的事终于有人过问了。

给需要说法的人一个说法，总归是一种可喜的进步。

鱼头的广告制作进行得比较顺利，他吸取上次被骗的教训，活儿必须干好，但得先给钱。

赵赵不久后也得到了升职，她对白领这一职业有着超乎常人的适应能力，这决定了她以后的人生走向。

似乎只有夏沫是最清闲的，虽然她从未抱怨过什么，但何平能看得出来。广州的天气很热，夏沫有时会为何平们做拿手的朝鲜泡菜。有一次吃饭的时候，赵赵由衷地感叹道，如果以后能开个泡菜馆，不知该有多好！

赵赵是一个好女孩儿，她很容易满足。她的人生哲学是，不一定要嫁给最爱的人，太爱一个人，会失去自我；也不必非嫁给最优秀的人，太出众的对象会给自己压力。对的人，无非就是知冷知热，饿了替自己煮碗面，累了帮自己揉个背。女人这一生总追求浪漫，生活却没那么多剧情；靠谱的男人花样不多，却能陪自己过平淡生活。还好，鱼头就是这样的理想爱人。

何平知道这句话深深打动了夏沫，她那晚显得很高兴，特意给赵赵夹了更多的泡菜。

吃完饭何平带她出去，真是少有的二人世界。

她挽着何平的胳膊，一边走一边轻摇，脸上带着浅浅的笑。广州的生活虽然辛苦，但起码用不着东躲西藏，虽然夏沫至今还是短发和棒球帽的装束，但丝毫不影响美观。想到这是熙熙攘攘的夜市，何平就把夏沫的帽子摘下来，她的长发披下，简直美极了。

夏沫把头靠在何平的肩膀上，问，怎么了？

何平说，很久没有看你长发披肩的样子了。

她说，你不怕再一次被别人跟踪、认出？

何平说，怕，但我更怕忘记你从前的样子。

夏沫应是有了些小小的感动，她停下来，抱着何平，将脸埋进何平的怀里。

她说，答应我，永远不要分开。

何平答非所问地说，我爱你。

何平觉得，他和夏沫是离不开彼此了。这辈子，和谁过，怎样过，过多久，有人因为爱情，有人因为物质，有人因为容貌，有人因为前途，有人因为压力。而当这日子真的要和选择的人一起过了，你才明白，钱够花就好，容貌不吓人就行。其实真正幸福的标准，无须理由，很简单，只要笑容比眼泪多，你就找对人了。这基本就是，何平与夏沫在广东的幸福生活了。

虽然三天没有上班，且公然袭击记者，而且获知了董事长的秘密（他当然是不知道的），但何平很幸运没被炒鱿鱼。董事长甚至还接见了何平，他饶有兴趣地听完带头大哥的故事，认为何平扔手电筒的壮举堪称见义勇为。

他决定把何平留在身边。

你现在是公众人物，董事长说，这对公司很有帮助。

这个决定差点儿要了他的命。

不久，他将以"强奸犯"的头衔为世人皆知。

而接替他位置的那个人，居然是何平。

第三十三章 房市

何平最讨厌两种人：一是董事长；二是流氓。

没想到这辈子竟能碰上一位"二合一"，何平自然要尽全力将他扳倒！

在扳倒他之前，何平所在的公司是全国有名的培训机构，号称商界的"黄埔军校"。董事长也是全国知名的企业家，只是名字不太好，叫什么松下，像个鬼子。

应该说，松下是个很有本事的人，他从农村出来，早期贩卖牛仔裤发家，然后创办了如今的培训机构。何平进公司总部后，每天都要听松下给他们开晨会。他的口才极佳，常用男女之爱比喻客户关系，他说培训的质量是最重要的，即使客户培训完毕他也会记着你的好——只要功夫深，一日夫妻百日恩。

虽然语言比较暴露，而且他说话的时候往往紧盯站在第一排的女性职员的胸部，但这个比喻还是成功的，所有人都记住了培训质量的重要性。他还告诫他们不要在招揽客户上面要花样，任何夸大其词的广告都是愚蠢的，培训机构与客户之间也讲究"缘分"——两情若是久长时，又岂在九浅一深。

这是松下两个最经典的、也是标志性的比喻。这说明了两个问题：

第一，松下很有才；

第二，松下很好色。

男人好色是正常的，即便是得了先天性肾病的老颓，没有性功能，但内心深处还有着对女性身体的渴望。相比于正常男人，松下的好色显然已经"超标"了。公司内部流传的说法：凡是应聘来的稍有姿色的女子，几天后就会出现在松下的公寓楼里。

当然有不从的，很快也就失业了。

据说，公司内部的资深股东早就对松下的这一"特殊爱好"深恶痛绝，怕影响到公司此后的生存。无奈，松下一边搞女人一边搞业绩，公司居然越做越大。

何平进总部一个月后，就被"提拔"为松下的专职司机，兼办公室秘书。他是聪明人，不会把前凸后翘的性感小妞儿弄到办公室的前台，说到底他还是个生意人。

当专职司机的主意是何平主动申请的，之前有一次他坐在副驾驶上看《男人帮》（松下喜欢自己开车），看到一半，"驾驶员"松下的头就伸了过来。

别说交通灯了，老小子连路都不看了！

为了保命（毕竟只是出来混口饭），何平心甘情愿给松下当了司机。为了让他相信何平的实力，何平还绘声绘色讲述了经营 Lucy 酒吧时开二手加长林肯的经历。何平说，他曾经开着一辆二手加长林肯战胜过三菱跑车。

松下狐疑地看着何平，以为他在吹牛。

何平开始并没有"推翻松下"的想法，每周何平都会带着不同的女孩儿献给松下，就像古代祭祀河神。

何平的工作环境有了很大改善，而且工资增加了很多，为此何平和夏沫单独租了一套房子，鱼头和赵赵也为能有自己的二人世界而高兴。

何平甚至比较欣赏松下。

他有一回去剧组接一位当红的女演员（他的马子），她当时饰演《武松》里的潘金莲，最后被武松一刀砍死的效果怎么也演不出来。松下当时来了兴致，对她讲戏：她一生爱武松，一直渴望和他来一下。这一刀，就像插进她的 × 里！

说完，松下教了一个欲死欲仙的表情。

她照做，一举夺得当年的金鸭奖。

何平是说，松下是个很有才的人。

他除了给演艺圈贡献了一枚最佳女配角，还经常参与公益事业。

有一次，他跟着志愿者到农村宣传近亲结婚的危害，召开村民讨论，让村民发言，说说自己的认识。有一个老实巴交的小伙子被村干部点名，问近亲结婚有什么危害。小伙子红着脸，磨叽半天，最后小声说，都是亲戚，不好意思下家伙……

何平当时很想问松下，同为上下级关系，一个公司的董事长怎么好意思就对自己的职员"下家伙"？

何平最终没问，把话憋进肚子里，是因为他觉得松下还是很有才的，而且积极参与公益事业，有社会责任感。

很快就到了年关，何平在那一年的公司联谊会上表演了个节目：《等待戈多》，他演戈多。

同事们被何平弄傻了，不知道葫芦里放的什么药，松下倒是很赞赏，说你小子还玩上行为艺术了。

何平说那不是行为艺术。他确实在等，只是连他自己也不知道究竟等的是什么——年复一年相似的生活，还是一簇思念丛中的人。

那是他们在广州过的第一个春节，鱼头拿到了广告制作的全款，赵赵的月薪已相当惊人。

南方没有棍子粗的爆竹，只有小里小气的鞭炮。

鲜花倒是买了不少，摆满了夏沫的卧室，一到这个时候，就会有许多北方人到南方贩卖鲜花。

　　赵赵和夏沫，其实是一类人，都容易被生活中的细节所感动。在她们看来，做一个温暖的女子，不求大富大贵，只求生活简单快乐；做一个明媚的女子，为生活添一些阳光；做一个恬静的女子，可以在朋友低落的时候给予安慰。赵赵和夏沫也没有太大理想，做一个女子，平凡但不平庸；做一个女子，美丽却不攀比；做一个女子，有人疼有人爱。简简单单地生活，也是一种幸福。赵赵和夏沫都是简单的人，因此过得幸福。

　　除夕夜何平给很多人发了祝福短信，蛮子、方琦，还有刘美丽。

　　他们分别给何平回了电话。

　　蛮子试图劝何平回去给他打下手，他说自己正在搞一个几十亿的房地产项目，并劝何平赶快买房。何平说，你要小心资金链的问题，"血液"供应不足会直接危及生命，至于买房，事情正在计划中。方琦的电话最为简短，何平祝她和老颜爱情甜蜜。方琦在电话里哽了一下，然后挂了。刘美丽的电话最啰唆，她那边声音很嘈杂，何平猜她可能在参加派对，或在酒吧。

　　她说，何平，知不知道我很想你……

　　何平给很多人打电话，也想起很多往事，很有戏剧性的故事。这个世界从不缺好的故事，故事的结局，静香没有嫁给大雄，七海没有感动空太，晴子可能也就负责打开樱木花道的初恋大门。有人曾牵手，但不会到最后，就像刚好在赶不同的列车，可能就与缘分失之交臂。抑或原本以为能长久同行的人，结果提前下了车，看似遗憾，但人生海海，总要允许有人错过你，才能赶上最好的相遇。换言之，错过方琦，才会遇到夏沫，这是何平值得庆幸的地方。

　　何平直接把电话挂了，刘美丽的声音太妩媚，简直就是勾引。

　　夏沫坐在旁边，见何平如坐针毡的样子，问，哪里不太舒服？

　　何平说没有，然后搂着她看完春晚。

　　何平想着蛮子说的买房的事儿，觉得这个建议不无道理，眼前的房价天天在涨，是到了无论如何都要买房的时候了。何平打算跟夏沫商量一下，就把电视关了，认真地盯着夏沫问道：你是如何看待房市的？

夏沫愣了一下，然后低头沉默了一会儿，脸一红：还是……还是不要过于频繁比较好……

好吧，何平承认不同国家的文化差异对交流是有影响的。但是，房子在任何国家的地位都是不言而喻的，这具体表现在夏沫明白"房市"非"房事"后的态度上。她说，我们是应该有一套房子了，不然结婚住哪儿？

何平的身子一震，从头顶到尾巴骨，一阵战栗顺势劈下。

"结婚"这个词把何平吓着了，他想起方琦婚礼上那个骨瘦如柴的同学，结婚前还是地主范儿，几年后就变成"包身工"了。

"包身工"是以前课本里处于旧社会水深火热中的贫苦百姓形象，他们当时所接受的学校教育无一例外都在阐述这样的"道理"：49年前是暗无天日的，49年后是欢天喜地的。以至于何平后来看到一本美国军人在1945年拍摄的彩色照片合辑，里面居然有普通百姓的笑，非常健康、发自内心的欢悦。那种生活情态的笑容把何平征服了，让他意识到，有些东西可能不像表面上看到的那么简单。

买房的事情纯属没事找事，以何平当时的薪酬，不吃不喝攒一年，也仅能在广州买非黄金地段的若干平方。夏沫可不这么想，她是个认真的女人，也是一个喜欢较真儿的女人。除了考虑到"结婚"的情况，她甚至想到以后"孩子入托"的问题，于是翻箱倒柜找出一张广州地图，自己琢磨在哪儿买房更划算。

在何平准备岔开话题的时候，夏沫闪亮着眼睛说，过了年，我也要工作，争取尽快买上房子！

听到夏沫的愿望，何平很感动，一个女人，没有房子也愿意嫁给自己，真的难能可贵。做女人最可贵的，是"莫欺少年穷"。如果不嫌弃男人年轻时候的贫苦，愿陪他走过人生最艰苦的岁月，这样的女人千万不能错过。而做男人最可贵的，是"莫嫌老来丑"。到年纪大时，男人已经辉煌，而女人却耗尽青春，这时候嫌人老丑，实在是狼心狗肺。所以说，女人懂相守，男人懂感恩，才是一辈子。

　　真是"自作孽不可活"，这让何平明白一个道理：跟女人（特别是心爱的女人）谈买房是一件很严肃的事，要么不说，说了就一定要负责任。

　　何平不想打击夏沫的积极性（她还在兴头上），只说这件事要从长计议，然后当着她的面给家里打了个电话，曲里拐弯表达了买房的想法。

　　父亲说，就知道你小子不是来拜年的，总惦记着你老子那点儿买棺材板儿的钱。

　　他的意思何平懂，是希望何平能回去发展，大城市买个厕所的钱，回去能买一套三居室。

　　何平不能把夏沫的事儿说得太明白，只说小城市有小城市的好处，但大城市的机会更多，咱宁当鸡头不当凤尾。

　　这个电话让夏沫看到了希望，她坚信通过自己努力，加上父母支持（主要是经济上的），房子和面包一样会有的。

　　何平想，城中村的经历让她至今还在后怕，带头大哥的一条腿就是生存权的最好例证。

　　何平理解夏沫，每一个，都在追赶时间，趁现在还有机会，尽自己最大的努力。努力做成自己最想做的事，成为自己最想成为的那种人，过着自己最想过的那种生活。也许何平和夏沫都是小人物，但这并不妨碍他们选择什么方式活下去，这个世界永远比想的更精彩。

　　年后，夏沫就兑现了她的诺言。赵赵的一句赞语给她带来灵感，于是中山大学附近就出现了一个卖"朝鲜泡菜"的流动摊位，摊主正是夏沫。

　　为了打消何平的顾虑，她的"短发＋棒球帽"的打扮没有改变，如果没有眼前的泡菜，她完全就是中山大学里的一朵校花。

　　尽管做了处理，但夏沫的美丽是掩饰不住的，这给她的泡菜生意带来很多好处。

　　她很骄傲地告诉何平，她的泡菜每天都以最快的速度卖完，几乎是热销。

　　而且来买泡菜的以男生居多，个别乳臭未干的家伙居然打听过夏沫的底细。

何平说那可不行，不能把我女朋友勾搭跑了。

夏沫就亲何平一口，说，放心吧，我永远都是你的！

何平开始担心夏沫的抛头露面会惹来麻烦（连秋平的阴影太深），但一个月后风平浪静，丝毫没有意外发生。

除了有一次，鸟记者开车经过中山大学，看见夏沫卖"朝鲜泡菜"后感到很吃惊。他马上给何平打电话，说，你老婆居然是朝鲜人？

何平说还没结婚呢，"朝鲜"只是个噱头，你们搞新闻的不就喜欢咋咋呼呼吗？

他很诚恳地说，要不我在报纸上给你们宣传一下，保证你们的泡菜卖到手软！

何平说，你敢？！

何平的顶头上司松下也见过夏沫。

那天何平开车带着松下经过中山大学，夏沫跟何平打了个招呼，松下很惊艳地落下玻璃，问，那是谁？

当得知她是何平女朋友的时候，松下不停摇头，说，你太不怜香惜玉了……

这样……明天请她来公司上班吧！

这不是个好兆头，何平隐约这么觉得。

第三十四章 色戒

老颓近来越疑神疑鬼了。

有时方琦手机发来短信，或者她在阳台上接个电话，老颓总是感觉不太自然。

他们上次谈了心，也彼此交了底。

方琦原谅了老颏捏造"性爱视频"的做法，老颏也保证以后积极配合治疗。危机似乎是过去了，可两口子之间总有一道肉眼看不见的鸿沟——他们毕竟不是一对普通的夫妻。

无性生活让这个家庭看起来十分精神：早睡早起身体好。

方琦就是这么宽慰自己的，她想，女人没有性也照样过得舒服，不然世界上也就不会有尼姑和修女了。

不过，《笑傲江湖》里的仪琳还是喜欢令狐冲的……

想了半天，她往往还是回到"男欢女爱"的起点，像在围着"色戒"画圆。

她是个正常的女人，也就有正常的需要，老颏急了可以看硬盘里的"爱情动作片"，她怎么办？

方琦觉得，她现在这种状态，和单身差不多了。单身能学会很多不可思议的技能，比如一天不说话也不会觉得闷，比如一天不出门也不会觉得烦，比如无论和谁一起吃饭喝酒都能保持清醒，比如随身会带钱、带卡、带手机，比如改掉了多年一坐车就睡着的习惯。你知道没有人在你身边，就只能自己过好每一天，这种感觉大概就是，自由但没有归宿。方琦现在是有归宿，也有自由，结了婚，但和单身没啥区别。

有时半夜醒来，她会想到用手，她想让老颏帮她，但又觉得这样很滑稽可笑——夫妻生活难道就是双方的"手动模式"？

实在熬不住，她会取冰箱里的水喝，也许这样可以去火。

打开冰箱，果蔬栏里又粗又长的黄瓜让她目瞪口呆，还有蘑菇，壮硕得有些不像话。

由黄瓜，她想起白天吃饭时别人讲的笑话。

那顿饭是别人请的，答谢一场赢了的官司。主陪是个小老板，没接受过什么教育的那种，为了活跃气氛就讲了个笑话。他说从前有个寡妇上街买黄瓜，付完钱才发现，老板把黄瓜切成片给她。寡妇怒了，当街痛骂：你以为老娘是"存钱罐"吗？——这个笑话果然起到了效果，特别是"存钱罐"的比喻生动极了，但不知为什么，方琦觉得那个笑话讲的就是自己。

她红着脸，说声不太舒服就离席了。她想，这算不算"公众性骚扰"，就像单位里多情的同事，总喜欢在 QQ 聊天里管她叫"宝贝儿"。

她想，自己何尝不是一个"存钱罐"，只是没有人将多余的钱投进来而已。

她又庆幸自己之前是有过男朋友的，虽然被纠缠、被流产，但起码她知道了跟男人睡觉是怎么一回事。不然，她到现在也只能是个黄花大闺女，也许到死也还是个处女。

她又想起报纸上看过的"阴婚"，就是替没结婚的男尸配婚，还是处女身子的女性尸体价格是很高的。

方琦荒谬地想：她万一结婚前还是处女，又万一意外而亡，尸身是否也能卖个体面的价格？

方琦是恐惧的，她总会想到很多与恐惧有关的话题。她其实大可不必如此，生活，不要去想被人记住。有一天你会死去。无数人在这个星球上活过，我们甚至不知道他们的名字。接受这个简单的事实——你在这里只待几天，然后你就走了。这些日子不应该浪费在虚伪上，浪费在恐惧上，这些日子应该欢庆。方琦欢不起来，她只想平淡生活，无欲无求。

当意识到这些想法有些过分的时候，方琦就不再继续想下去，她也不知道自己这是怎么了。过年何平打来电话，她也只是敷衍几句，听到"祝你们婚姻幸福"的时候，她居然把电话挂死了。

坐在旁边的老颜惊讶地看着方琦，似乎对电话里交谈的内容很感兴趣。他有些吃醋地说，在广州也没忘了你，毕竟是青梅竹马啊。

方琦没有理会，回卧室上网去了。她刚才在"百度知道"里看到有人求助，是个在家闲着无聊的姑娘，用火腿肠"犒劳"自己时不小心掰断了……

她想，除了黄瓜和蘑菇，火腿肠一类的东西也最好少往冰箱里放了。

时间长了，难保不出事，万一动作剧烈掰断了留在体内，去医院都没法张嘴。

你总不能对大夫说，我那里有半截火腿，您帮着给弄出去得了。

这么一想，方琦就开心了一些，虽然这种开心怎么看都有点儿苦涩。她好久没这么放松了，为了给老颓治病，家里的积蓄和结婚收的礼金已经花得差不多了。老颓家里虽然有钱，但架不住能花，早几年的治疗已经耗费了不少钱财。

方琦并不怕花钱，如果能治好老颓的病，倾家荡产也不在乎。她开始拼命挣钱，接更多的官司，而且一定打赢——官司打赢的越多，名气也就越大，挣钱肯定越快。她好像一夜之间就钻进钱眼里去了，甚至想把自己开的那辆奥迪 A4 给卖了。

如果不是老颓拦着，那辆上下班的白色奥迪 A4 也许就出现在某个典当行里了。

老颓说，就算不治病，也不能卖车，你嫁给我不能什么都没有。

话虽然简单，但方琦还是被感动了。

虽然老颓的病越来越厉害，每天都要吃很多药，而且眼睛有些喎斜，但方琦是不会离开老颓的。他们从来没有过夫妻生活，但有着夫妻的名分，况且老颓是爱自己的，老颓的家人对自己好得没话说。

她去婆家吃饭，老颓的父母就劝她改嫁，说这样连累方琦一辈子是不公平的。

每到这时，她总会说服老颓的父母，让他们放心。她没想过离婚，她是个有情有义的姑娘，那样做会让她寝食难安。

这件事早晚还是让方琦的家人知道了，蛮子是积极劝方琦离婚的，他说，你和何平青梅竹马，离了正好去广州找他。

她只当蛮子放了个屁，回娘家吃饭，又怕母亲提起当年"八字不合"的事，现如今正好是罪有应得。出乎意料的是，母亲对她的态度居然好了起来，说，以后多带老颓回家吃饭吧，总一个人回来，不太好看……

说完了就想哭，转脸去厨房多加几个菜，毕竟也是心疼闺女。

饭还没吃完，方琦的电话就响了，是老颓打来的。她手机放包里，老颏的未接电话有六七个，几乎是一口气打过来的，似乎有什么急事。她怕老颏犯病，于是赶紧开车回家，打开门，老颏居然在上网。他正安静地查看方琦的QQ聊天记录，方琦的电脑很少关机，QQ也一直挂着。

她问，你这是干什么？

老颏铁青着脸，他病重后脸色就一直如此。

他指着聊天记录，问，这些话是什么意思……

其实也就是平常的聊天记录，只是有些可能看起来比较"暧昧"——可是话又说回来，网络时代的即时聊天，又有多少内容是中规中矩的呢。

方琦有些哭笑不得，老颏越是认真，她就越是百口莫辩。

老颏指着聊天记录里的一个词，问，什么叫"宝贝儿"，一个男人叫你"宝贝儿"，这说明什么？

方琦说，他是律师事务所的同事，平时喜欢往女人堆里扎，就喜欢占女人便宜，对谁都喊"宝贝儿"。

他对别人喊没喊"宝贝儿"我不清楚，老颏说，我只知道他对你喊了"宝贝儿"，而你也没有反对。

方琦说，他就是那样的人，整个律师事务所都知道，见了女人喊"宝贝儿"是他的习惯，反对是没有用的！

她没有撒谎，除了被喊"宝贝儿"，有时那人会有意无意碰她一下，像个亲热的玩笑。她不知道这算不算职场性骚扰，有时只能忍气吞声。

她听到老颏"哼"了一声，非常不舒服的嘲讽。

她说，请你以后不要随便查看我的聊天记录，包括手机短信等一切个人隐私。

好吧方大律师，老颏说，那你继续跟"宝贝儿"聊天去吧……

方琦很想哭，但又觉得这样做似乎理亏，没做亏心事为什么要哭呢？

她把老颏从电脑桌前推开，当着他的面修改了密码，修改的全过程都在老颏的眼皮底下，她要的就是这个效果：我可以让你知道密码，但你得尊重我的隐私。

但这一招似乎不太管用，老颏的"监视"相反变本加厉了。

郁闷到极点的时候，方琦会想起何平，听一听他当年给自己录制的歌曲。

她后来收到过何平的短信，提及老颓的病，她问是不是蛮子透露的，何平说不是。他后来给方琦发了一封电子邮件，信比较长，主要内容是鼓励她度过艰难时光。

这封信后来被老颓截获了。

何平在那封信的结尾是这样写的：

你给我颁发的友谊证书我一直都留着，还有那个挂在胸口的心形吊坠，里面有咱们笑成花的照片，还在我家。也许某一天，我们那些不着边际的誓言，就突然实现了。

这件事发生在春节过后，何平听出方琦电话里的困顿，然后问了蛮子。

他当然乐得告诉何平实情，最后加上句：实在不行你就娶了我妹子，她现在结了婚跟没结婚区别不大。

那封信说的没错，友谊证书和心形吊坠，何平都带在身边，城中村的时候何平带着，搬了家仍然带在身边。

如果说，以前的何平是愤世嫉俗的，那么现在的何平已经在试着理解别人的生活方式。也许成长就是这样一个后知后觉的过程吧。以前何平会讨厌很多人，反正不按他活法的人都是他讨厌的对象，一有机会他便会恶语相加，问候人全家。但索性后来发现了自己的愚蠢与幼稚，深刻懂得了每个人都有着自己的性格爱好与活法，由此何平学会了尊重与理解，发自内心的那种。何平尊重方琦，也尊重方琦的生活。

夏沫很注意帮何平保管这些"破烂儿"，她知道何平喜欢保留这些历史文物，并把这当成"重情重义"的体现。

夏沫在这件事上表现出她的大度和耐心，她做事向来不急不慢。做过饭的人都知道，做一顿看似平凡的家常菜有多花心思。也许你连菜也懒得买，炒好的菜吃到嘴里就一口，也没想过这一口来之不易。青菜要一根一根洗干净再切，切土豆丝要很仔细，大蒜一颗一颗剥完，手上的味道还很难洗掉。珍惜那个给你做过饭的人，因为不是每个人都愿意为你花那么多时间。

老颓被这封信气疯了（准确地说是被何平气疯了），他指着信中那句"我们那些不着边际的誓言"，问方琦，什么誓言？私奔吗？

方琦说，我们以前发过誓，无论在哪里，无论怎么样，都要把日子过好。

哦？老颓又轻哼了一声，方琦发觉她越来越受不了这一声轻哼了，她甚至想立刻冲过去，扇老颓两个耳光。

她知道老颓是很忌讳这种事情为外人所知的，于是暗暗咒骂蛮子，觉得老颓现在这样光火是有道理的。

她正想着，老颓一脚就把电脑踹到地上，她还没明白过来发生了什么，眼前就冒起一股青烟，还有刺鼻的线路烧焦的味道……

何平没料到一封电子邮件会惹来这么大麻烦，眼前夏沫的事情已经够让他烦心了。何平带着"色狼老板"松下经过中山大学的时候，正好遇上卖"朝鲜泡菜"的夏沫。她的美貌肯定让松下垂涎欲滴，虽然他知道夏沫是何平的女朋友，但还是"建议"让她到公司上班。

何平开着车，心想这似乎不是什么好兆头，如果他敢打夏沫的主意，何平就敢弄死他。

正想着，松下突然拍何平一巴掌，哈哈大笑：开玩笑的，你紧张什么……

如果他知道，几分钟前，何平还想着一脚油门跟他同归于尽的话，他肯定不会继续让何平做他司机了，更不用提带着何平走南闯北。

当一群纯爷们儿登上电视舞台，开始遴选超级女声的时候，松下带着何平全国"巡游"。主要是开展业务，一"巡"就是半年。

李宇春当时还没决出冠军，周笔畅和海豚音张靓颖忙着 PK，天气也越来越热。

他们的最后一站是武汉。

松下带何平下火车的时候，他们拖着行李，衣服被汗水打湿，像在洗桑拿。

武汉还是热得不透气，大街上十女七丝，七丝五黑，五黑三透，三透二粗。

何平问松下，咱们住哪儿？

他说，罗马皇宫。

第三十五章 天上人间

从武昌下火车已经很晚了，武汉很大，你都不知道自己身在何处。

何平原本想去一趟武大，吊唁逝去的青春，顺便寻访当年和方琦一起吃饭的西餐厅。

何平也仅仅是怀念，没有想打扰方琦的意思。他只是在一个故地，想起一段往事，想起一个故人。实际上，自从方琦结婚，何平一直在刻意保持距离。不惊扰别人的宁静是一种慈悲，不伤害别人的自尊是一种善良。人活着，发自己的光就好，不要吹灭别人的灯，做自己该做的事。包容别人是一种修养，不是懦弱，也不是胆怯，而是谅人所难，扬人所长，补人之短，恕人之过。包容是一种美德，也是一种善待，善待别人的同时，也是善待自己。何平包容的是自己稚嫩的过去，方琦青涩的青春。

因为已经错过了入住旅店的最佳时间（他们问过好几家了），所以松下索性带着何平逛了一会儿武汉的夜市。他先琢磨了一下何平的穿衣风格，然后带何平去了几家专卖店，里面有空调，进去不想出来。

他说，随便挑几件衣服吧，送给你，也送给夏……夏什么？

何平说，夏沫。

推辞了几次，但松下的态度很坚决，何平就只好给自己买了条裤衩，给夏沫挑衣服的时候何平给她打了个电话，夏沫说，你自己看着办吧。于是何平给夏沫选了一件比较淑女的裙子。松下很满意，刷卡也显得高兴，说，算是送给你们的礼物吧。

拿人手短，松下以后做什么事情，何平就不再好意思反对了，何况是去罗马皇宫。

何平想，和老板之间，越简单越好，很多麻烦都来自复杂，比如打工就是领钱的做事，你非要把公司当家，那领导就成父亲，各种恩怨不平就来了。再比如商业合作就是板上钉钉各自担当与责权，你非要跟对方交朋友，各种违规就仗着友谊开始泛滥了。简单，是人与人最舒服的状态，没有过高期望，没有痴心妄想。痛苦就是，你想的太多了。何平决定不想太多，和老板简单相处。

那是一家比较隐蔽的洗浴中心，路开始比较窄，进去后就是宽敞的大院儿，横竖停满了被报纸包裹了车牌的高级轿车。他们进了大厅，有人接过行李，服务员站成一排，僵尸一样齐整地喊着"欢迎光临"。不得不说，里面的设置很复杂，路也不好走，何平只有紧跟着松下和前面领路的服务生。

后来，他们领了手牌，松下带何平跳进一个非常大的池子。

他们脱衣服的时候，周围林立的服务生垂手站立，他们穿着马甲，脖子上系蝴蝶结，两脚叉开，就像身价不菲的高级雇佣。何平学着松下的样子去做，脱衣服，戴着手牌神情自然地跳进水池，一边走一边拨弄水花儿。

松下是老油条，他舒服地找个位置躺下，然后告诉何平水下有按钮，只需轻轻一按，就有很多气浪，可以起到按摩的效果。

这是一次难得的机会，和松下对话的机会。

其实何平很想问他个人生活作风的问题，是否像流传的那样，刚刚应聘三天的女职员第四天就会被他摁到床上。

可话题最终引到培训公司上面，他谈了创建和维系公司的不易，说有很多竞争对手都想置他于死地。

成功是很可怕的，松下说，有时候一米五的人特别想考证出一米八那厮的鞋里有三四十个增高鞋垫。

其实，松下教会何平很多东西，比如，你没做成一件事，学会别找理由。那些听起来冠冕堂皇的理由，都是用来证明你懦弱的借口。赢了就庆祝，输了就重新开始，切勿磨磨唧唧。只要你决心去做，这世界就没人能阻碍你。所有流言蜚语和火上浇油，只要你不记在心里，终会成为你实现梦想的助力器。每个人都曾卑微，但并非所有人一辈子都渺小。

越是低谷的时候，越能看出一个人的本质。最差的结果无非是失败，有人等着失败，有人骂着失败。在这样的环境里，心态就是每个人自身的光，你颓唐就是颓唐，你顽强就是顽强。人总是在最暗的时候，才能敏锐知道哪里才有更多的光。虽然松下缺点很明显，人品也有问题，但何平在某些方面还是尊重松下的，至少他在事业上是成功的。

松下还提到创业的艰辛，说当初搞培训，实在请不来老师就自己冒充，海阔天空猛吹一阵就下课了。

何平说，不是专业教师居然也可以讲课。

松下问，为什么不可以，作家协会有几个会写书？

何平说也是，以后把这些故事写成书，然后加入作协，简历就可以这样写：他虽然是作协成员，但写东西还不算太坏。

松下说，加作协可以，但不能胡写……

然后，彼此心领神会地笑了笑。

何平突然觉得自己像个狗腿子，一个池子里泡澡，居然也泡成一个德行了。为了扭转尴尬的态势（别人是不会觉得尴尬的），何平转移了话题，请教买房的事。松下说，在广州这种地方买房，对你们来说太残酷了。但每个时代的人都会被淘汰掉，他说，医改灭掉 30 后、拆迁灭掉 40 后、下岗灭掉 50 后、城管灭掉 60 后、失业灭掉 70 后、房价……灭掉 80 后。

从池子里出来，换上一次性内衣内裤，就有人引何平去了二楼。

二楼的灯光非常昏暗，地毯很厚，踩在上面很闷。数不清的房间被甩在身后，偶尔有闪着缝的门，里面的有暧昧的光影和香火。

松下被领进一间房，何平紧挨着进了另一间，何平听松下对服务生说，给他来一样的。

何平开始很紧张，不知道"一样的"是什么玩意儿，但又隐约往别的方面去想。

房间不是很大，浴室在床前，由透明玻璃隔着。空调下面是个巨大的橡胶球，似乎可以坐在上面。奇怪的是床，从房顶垂下一些莫名其妙的器具，系着红丝带。在何平疑神疑鬼的时候，一个身着简单的女人走进来。

她微笑着试探地问何平，由我来为您服务，可以吗？

何平当时正趴在床上看电视，转播的是一场球赛，具体哪两个队都已经忘了。那个女人看起来有30多岁，标准的大波，裙子截到大腿根儿，白花花的，看着晕眼。何平咽一口唾沫，说，好吧。

她很高兴终于有了主顾，于是出去拿东西，一个托盘，里面放着毛巾和玻璃杯。何平有些尴尬，心想隔壁房的松下是不是也有这种境遇，给他服务的女人长得怎么样……

就在何平胡思乱想的时候，大波乐了，她说：不脱衣服，我怎么给您服务呢？

过程就不再赘述，总之是任大波摆布了。她可能嫌屋里的空调不太制冷，于是也脱掉了衣服，何平没敢看，只是凭她在上面折腾。电视里还在踢球，也许有一支是武汉的球队。大波在何平身上蹭了半天，然后问，您喜欢看球？何平没说话，只"嗯"了一声。等她叫何平正面躺着，又爬上来蹭的时候，电视就看不成了。

大波的身子有特殊的质感，很凉也很有弹性，像是硅胶做的。等何平受不了的时候，她提出了进一步要求，而且很快就做了。何平也终于知道床上系着红丝带的器具是用来干什么用的了，还有那个电视旁边的巨大橡胶球。何平拥着大波，在球的上面完成了最后的"临门一脚"。

也许是纯机械的活塞运动，中间的时间比较短，完事后电视里的球赛还没有结束。何平冲了个澡，把衣服穿上，地上成团的卫生纸早已被大波收拾好了。何平躺在床上，觉得周围的世界嗡嗡作响：我到底干了什么，为什么要这样做，是不是随便哪个女人进来，我就会乖乖劈腿？夏沫现在干什么，如果她知道我刚才做过的事，又会怎样？

何平又想到刚才那个大波，她有着丰富的"临战经验"，也许她只是晚上来这里兼职，白天又会是某个家庭的贤妻良母。她肯定喜欢何平这种草草结束战斗的"快男"，也许现在正跟着一群姐妹嘲笑他。

她连呻吟都是假的，这让何平觉得索然无味。

何平躺在大厅的沙发上啃西瓜看电视的时候，松下还没有回来。至少又过了半小时，他才找过来，躺在何平旁边的沙发上，悠闲地抽烟。

他没问何平刚才经历了什么，何平也没问他，好像一切都是默认的，心知肚明。他问何平什么时候出来的，然后替何平惋惜。钱都付了，你应该多待一会儿的，松下说，我房间里那位可是真能折腾，连着半小时，眼都不打一下，完了还得换姿势……松下最后来了个美国式抱歉的动作，说，反复这么几次，我都"囊中羞涩"了。

何平忍不住问，你是不是有很多女人？

松下没有正面回答，他说，你喜欢读书吗，总有那么多女孩爱上大师，但她们只是上帝赐予大师们的甜点，主食是痛苦。

按照松下的逻辑，他现在应该处于极端的痛苦之中，但何平丝毫没看出端倪。

他抽完烟，捻一片西瓜吃掉，然后招呼免费按摩的小妹过来足疗。何平没有接受免费服务，躺着反省刚才的行为，对于夏沫，这应该是一种背叛。可是，他们还没有结婚，没有结婚就没有守身如玉的义务，所以这又似乎不太像背叛。

显然这是为自己开脱责任，做了坏事肯定会有报应，比如性病？何平突然有点紧张，回想刚才大波的安全措施，好像还不错，中途还换过，比较有职业道德。或者大波本身也是怕死的，常在河边走，穿胶鞋总是要好一些。

就在何平胡思乱想的时候，压在身下的手机响了，不停在震动，所以很是一惊。显示的号码比较陌生，但又似乎在哪里见过……青岛……对，何平和夏沫第一次去青岛，在海边忙着拍照的时候就曾接过这个电话。因为实在恐怖，所以号码记得比较清楚，连秋平！噩梦终于来了。

何平知道这小子不会放过他的，即使躲来藏去也快一年多了。接通电话，果然是他，一个人的声音是很难随着时间一起衰老的。

连秋平说，Hello！

何平说，一年没见，你都英语八级了。

你小子说话还是那么损，连秋平说，你们在广州过得挺不错啊，都卖上泡菜了。

何平从沙发上弹起来，毛毯滑落在地，顾不上松下惊愕的眼神，何平拿着手机出了走廊。这样说话方便些，也可以放开声量，何平打算必要的时候痛骂连秋平一顿。何平说，你怎么就缠着夏沫不放呢，她是无辜的。

你说得对，连秋平说，但你并不无辜，除非你们散伙了。

何平说，我跟刘美丽，也就是你妈（他在电话里激动了一下）早就结束了，你纠缠着我和夏沫不放，到底是为了什么？

他说，为了正义，你拐卖人口了知不知道？

何平说，你为了屁，你就是为了泄私愤，你怎么那么肯定我和夏沫就在广州？

凭什么？连秋平说，自己上网看看吧。

大厅走廊里有几台电脑，何平赶走一个面相温顺的家伙，然后随便打开一个门户网站。他的第一直觉是，夏沫肯定被鸟记者炒红了，他之前就有这个打算。

果然，该门户网站在一个比较醒目的位置发布了夏沫的照片，配发的新闻标题是：《中山大学的"泡菜西施"》，记者姓蔚。

果然是鸟记者，他这篇文章最开始出现在一个不知名的论坛，照片也漂亮（主要是夏沫长得漂亮），于是一下子吸引了很多点击，登上了门户网站的首页。

媒体最喜欢夏沫这样的"民间美女"，更何况还是一朵"泡菜西施"，照片上的夏沫还是"短发＋棒球帽"的清新打扮，许多男大学生以买泡菜为名找她合影。

何平马上给夏沫打电话，她在电话里都要急哭了，说，我这几天没有出去，一直待在家里，就等你回来。

这个朝鲜女娃终于变得聪明了，何平想连秋平一时半会儿还找不到他们的住处，然后给鱼头打电话，委托他当几天"盒饭投递员"。

鱼头很沮丧，在电话里问何平，咱们是不是又要搬家？这次去海南吧。

何平说咱们哪儿都不去，铆足了劲跟连秋平决战广州！

当然，在决战之前何平要先收拾一个人，确切说是一只鸟，何平会把他的一身鸟毛拔光。

天刚亮的时候，何平和松下离开罗马皇宫。账是松下刷卡结的，他们一晚上的消费达到了惊人的四位数。

何平给松下说，等回了广州，就写一副对联送你，以纪念武汉之行。

松下问，那得写什么啊？

何平说：

上联：天上潇洒一日。

下联：人间种地半年。

横批：一炮八千。

第三十六章 人肉

夏沫安然无恙，和别的"网络达人"不同，她红得发紫后不得不待在家里。

鱼头每天过去送两个便当，赵赵不时过去陪着聊天，所以不至于太闷。

何平回到广州后，夏沫就有了主心骨。她问何平，装束改变了也没有用，难道还要整容吗？何平说你若整容，娱乐圈那些明星就要饿死了，明摆着抢饭碗。

这次夏沫暴露了身份，不是装束的问题，而是记者。何平第二天去报社，把正在稀溜稀溜喝茶的鸟记者揪出来，一把推到地上。

他想爬起来，马上又被何平踹倒，如此反复，他也失去了站立的兴趣，坐在地上骂：你小子疯了？

何平说我确实疯了，是被你逼疯的。鸟记者问，我怎么逼你了？何平说，你们这些记者唯恐天下不乱，上次祸害了带头大哥，这次又祸害夏沫。

你最好把话说清楚，鸟记者说，夏沫是我给炒起来的，我是看那姑娘卖泡菜不容易，想帮助你们，真是好心当了驴肝肺。

何平知道他说的是真话，就把脚从他胸口挪开，留下一个崭新的脚印。

何平说，不是所有人都想出名，懂吗？

鸟记者被何平问傻了，他第一次听别人说不想出名，这年头年轻人想出名都想疯了，一肚子横肉的芙蓉姐姐都要跳肚皮舞招揽眼球。何平转身要走的时候，鸟记者说，有件事我得提醒你，你回去在搜索引擎里输入夏沫，会有意想不到的结果。

何平说谢谢，然后离开。

搜索的结果让何平大吃一惊，除了最近的"泡菜西施"，几年前有关夏沫的一个帖子让何平不寒而栗。

那是一个人肉搜索的帖子，发帖人是连秋平，标题是：

《悬赏十万，寻找"朝鲜孤女"》。

具体内容是：夏沫是一个被拐卖大陆的朝鲜女孩（人口贩子显然是何平），楼主悬赏十万人民币全国征集线索，以配合公安机关将"被拐卖少女"送回祖国。文章附有夏沫的照片，跟帖内容五花八门，其中就有青岛的几次。

何平终于知道连秋平是怎么像条狗一样能嗅出夏沫的味道了，他打着"正义"的幌子，拿"十万人民币"开道，以"人肉搜索"的方式全国通缉。

何平在电脑前倒吸一口冷气，按照目前的状况，连秋平应该还不知道他们的住处。鸟记者的行为虽然莽撞，但即便没有他的报道，时间长了，夏沫被"人肉搜索"出来也是早晚的事情。何平想应该尽快买套房子，然后结婚，让夏沫有点安全感。

何平把这个想法告诉夏沫，她高兴地蹦起来，说，终于可以结婚了！

就在这时，门铃响了，传来急促的敲门声，有人喊：公安局的！

一切太突然，连仓皇出逃的机会都没有，何平硬着头皮开门，等着被瓮中捉鳖。

把门打开，没有想象中拿着手铐的制服，只有蛮子。

他倚着墙根儿，看着何平煞白的脸，笑得几乎呈半蹲状。

何平把他一脚踢直了，说，丫也老总了，咋没个正行呢？

蛮子的出现非常意外，他是公司的老总，整天忙得屁不逮腚，却有闲工夫来广州散心。何平把他让进屋，泡了杯茶水，说，公司倒闭了？躲债来了？

蛮子被这话呛了一下，说：你咋净不想我好呢，公司有副总撑着，十几亿的项目。

何平说，那跟我也没关系啊。

怎么没关系？蛮子放下茶杯，我这是三顾茅庐来了。

这小子没说实话，从认识他那天起，蛮子就有满嘴跑火车的习惯。跑火车的次数越勤，事儿就越不靠谱儿。

何平没戳穿他，晚上设宴款待，同座的有鱼头和赵赵，还有鸟记者。"人肉搜索"的事儿是他发现的，而且"泡菜西施"的初衷也的确是为了让夏沫多卖点钱，冲着这一片善心，也得把他请来。

也许是没料到何平会请他吃饭，鸟记者有些受宠若惊，并对何平身边的"房地产大鳄"钦佩不已。

何平对鸟记者说，虽然请你来，但是要记住，你还欠我一份人情。鸟记者很无奈，帮你炒作，反倒欠你一个人情，好吧，以后有用得着我的时候尽管开口。何平说，这就对了。

何平在席上宣布了即将买房的打算，先首付后贷款，然后结婚。

"结婚"这词儿把大家吓着了，集体默哀半分钟，然后一起提前祝贺。

赵赵很羡慕地向夏沫伸了伸大拇指，桌子底下踩了一脚鱼头。

鱼头歪歪嘴，说，我还是不打算买房，毕竟首付就要消耗父母的毕生积蓄，如此说来，还是炒股比较稳妥。

鱼头一向比较自信，他的智商很高，除了青岛被骗过一次，其余时间都在骗别人。

广州的房价每天都在涨，网上到处嚷嚷"楼市泡沫"，可仍有不计其数的人涌入到"购房大军"之中。用官方的说法就是："刚性需求"较大。通俗一点儿，就是横竖您得找个地方待着，您不嫌累到处租房子住，总有嫌累的，这一部分人的需求是客观存在，所以推动了房价一路上扬。

当然，投资股市也是不错的选择，何平说，没准儿以后您就是"巴菲特·鱼"！

虽然蛮子很有钱，但那顿饭还是何平请了，结账的时候何平用屁股顶住蛮子，说，一码归一码。

把夏沫送回家，何平陪蛮子单独待了会儿，坐着喝听装青岛啤酒。

何平说，你来广州肯定有事儿，甭拿三顾茅庐扯淡。蛮子就笑，毕竟是从小玩到大的，眼睛真准。何平问，方琦还好吗？蛮子站起来，将一听空的易拉罐踢飞，我妹子还那样，半死不活的，她是命不好。

何平说，我的命也就这样，不想回去当贵族，只能在这里当蚁族。

旁边是一条河，蛮子飞起一脚，将第二个空的易拉罐踢到河里。

虽然有些发福，但能看出蛮子的身手还是相当不错，他当年孬好也是痞子起家。他说，我这次来广州只是路过，明天飞澳门。

何平问，赌博？

蛮子说，是的，油轮开到公海，想怎么赌就怎么赌。

何平说，想怎么输就怎么输。

蛮子说，你继续不想我好。

何平说，不是不想你好，是这事儿它好不了，甭管你多少身家，最后都得跳海。

蛮子站在河边，双手平展做飞机状，说，实在熬不住了，我就跳下去——你不知道我水性好着呢，小时候我爸追着打我，我插根芦苇，能在湖底待一宿……

蛮子坐晚上的飞机去了澳门，他说公海赌博的事儿不是自愿的，他也是陪着几个人去，"有几个是上面的人"。

蛮子没有细说，但何平明白他的意思，那些人大概决定着某些"刚性需求"，所以得伺候好了。

蛮子走后，何平给方琦打电话，虽然时间已是凌晨，但电话没响几声就接通了。

何平说，你还没睡？她"嗯"了一声。接着何平把蛮子去澳门公海赌博的事儿说了，方琦听得很安静，何平猜她应该早就知道了。何平还询问了方琦关于"人肉搜索"的事儿，问她能不能起诉连秋平，毕竟侵犯了人家的隐私。她说你根本拿连秋平没辙，你这儿还没告完，制服就把夏沫铐走了。

何平说也是，接着又问，你哥小时候真能在湖底待一宿吗？

房子很快就买上了，父母从老家把一辈子积蓄汇过来，总算交清了首付。

何平的父亲是能人，可他胆小怕事，所以他们家总发不了财。他几年前掌管过单位家属楼的基建，这是个肥差，指甲盖动一动就够喝一壶的，可是何平那个倒霉父亲愣是"两袖清风"起来，一分钱的回扣也没吃。何平想，他老人家这辈子吃亏就吃亏在曾经去过纪委，以前拉着警报满世界净杀贪官了，以后自然对铡刀格外敏感。

鱼头也说到做到，把手头仅有的几万块钱投到了股市。

赵赵肯定是希望买房的，特别听到何平和夏沫是为了结婚才买的房子，就更加羡慕。但是，既然鱼头做了决定，她也就不好再说什么，她很懂得给心爱的男人以尊严。股市也很争气，一路狂飙，全线飘红，当初投进的几万块钱居然成了十几万。

赵赵建议适时退出，毕竟拿到手的才是真金白银，然后用赚来的钱买房，首付是没有问题的。

鼠目寸光，鱼头说，以后还会接着涨的，你就等着住别墅吧！

当鱼头还沉浸在"别墅梦"里的时候，何平开始为每月的房贷而努力工作。除了到松下的培训公司上班，何平还利用晚上的时间摆地摊，卖过童装。后来，运货的三轮车被城管没收，摆摊儿生涯才算结束。

和很多有为青年一样，何平是有梦想的。想努力挣钱，想住大房子，想吃煎饼果子加根烤肠，想吃牛肉面多放牛肉少放面，这些念头从来不世俗不可笑，是接近梦想最踏实的念头。年轻，活着，不懒，有一个爱的人，就应该努力去过得更好。和方琦好的时候，何平只想和她在一起，没什么梦想。但是和夏沫在一起，何平就想有个"家"了，这个"家"就是梦想。

虽然很辛苦，但何平觉得这是值得的，也必须要这样。每个人真正强大起来，都要度过一段没人帮忙、没人支持的日子。所有事情都是自己一个人撑，所有情绪都是只有自己知道。但只要咬牙撑过去，一切都不一样了。无论你是谁，无论你正在经历什么，坚持住，当你回头看看的时候，你会发现自己走了一段自己都没想到的路。就像何平做过那么多职业，只在期待一个圆满的未来。

不能在家闲着，你闲着，房贷可闲不住，要不怎么说银行是最大的黑社会呢，欠谁的也千万不能欠银行的。何平后来又搞过代练公司，说是公司，其实就他一人，主要为网络游戏玩家提供网络代练。网络的东西都不长久，所以这"公司"很快就完了。

何平很沮丧，但夏沫很高兴，她说何平自从买了房子后就瘦了很多，感叹房贷这东西太痛苦。

你觉得还房贷很痛苦？何平说，你没瞧那些连贷款资格都没有的人，他们用不上房贷，更痛苦！

总之，无论怎样，重压之下是没有好心情的。何平也意识到了这一点，经常会有莫名的烦躁。碰到一点儿压力就觉得不堪重负，碰到一点儿不确定就把前途描述得黯淡无光，碰到一点儿不开心就搞得似乎遭遇了这辈子最黑暗的时候，大概都只是为不想努力而退缩找到的最拙劣的借口。没什么值得畏惧，何平唯一需要担心的是，他配不上自己的野心，也辜负了曾经历的苦难。这是何平心情的真实写照。

也并不是没有赚钱的机会，鸟记者有一次给何平透露了个绝密的消息，说最近几天有 LED 户外广告招标。何平问，那跟我有什么关系？关系大着呢，鸟记者说，只要你想做，就是一句话的事儿——谁让我欠你一份人情呢。

这是个只赚不赔的生意，就在何平欣喜若狂的时候，他突然想到一个问题：本钱在哪里？这个只赚不赔的买卖需要 30 万的前期投资，而何平的所有钱都买了房子。

问鱼头借，他说先前赚到的十几万现在也剩下了几万，还有继续缩水的迹象，百分之百被套牢了。何平感到万分绝望，这么好的商机就这样挥挥手飞走了。鸟记者劝何平，说，想开点。何平只有仰天长叹，早知如此，当初何必买房？

总之，买房和不买房的结果都不是太好。

何平忙着每月还银行贷款，鱼头忙着每天研究高低起伏的线条。他们像上了发条的玩偶，在指定的游戏规则里撞墙碰壁，只有在一天结束后回到家，镜子前才能瞅见额头上瘀青的大包。

何平和鱼头，他们这类人因为压力很大，也就很容易情绪出现波动，易怒，动辄会因为某件小事心情变得很糟，不想说话不想搭理人，觉得担子很重快要垮掉，感觉所有的烦恼一下子都堆起来，剪不断理不清，泪腺极度膨胀，心里闷得要死，以为马上就是世界末日了。夏沫劝何平出去走走，不要一个人待在角落里，去看看阳光。何平很感激夏沫的陪伴，夏沫是个好姑娘。

富人们的生活似乎总是一成不变，蛮子去澳门公海赌博已经成了习惯，据说每次都输几百万。还有松下，只要有新招聘来的年轻漂亮的女职员，他便有了发泄肉欲的机会。

何平只是看客，也不打算得罪松下，他陈胜吴广了，房贷谁付？

但何平还有一点点正义感，恰巧就被刚进公司几天的女大学生给看出来了。

她已经接到了去松下寓所"打扫卫生"的指令，几乎所有人都知道这意味着什么。

小姑娘看出了何平木讷中的睿智，"扑通"就给跪下了。她喊，大哥，救命！

第三十七章 三年之约

何平第一次洗脚，是蛮子教的。

何平第一次瞎搞，是松下教的。

无论是洗脚，还是瞎搞，都容易让男人形成一种奇怪的坚不可摧的同盟。

比如何平和蛮子洗完脚，闲着无聊剔牙的时候，何平会想：蛮子是你的兄弟，你们是一伙儿的。

松下也让何平产生了这样的错觉，虽然他是老板，但因为一起瞎搞过，所以潜意识里何平觉得自己是跟他一伙儿的。

甚至觉得他挺仗义，能为自己瞎搞而埋单。

即便如此，并不代表何平对自己的行为没有丝毫愧疚，毕竟瞎搞这事儿比较龌龊。回到广州，有时会想起大波，那一夜（其实不超过一小时）发生的林林总总的事。

虽然他们之间是商品买卖的关系，但毕竟有肉体上的接触，何平还抱着她在那个巨大的橡胶球上完成了最后的冲撞。

何平是败给自己的欲望了。欲望是个奇怪的东西，很多时候我们渴望得到一些东西，得到后却又很快失去兴致；手中明明握着别人羡慕的东西，却又总在羡慕着别人手里的。我们向往远方，但远方又是另一些人厌倦的地方。或许只有历尽世事，才会明白，我们眼前拥有的，才是真正应该珍惜的。远处是风景，近处的才是人生。何平太年轻，只对远处的风景艳羡不已，而对远处的人生忽略不见。

何平想，假如夏沫知道了这事，会不会鄙视他？

方琦呢？或者刘美丽？

夏沫的态度未知，她总是傻乎乎的，善良得几乎没有原则。

方琦肯定是要鄙视何平的，她当年在 Lucy 酒吧目睹何平和刘美丽的疯狂激情，才有了后来的愤然离开。一句话，方琦是完美主义者。

至于刘美丽，她肯定会央求何平把与大波媾和的细节讲出来，然后一个细节一个细节地分析女人心态，最后免不了骑在何平的身上，还原当晚发生的一切。

爱上不同的女孩儿，要接受不同的结果。你爱上了外向的姑娘，你得接受她的闹腾。你爱上了理性的姑娘，你得接受她的算计。你爱上了勇敢的姑娘，你得接受她的莽撞。你爱上了美丽的姑娘，你得接受她的过去。没有完美的爱人，好好对自己身边的女人，像个爷们儿一样。何平庆幸自己遇到这么多好女孩儿，她们性格不同，姿态万方，风情万种。

这一切让何平印象深刻，不然不会对大波这么念念不忘，但也让何平恐惧，报纸电视每天都在讲述着"男人搞破鞋后不得好死"的故事，其中就有艾滋病。

何平开始后悔瞎搞了，倘若一夜风流带来的是万劫不复，那可真是赔大了。

这影响到何平和夏沫的某些生活，特别当她爬到何平身上的时候，何平仰视她毫无遮掩的身子，会想起大波，也会想起危险，于是很快败下阵来。

何平想，他不能害怕，男人要敢作敢当。如你想任性，那就先学会承受，能承受后果才可以任性。如你想独立，那就先学会坚强，才可以独立。如果你想放肆地爱，那就先学会遗忘，只有能忘掉失恋痛苦，才可以大胆爱。你可以做一切事情，但前提是不会为结果伤悲。一个人真正的强大，并非看他能做什么，而是看他能承担什么。何平要学会承担，慢慢成长，才会强大。

夏沫问，不喜欢我在上面吗？

何平说，喜欢。

何平不能告诉她其中的原因，更不能说当她骑在何平身上的时候何平还会想到另外一个女人。何平尽量在这个过程中做好安全措施，用橡胶制品包裹好身体，这样就不会把假想中那些乌七八糟的病传给夏沫了。

但夏沫似乎并不领情，她说安全期不要紧，笑何平是否被她流产太多给吓着了。

坏事做多了，就会想着行善，小时候看过的影视剧，杀人无数的土匪头子总喜欢戴一串念珠，口诵阿弥陀佛。

为了积德行善，何平试图做件好事，于是给方琦寄去一笔钱。

何平知道老颓治疗是需要钱的，也知道方琦为了挣钱而多么辛苦，虽然何平寄去的钱并不多（还要还房贷），但总算是一片心意。没想到，正是这笔钱给方琦带来了麻烦，用何平母亲的话说就是：行好不如作恶多。

汇款单是老颓收的，自从他的病加重以后，上班的次数就越来越少，后来干脆待在家里。事实证明，封闭的空间是多么折腾一个人的心智，老颓窝在家里的时间越长，就越发变得疑神疑鬼。

方琦出门上班的时候，他总幻想着方琦会受到性骚扰，或者勾引。

有时他脑子里会出现方琦受虐的画面，构图很简单，因为没穿衣服。

他知道自己是把看过的日本漫画里的东西移植到方琦身上去了。

他们争吵的次数越来越多，缘由也越来越滑稽，一条短信、一则聊天，甚至半夜打来的响一声就挂的陌生号码。方琦告诉老颓，那些陌生号码之所以响一声就挂，是因为这根本就是一场诈骗，回拨过去或者发短信都会被代扣电话费。

老颓当然不信，说，我打过去问问，不可能无缘无故打你电话的……

方琦快要崩溃了，她可以忍受没有性爱的婚姻，也可以没有钱，但绝不能被人怀疑清白。老颓没有回拨那个陌生的电话号码，他上网查了一下，果真是外地的手机号。他抱着方琦，声泪俱下，说他是相信她的，并保证以后不再犯相同的错误。

方琦什么也没说，这样的场面每隔两三天就会上演，永远是"最后一次"，永远是"请原谅我"。

好吧，她从老颓的怀里挣扎出来，接着又去上班了。

她开着那辆白色奥迪A4在大街上晃悠，路边经过的一对对情侣让她心生羡慕，越是亲热得紧，她就越是不舒服，好像别人夺走了本该属于她的一些东西。她在想自己是否过于不幸，答案是未置可否。

只要比较一下，就能知道周围的人过得怎么样：她的亲哥蛮子非常有钱，但染上了赌博的恶习；刘美丽虽然确实非常美丽，但据说最近她的那个年纪很大的老公就要咽气了，她要时刻提防着"儿子"连秋平的倒戈清算，又要提前做好争夺遗产的准备。

至于何平和鱼头，因为不是同城，所以没有可比性。

刘美丽的事情是蛮子告诉她的，毕竟都从事房地产生意，算是同行。方琦想，刘美丽终究和她一样可怜，倘若老头子死了，她便要适应新的寡妇身份了。但是，如果老颓也……她方琦也会是同样的下场。

她没有胡思乱想，老颓的主治医生找她谈过，老颓的病有遗传性质，如果没有高价药撑着，现在也许早就阴阳两隔了。

她想起老颓还没有服药，他现在的记性已变得非常不好，于是掉转方向，回家。

正好就赶上老颓捏着那一纸汇款单，他盯着刚进门的方琦，扬了扬手里的那张纸，说，睡多少觉才能挣来这些钱？

方琦一下子就愣了，他看到老颓的狞笑，对刚才那句话还没反应过来。

她拿过汇款单，上面有名字：何平。

她立刻就明白那句话的含义了，于是站在老颓面前，说，你必须道歉！

老颓斜着眼看着方琦，他的眼近来斜得越来越厉害了，他说，你们巴不得我快死是吗……你们是青梅竹马……我死了你们就能在一块儿了……

方琦说不出话来，她捏着汇款单，手哆嗦得厉害。

她说，老颓，你诬蔑我可以，但请不要污蔑我的朋友。

还需要道歉吗？老颓阴阳怪气地说，到现在还没忘了维护他——真是块贱货。

"贱货"二字把方琦砸晕了，老颓第一次骂她，没想到竟骂得如此难听。她不明白自己"贱"在哪里，即使没有性、没有钱，她也始终维系着这个家。

她用手指着老颓，谁是贱货，必须讲清楚。

这个动作让老颓彻底爆发，他怒视着指着自己鼻子的这个女人，全身气力集中到右手，一巴掌就把方琦扇得吐血。

无论从什么角度看，老颓这一巴掌都是货真价实的。

他从未打过女人，方琦第一次遇见他，以及两个人在火车上的交谈，老颓表现出的都是绅士风度。

这一巴掌太狠了，似乎凝结了老颓多年的修养，什么样的血海深仇才能挥出如此力道？

方琦一个趔趄躺在地上，休克了有10秒钟，10秒钟后她感到了疼。

她吐了一口唾沫，没想到是红色的，再吐一口，牙齿好像有些松动了。

她耳朵嗡嗡的，眼前不知所措的老颓正在天旋地转，他又想上演痛哭流涕的好戏了。

可惜方琦没有给他表演的机会，因为一切都结束了，KO了。

她没有大吵大闹，没有寻死上吊，甚至连句多余的话都没有。

她镇定地爬起来，拭去嘴角的血迹，掸了掸衣服上的灰尘，接着就像江姐那般跨出门去。

他们完了，她确信。

无论老颓怎么后悔，她是绝不会原谅他的，绝不。

她没有提出离婚，或者只是不希望这个要求从自己嘴里说出。

她只是想离开老颓，离开这个城市，换个活法。

她母亲开始不同意，方琦把头发拨开，脸上的水肿还在，老太太就没话可说了。

她临走前留下一个承诺：至少三年内，她不会跟老颓离婚，三年内老颓的治疗费由她负责。

她想做到仁至义尽，所以定下了这个"三年之约"，老颓的主治医师曾经预言他的生命也差不多只有三年。

虽然明知道这样做是徒劳的，但方琦还是决定负责老颓三年的治疗费，她还是希望老颓走得不要太痛苦。

方琦想，一切都不是无缘无故的，有因有果。上帝不会无缘无故做出莫名其妙的决定，他让你放弃和等待，是为了给你更好的，所有的欺骗侮辱和伤害，都是这个世界温柔补偿的序曲，那些星星点点的微茫，终归成为燃烧生命的熊熊之火。一切都是最好的安排，别作践自己，别活在过去。这是方琦对自己的忠告，既然无力抗争，只有顺其自然，静观其变。

她来广州的时候何平并不知道，直到约何平出去吃饭，何平才知道她在广州的一家律师事务所找到了新的工作。

广州的开价比北方高很多，方琦解释道。

然后又问，你们培训公司需要讲师吗?

老实说，方琦的突然出现让何平十分高兴，她从来都是躲着何平，只有这次是个例外。

她详细讲述了"一张汇款单引发的血案"这个故事，何平对此表示遗憾，并让她张开嘴，检查牙口是否齐整。

何平说，想拆散你们这事儿的确是蓄谋已久，但真没想用汇款单。

方琦笑了，说，你就继续贫吧，刚才问你呢，培训公司需要讲师吗，我需要钱。

何平说，钱倒是少挣不了，只是你得提防一个人。

赚钱的事冲昏了方琦的头脑，她居然对何平的忠告充耳不闻，在她眼里，松下只是个好色的老男孩儿。

何平把求职的事转告松下，希望他可以回绝，所以添油加醋地说，这个女人虽然是个律师，但名声不太好。

松下奇怪地看看何平，说，怎么可以这样评价自己同学? 方琦……是不是报纸上的那个?

何平点点头。

松下对"性爱视频"一类的新闻有着猎狗般的嗅觉，更别说方琦已经借此"红"透大江南北了。

你告诉她，松下说，明天上班!

方琦很为自己多了一条财路而高兴，她压根儿不了解松下。

第一次和方琦见面的时候，这小子就盯住方琦丰满的胸脯不放，何平提醒他方琦的身份：这是我的同学。

哦，松下若有所悟，后天到寓所打扫卫生吧！

就在何平准备和松下拼命的时候，另一个敌手也悄悄准备好了致命一击。

他准确地找到了夏沫，也找到了何平的死穴。

何平因此背叛了一个人，为此，双手沾满鲜血……

第三十八章 黑灯

夏沫知道方琦的事，何平回去的时候，她责怪何平没有把方琦带回家坐坐。

她长这么大，似乎从未怀疑过别人，就像不知道有"人性险恶"这回事。

他们躺在床上聊了结婚的话题，房子已经有了，剩下的只缺一套仪式。

夏沫挤在何平的怀里，她说这样可以闻到何平身上的味道，还说结婚那天一定要穿朝鲜传统服饰。何平说，传统服饰就不要穿了，人家满世界逮咱，咱还非得贴上"快来捉我"的标签，太便宜姓连的了。

夏沫躲在何平怀里偷乐，她只是过过嘴瘾，女人总是卓越的幻想家。

何平想，结婚这种事，本质就是一种仪式。其实我们都知道明天起来还是一样，早点摊还是会准时出现在上班的路上，小孩儿还是会哭，喝多了还是会吐，只是我们太需要仪式感了，需要一个可以说再见说你好，一个可以光明正大跟过去决裂，一个似乎可以逼着自己做一些改变的时刻。日子久了，无论是夏沫还是何平，都需要改变。何平要送给夏沫一个庄重的仪式。

夏沫问，我们还要躲多久？

何平说，也许还要很长时间，也许很快就结束了。

夏沫说，如果有一天，我们不得不分离，你会想我吗？

何平搂紧她，深吸一口夏沫的味道，他们彼此熟悉的就像同一个人。何平贴着夏沫的耳朵，轻轻地说，我不会让你离开的，我还等着你给我生娃，小家伙中朝混血，肯定是不世出的天才。

好吧，夏沫说，那我就不离开你，还要跟你生中朝混血的娃……

何平觉得很幸福，和夏沫在一起是简单而快乐的。其实爱情不是最初的甜蜜，而是繁华退却依然不离不弃的陪伴。爱上一个人容易，等平淡之后，还坚守那份诺言，就不容易了。真爱是奔结果去的，没结果的，只能叫曾爱过。其实，真爱一个人，你会陷入情不自禁的旋涡中。他让你流泪、让你失望，即便这样，他站在那里，你还是会走过去牵他的手，不由自主。夏沫就是何平不由自主牵手的姑娘。

夏沫很快就沉沉睡去，她蜷着身子，何平从背后搂着她，就像一个大写的 S 搂着一个小写的 S。

何平通常这样搂着夏沫，她会很快入睡，特有安全感似的。

看着夏沫熟睡的样子，何平深感他们相遇得如此戏剧。其实，两个人能否走在一起，时机很重要。你出现在他想要安定的时候，那么你就胜算很大。你出现在他对这个世界充满了好奇的时候，那么就算你多美多优秀都是徒劳无用。爱得深，爱得早，都不如爱的时候刚刚好。何平和夏沫，就是在不早不晚的时候相遇，所以一直走到现在。

何平听着她均匀的鼻息，不知怎的，想起夏沫的问话。

何平为自己是否能保护好她而担忧，假如有一天他们不得不分离，那么夏沫的归宿在哪里。何平囫囵着对付了一觉，做了一个奇怪的梦，梦中有一艘很大的船，夏沫站在上面，流着泪向何平挥手。夏沫的身后隐藏着一个人，幽灵似的，辨不清他的脸，但何平确信他是自己身边的一个人——或者一个鬼。

起来上班的时候头很沉，何平在想是不是手机挨着枕头太近的缘故，鸟记者的电话就来了。他们约着一起吃了早茶，鸟记者的表情很严肃，因为他要干一件惊天动地的事。这件事一旦做了，就没有回头的余地，如果失败了，他和何平都会死球。

何平说，你欠我一个人情，这件事做了，咱们就两清了。

扳倒松下不是件容易的事情，鸟记者说，但他干的那些事也太缺德了。

何平说，上次有个姑娘跪在我的面前喊救命，这次是我的同学。

多行不义必自毙，这是何平对松下的解读。

他对公司女职员的"性侵"已经持续了很长时间，渐渐引起公愤。公司里流传着他对下属老婆的特殊胃口，明知道那是下属的老婆，还是要她"过来打扫卫生"。松下玩女人玩得走火入魔了，他不是真的喜欢下属的老婆，他只想炫耀自己的权威，处在金字塔顶端的那阵眩晕让他迷醉。

鸟记者的摄像机架在松下公寓楼的对面，拍摄罪证的过程非常顺利，松下把女职员摁到床上的时候从不关窗帘。

如果有兴趣，手捧一杯柠檬汁，拉把椅子坐在松下公寓楼的对面，可以观赏到从调情到上床的整个过程，尽管几乎每一次都是被迫的，但每一次都被松下得逞了。

他最后一次得逞，完事后提着裤子站到阳台，正好面对着他们的摄像机。

这是他对自由的最后一瞥。

松下很快被人带走，罪名众所周知，证据一抓一大把。

鸟记者的报道很详细，不仅有拍摄的视频，还有照片，照片上是光着屁股的松下，两胯左右各伸出一只修长的腿。

没有预料中的抵赖，甚至反咬一口，松下交代得很痛快，他的培训公司随后风雨飘摇。这正是何平的忧虑所在，扳倒松下并不难，难的是如何维系没有松下的公司。

很多人开始埋怨何平，说风凉话：公司要倒闭了，谁来掌控这艘破船，是你吗？

何平说好吧，当仁不让接过了松下的帅印。

不要以为当老板是一件很潇洒的事情，开国元勋们拼命打江山，也只不过为了每天游手好闲，跟一群妃子佳人们在后宫裸奔。也不要以为当老板是一件很简单的事情，气急败坏的股东们让何平接替松下，只不过等着看热闹，脚下的臭鞋早就暗自攥在手里，只等着何平陪着公司这条船一同沉没的时候往头上砸。

他们还有更阴险的打算：公司迟早是要完蛋的（几乎所有人都这么想），找一个"法人"背黑锅是再好不过了。

何平在这种情形下做了这家培训公司的掌门人，之前他是松下的秘书，算"二号人物"，所以也称不上冷门。

鸟记者最清楚何平的处境，他说那些股东都是站在何平身边的一圈秃鹫，只要倒下，它们就会围过来，撕扯何平的肉。

何平说，我必须要让松下培训（名字没法改）起死回生，那些把我推上皇位的人给了我两成干股，两成啊！

可是，鸟记者说，至少它现在一钱不值。

仅仅用了一个月，何平就扭转了松下培训的颓势，这完全看在两成干股的份儿上。

松下培训赚钱了，何平的两成干股就能换成真金白银，松下培训歇菜了，何平得跟着陪葬。

有一款日本游戏叫实况足球，盗版碟的中文解说很精彩，里面有一句话说的很好：欲望决定一切。

前锋的欲望决定了进球的效率，赚钱的欲望决定了松下培训只能生存不能灭亡。

不要相信励志读本里的话，所有成功依靠的只有两个字：拼了！

何平在那一个月里做了很多事，当然第一件就是把松下送进他该去的地方（他实在不应该打方琦的主意），然后转变公司形象，鸟记者随后写了很多关于松下培训洗心革面的稿子，起到了很好的宣传效果。

何平在这段乱七八糟的时间里学会了解决问题。你一定会遇见各种各样的人，各种各样的问题，各种各样的麻烦，防不胜防，不堪其扰。但回过头一想，这样的事情怎么以前没有经历过呢？因为你越来越好了。要知道，你差劲到一定程度的时候，连问题都不会来找你。所以有问题就解决问题，搞不死你的只会让你看起来更帅气。何平先搞定了夏沫，又搞定了公司，一切都在预料中的轨迹前行，不徐不疾。

何平还亲自带着员工分发传单，很多人拿了小广告总喜欢擦屁股，或者当面撕个粉碎，于是何平改进了广告设计，把培训内容印成了超级女声的 PK 表。这张表格列出了超级女声选手的坐台（湖南台）时间，粉丝们拿到手里就不会乱扔，更不会砸到花花草草。

虽然被城管追过多次，但广告效果相当不错。当很多人拿着超级女声的 PK 表前来报名的时候，何平发觉缺少帮手，于是招来鱼头。

自从股票被套牢之后，鱼头就厄运不断：他先是生了一场大病，花掉了前期刚刚攒下的积蓄，然后悲哀地发现这笔钱是不能报销的。

他之前参加了某项集体保险，但只对特定病症有报销的权利。比如它规定梅毒是可以报销的，假设鱼头得了淋病，他就得活活气死。

所以，何平的橄榄枝一抛，鱼头就抱着上来了。

他当时还有很多怨气，这对工作很不利，何平说，你的遭遇不是个例，是体制，跟体制过不去，就只能找死了。鱼头说，不到万不得已，我是不会跟你一起做生意的，你小子这回不能把松下培训也给卖了吧？

何平想，他是对 Lucy 酒吧还有阴影，是可以原谅的。

何平说，松下培训是大家的，要卖，也只能卖属于我自己的两成干股。

鱼头加入后，何平接着稳定了公司的教师队伍。

自从松下倒台，公司人员流失就很严重，台柱子都倒了，拉弦的、吹号的、打镲的也跟着树倒猢狲散。何平想起在武汉，松下曾经教给自己的东西，他说培训这东西未必都需要专业人士，就像作协里的人书也不会写是一样的。松下不应该把这样的秘密告诉何平，何平大概从那时起就有了反心，脑壳上长反骨。

教师不够用的时候，何平就让鱼头培训动漫，让方琦培训法律，让夏沫培训音乐。

让朝鲜人夏沫当音乐教师是何平的主意，她在KTV里表现相当不错。

能用的人，甭管瞎子瘸子还是大头火夫，能上阵的都上阵了。

鱼头对夏沫当音乐教师这档子事儿觉得很不靠谱，何平说，不靠谱也得靠谱，不然你当？再者说了，超级女声撑到最后的还不是纯爷们儿？你能说那些个飞机场太平公主公鸭嗓因为没有女性特征就不能参加超级女声？

鱼头懒得理何平，回到课堂就拿这事儿当了教材，他给学员出了一道题目：

如果超级女生的冠军和芙蓉姐姐同时落水，而你的手上只有一块砖头，砸谁？

答案是：谁救砸谁。

这就是培训的效果，不按套路出牌，发散性思维，异次元空间，外太空布尔什维克（什么乱七八糟的）。

何平是在路过鱼头教室的时候听到的这一段，这家伙太能煽了，比之前走掉的任何一位忽悠大师都更能侃。

下了课，何平找到鱼头，说，你小子课堂上针对我的吧。鱼头就笑。何平说还不错。鱼头就来劲了，说，再给你出个题目：

如果夏沫和方琦同时掉进水里，请问你是再找一个丰满型的还是娇小型的？

何平说，你不会逼着我再找刘美丽吧？

鱼头就吓了一声，瞧你这出息。

他的最终答案是：还找不会游泳的。

何平说，赵赵这几年是怎么熬过来的，身边一直睡着个人精。

鱼头说，赵赵的发展很不错，最近又被上海某猎头公司看中，年薪非常诱人。

何平说，又要去上海？从青岛到广州，好容易安顿下来。

鱼头说，如果赵赵发展得好，他自己倒是无所谓去什么地方。

方琦的培训课上得很卖力，她是有真才实学的人，又是武大的才女，所以每次开课总是爆满。学员青睐这门课还有另一个原因，那就是方琦"网络名人"的身份，拜老颏所赐，方琦"性爱视频"女主角的身份并没有被拨乱反正。

虽然老颏在帖子里已经辟谣，但几乎没人相信，网络时代的规律是：一件事的真假，倘有人出来辟谣，那一定是真的（参阅中石油、中石化每次汽油涨价前的言论）。

方琦的课程排得很满，所以何平跟她见面的机会就变得多起来。

她还是那么漂亮，永远年轻。

他们一起缅怀了逝去的青春，也谈到了老颏。

何平说，你们注定是不会长久的，既没有性生活，也不离婚，是典型的"一不做，二不休"。

也许是某些词用得太直接，方琦的脸上有了红晕。

何平突然产生了错觉，以为这是十几年前的方琦。

灯，很适时的灭掉了。

何平趁着黑灯抱了她，她现在已经热爱上黑灯了。

第三十九章　逃跑新娘

因为我不能停步等死神，

他好心地停步等我。

——迪金森

如果方琦预知到何平会害死蛮子的话，她是无论如何不会被何平抱在怀里的。

她当时刚讲完课，广州的天气很热，濡湿了她的短衫。

她在休息间换衣服的时候，何平敲响了门。何平是个细心体贴的男人，进休息间都是先敲门，听到"等一下"才马上推门进去。

方琦在何平生命中的意义是非凡的，在何平的理解中，最难得的朋友是什么样？即使在分别后各自经历人生，拥有新人陪伴，再重逢时，发现彼此依然是熟悉的。这份熟悉感不来自怎样相似的经历，而是你们已经在不同的生活里变成了更好的人，而且永远是同一种人。成长即是默契。不需要占有和黏腻，好的感情，只会发生在几个努力和独立的灵魂上面。虽然不情愿，但方琦已经变成了这种朋友。

她的衣服脱了一半，露出半个胸脯，汗珠缀在她凝脂的皮肤上，仿佛还有香味儿。

休息间很窄，何平挤进去，她就没了退路，鼻子与鼻子之间只有半尺距离，很适合接吻。

你想干什么，方琦说，你们公司的老板是不是都同一个德性？

何平说，这个跟老板不是老板关系不大，这是男人的德性，所有男人在你面前都能融化了，就像一坨冰块在广州正午某条不知名的街道上融化掉一样。

这一切发生得太突然，何平的欲望，方琦的黑灯。突然，是个很好的词，好像一切不珍惜和措手不及都能归咎于突然。突然夏天就过去了，突然谁住进你生命里了，突然你又弄丢谁了，仿佛任何的变故都是突然发生。时间打败时间，爱情打败爱情，输给的不是别人，都是自己。何平感激那一刻的突然，他抱着方琦，感受着战栗的生命。

何平说，你给我的友谊证书和心形吊坠都在，城中村那么艰难的生活，也没把这些东西给扔了。

那就好，方琦说，以后留给夏沫的儿子看吧，让她指着对儿子说：看，这就是你爸的老情人儿！

方琦故意拿夏沫来将何平，好像搬出这么一尊菩萨出来，就能击退何平的咸猪手。

为了缓和尴尬，何平给方琦讲了个故事。

何平说，你现在仍然是名人，上午有一堂课，中山大学的教授用投影放 Powerpoint，上网挂着迅雷。讲的正 high 之际，突然弹出一个对话框："方琦 356m，下载完毕，是否打开？"台下的学生齐喊："打开！打开！打开！"

这个故事似乎更尴尬，但何平想用它治病，说，你不能总是生活在丑闻的阴影里，网上的东西谁都可以下载，但视频里的人物不是你。唯独你阳光起来，才能驱逐所有黑暗。

何平安慰方琦，也仅仅是安慰别人。安慰别人时你说出的话都是真理，你告诫她要看开点，你一定觉得自己很了不起能看透这么多东西，可当事情发生在你头上你就完全不知道该怎么办了。那些真理在此时看来都是狗屁，当时你觉得别人小题大做经不起打击，可是等到同样的痛苦光临你的时候，你才明白到底有多痛，安慰别人的话对自己从来就没用。

灯在这个时候灭了，何平趁着黑灯抱了她。

那是一具怎样滑软的肉身，像粘满强力胶，使你不愿也不能离开这个怀抱。

他们在黑暗中喘着粗气，短短的时间，他们好像坐着时光机回到从前，一个拿着铅笔摇卡带的少年，一个歪着脑袋听耳机的姑娘。

就在这时，连秋平给何平打来电话，他说：

找台电脑，一起看现场直播吧！

他说的"现场直播"，指的是夏沫。

不知是谁，此时正扛着摄像机，关注着还蒙在鼓里的在家里走来走去的夏沫。连秋平警告何平不要打电话：你只要打电话，那么离你家最近的派出所就会成为夏沫的宿舍。

何平知道这个浑蛋的伎俩，他是蓄谋已久的，只要何平有什么动作，他就会立刻打电话通知制服。

何平说，你想干什么？

连秋平说，咱们赛车的事儿就不提了，刘美丽也不跟你争了，我只想知道蛮子办公室的电脑密码，我知道你有。

蛮子办公室里的电脑是核心机密，里面有很多文件合同，更重要的是，里面有整个公司的账目。

卖楼的钱，买车的钱，打点关系的钱，甚至澳门公海赌博的钱，都有可能出现在这个账目里。

连秋平此时想要电脑密码，应该不只是为了好奇心。

何平说，我离开蛮子好几年了，密码肯定换了。

连秋平说，知道密码的人不超过三个，他不会因为你走就修改密码的。

连秋平对蛮子的了解很到位，蛮子上次去澳门路过广州，邀请何平回公司，他说之前的位置给何平留着。暗示的意思已经很明显，只要何平回去，一切照旧。而且他是极讲究江湖义气的人，要么不相信你，要么就陪你上刀山下火海。

连秋平说，你不要跟我要花招，你现在只能无条件服从，如果密码不对，夏沫照样完蛋。

何平看着电脑里"现场直播"的夏沫影像，她无辜地在屏幕上走来走去，像一头母狮在自己领地里骄傲地游弋。

没错，何平没有任何讲条件的余地，他不能眼睁睁看着夏沫被带走。

蛮子的商业机密固然重要，但他最多损失的是钱，而不是人。

幸亏方琦不在旁边，接电话的时候何平已经打发她回去了。她怎么能想到，一个刚刚搂过自己的男人，竟然会转脸背叛她的亲人。

他太卑鄙了，从小到大，他没干过对不起蛮子的事，但今天例外。

何平在电话里质问连秋平：只要我说出密码，以后你就放过夏沫，可以吗？

连秋平说，你没有任何资格跟我谈条件！

何平还是当了叛徒。

连秋平在电话里舒心地笑着：不通过你，我一样可以得到密码，之所以从你口里说出来，只是想让你得到一样东西，那就是仇恨。

有了你的帮助，我会很快打败蛮子，连秋平接着说，作为回报，夏沫从此是安全的。

何平挂了电话，"现场直播"也中断了。

不出所料，10万元人肉搜索还在起作用，五分钟后，连秋平发了最后一个帖子，宣告此事结束。

何平关上电脑，缓缓站起，发现了隐藏在门后的方琦。

她用一种仿佛看见狗屎的厌恶神情盯着何平，摔门离去。

那一刻，何平知道，他必定失去方琦了。他希望方琦以另一种方式存在于自己周围。十年后，他希望身边有这样一个朋友，没有名利的牵绊。可以踢开她的家门，招呼也不打随意开她的冰箱，对着一屋子的狼藉说"这次别想我替你收拾"，喝她喝过的可乐催她做饭，把她推进厨房，开始没心没肺地开她玩笑，骂她是白痴笨蛋，最后替她收拾了房间不问她最近过得好吗。然后两个人一起傻笑。

方琦是永远不会原谅何平了，一个背叛朋友的人，很难得到同伙的宽恕。

何平回到家，夏沫已经准备好了饭，她很惊讶地发现，何平浑身是汗，像淋了一场短而急促的雨。

何平这才意识到刚才的紧张，捏筷子的时候，他的手总不听指挥，像个笨拙的老外。夏沫坐过来，关切地拉着何平的手，说，工作很累吧？

这个傻姑娘，她不知道十几分钟前自己陷入了怎样的绝地。

何平说，咱们结婚吧。

结婚的日期和酒店何平已经准备好了，没指望领结婚证，他只想看看夏沫穿婚纱的样子。

嘉宾不多，就这样，婚礼后还得走两个：鱼头和赵赵。

赵赵最终决定去上海，那里的发展空间更大，年薪更多。

作为家属，<u>鱼头必须跟着</u>，他已经习惯了当"附属品"的感觉。

何平委托鱼头在离开广州前帮自己做一件事，他听完很诧异，说，你疯了？

何平说：疯不疯是我的事，你只管领旨办差。

何平给方琦发了请帖，以短信的方式，告诉了她举办婚宴的地点和日期。

何平知道她不会来，她杀了自己的心都有，因为蛮子出事儿了。

先是公司财务被媒体曝光，买豪华车，公海赌博，惹来舆论一片喧哗；接着银行停止放贷，老子贷款给你，你甩手哗溜给赌了，还有哪个再敢借钱于你？十几亿的项目，几乎全是银行贷款，一天的利息就是成百上千万。

蛮子最后没辙，去了北京。他是去寻找贷款的机会，满桌子都是达官显贵，所有人都告诉他：没辙。

蛮子不在乎，起身敬了大家一杯酒，然后微笑着来到落地窗。

"咚"，一头就栽下去了。

蛮子从十几层跳下去，酒店很气派，建在一片开阔的水域之上。

何平从报纸上得知这个消息，连秋平拿了何平给的密码杀了蛮子，他知道对于一个房地产公司，资金链断裂意味着什么。

何平没在报纸上看到蛮子临死模样的照片，同桌的人回忆，蛮子当时凭窗眺望，他们以为他在欣赏一碧万顷的水景，没想到他竟然毫无预兆就跳了下去。

蛮子坠向水面的时候在想什么？

会不会心中有恨？

方琦肯定不会饶了何平，虽然他趁着黑灯抱过她，但这也只是男女之间的事，比不上国恨家仇。

好几次做梦，何平都梦到方琦揣着三棱钢刀，笑嘻嘻走过来，毫无征兆就把他捅了，就像蛮子毫无征兆就跳了楼一样。

他们之间所有的一切都结束了，随着蛮子的结束而结束。

何平找出一堆旧物，粗细适中的铅笔，长了毛的卡带，泛黄了的友谊证书，埋着大头照的心形吊坠。

何平把这些东西拿到阳台，"哗啦"就给扔了。

何平怕楼下扫地的大妈会骂上来，抻脖子看了看，似乎瞄到一个熟悉的人影。

何平想起听过的评书，吕四娘是怎么宰了雍正的。

她怎么可能还在广州？

她应该正给蛮子哭丧，或者捧着骨灰盒满世界吓人。

何平不会在这里装孙子，和夏沫的仪式办完，他会带着夏沫去蛮子坟前祭奠。

要杀要剐，何平不会皱一下眉头，还不准夏沫拦着。

何平再次抻脖子张望的时候，那个熟悉的人影不见了，撒出去的记忆飞得到处都是。肯定是出现幻觉了。

这个时间她应该坐在家里，吹着风扇，哼着小曲，细细磨刀。

何平和夏沫的"婚礼"如期举行，鱼头替何平办完最后一件事，他说喝完酒，就和赵赵坐飞机奔赴上海。

鸟记者替他们拍照，他欠何平的人情终于还完了。

夏沫穿着白色婚纱出场的时候，刘美丽给何平打来电话。

她不是祝贺的，而是告密。

让夏沫快跑！刘美丽在电话里说，连秋平刚打了报警电话，被我听到了……

如此说来，制服们正在赶往何平婚礼的路上，他们不是来喝酒的，而是抓人。

夏沫做了一回"逃跑新娘"，她穿着美丽的白色婚纱，在鱼头和鸟记者的带领下迅速脱身。

制服们随后就到，他们没有捉到夏沫，但已经部署了天罗地网。

带头的对何平冷笑，人口贩子是我们严厉打击的对象，一旦捕获，严惩不贷！

何平没有太绝望，至少夏沫还不在制服的手中，何平看到制服们手中夏沫的照片，各交通关隘应该都有盘查吧。制服走后，何平给刘美丽打电话，表示感谢。

你别谢我，刘美丽说，你结婚这事儿我还真不知道，是方琦告诉我的，还让我这几天随时注意连秋平的动向，还真让方琦给猜着了，连秋平这小子忒不是东西……

何平问，你有什么打算吗？

刘美丽说，当家的这就快翘辫子了，我得提前下手，而且不让连秋平拿到一个子儿！

何平说，你比连秋平还狠，谁让你是他"娘"呢。

实际上，连秋平并没有在这场"战争"中获胜。

连秋平低估了何平与方琦的"战斗力"。

早在方琦初来广东的时候，何平就利用方琦的法律专业知识，提前做好了"防御"的准备。所以，当连秋平逼何平说出蛮子密码的时候，预设在蛮子电脑里的软件已经记录了连秋平"入侵"的证据——除了密码，还有一段口令用以辨别电脑的主人，没有口令的入侵者会被全程记录。很快，连秋平就因商业窃密的嫌疑被带走，连氏家族遗产争夺战也因为连秋平的提前退场而花落刘美丽。

在何平的"帮助"下，刘美丽顺利接管连氏家族。然而她却对何平说，自己失去了最重要的东西，却换来了一堆美丽的泡沫，语言里怅然若失。

鱼头完成何平交代的事情后，和赵赵去了上海，他把何平松下培训两成的干股和房产全部换成了钞票。

何平当时的打算是，和夏沫结婚，带上这笔钱回老家。

松下培训已经步入正轨，何平的使命完成了。

而那个没有完成的婚礼，是何平和夏沫待在一起的最后时光。

她从此消失在何平的视野里，像空气一样蒸发得无影无踪。

她永远不能为何平生一个中朝混血的娃了。

第四十章 尾声

何平从那套房子里搬出（已经卖了），在附近随便找了间屋住下。

屋是老屋，有幽深的巷子，何平租这么个地方，别有用心似的。

他每天坐在巷子口抽烟，总希望能遇上馅儿饼临头那种龌龊事儿。

他时常想起夏沫。

有人说，在澳门的游轮上见过她，身边还有一个酷似蛮子的神秘男人。

还有人说，他们去了公海，打算北去朝鲜。

他也时常想起方琦。

他试图在附近找到那些被丢弃的记忆，可是一无所获。

他四处张贴"寻物启事"，每天在巷子口看余晖落日。

寻物启事是这么写的：

本人于 × 月 × 日晚，在附近丢失奖状一卷（上书"友谊"二字）、心形吊坠一枚（内有男女合影一张）。本人现 5000 元重金酬谢拾到者。奖状、吊坠本身价值不到 5000 元，但由于对本人确有重要意义，还望拾到者速与我联系！

终于有一天，有人出现在何平眼前，居然是方琦。

她手里拿着一张"寻物启事"，出现在巷子口，与何平并肩坐下。

何平想起那个扔东西的夜晚，楼下模糊的身影正是她。

既然如此，事情的每一步她都应该知晓了。

何平接过方琦递过来的友谊证书和心形吊坠，她应该在楼下找了很长时间。

接着，何平攥住她的手。

周围好像立刻幻化出一个已经拆了的酒吧，里面正在举行一场不存在的演出，有人唱着一首从未被写出的歌，来纪念夏沫。

他问，走了？

她说，走了。

何平说，不知道他们会去哪里。

方琦说，你那些钱足够了，何况还有我哥陪着。

何平说，他领着夏沫来，又领着夏沫去，就像一场宿命。

方琦挨何平坐下，头枕肩膀，何平短袖上的 Kappa 标志让她好奇。

她指着 Logo，问，这是什么？

何平说，一对狗男女。

他们坐在巷子口，会心地笑了。

方琦很久未这般笑过，太阳透过时间的碎云打在他们身上，像个变大变小的法宝。

十四年后的我，终于见到了十四年前的你。

完稿于 2010 年 8 月 11 日
修改于 2010 年 8 月 23 日
定稿于 2011 年 8 月 30 日
终稿于 2016 年 1 月 14 日
录入于 2016 年 1 月 22 日

· 后序

还有一大波 "80后"

郑子语　　资深媒体人

当房地产的大幅广告明确把客户锁定为"80后"时，我觉得这个时代的主角已经发生了变化。现在，最大的"80后"年过而立之年，最小的"80后"也已经走出大学校园，或者已经融入了这个时代。走在街上，最鲜活的人群无疑是"80后"。翻开报纸，"80后"的富二代，"80后"的创业青年，"80后"的作家，"80后"的CEO，"80后"的干部，"80后"的明星，"80后"的《非诚勿扰》嘉宾，"80后"已经遍地开花。简单以年代划分人群是一个粗暴的做法，就像把我归于"70后"一样，但是不得不承认，"80后"是一个迥然于他们之前和之后的所有群体的群体。

网上早"80后"总结出"80后"的N个特点，"80后"的确有他们鲜明的个性。比如他们中的一部分男孩子，非常注重个人外在形象，爱干净，每天要花费很多时间在面子工程上，他们都是化妆达人。女孩子则爱自拍，发在博客或微博上，把网络当镜子，眼睛大得十分无辜。而她们的个人趣味千奇百怪，时下流行的"腐女"，"80后"女孩儿当是主力。

这些也许都是表面。要了解一个群体，需要进入他们的内心。我觉得"80后"有一种前无古人的决绝孤独。这种孤独，已然成为这个群体的独特气质。我潜进很多博客，都是"80后"写的。那些博客或七零八落，或絮絮叨叨，对生存绝望恐惧，对未来没有方向。我收听过无数条

"80后"的微博，他们不停释放抱怨、纠结、怨念，他们发布某盘菜，某件吊坠，某束光影，某件衣服，某件电子产品。我看过"80后"的影评、乐评，他们的批评更尖锐、更彻底，也更解构。我看过电影《80后》，"80后"评论说这并不代表"80后"整体。"80后"，他们零零碎碎，他们自我更新，他们否定之否定，他们放荡不羁，他们也开始担当，慢慢接手属于他们也属于一个时代的话语权。"70后"仍是中坚，但是渐渐前移或退出，"60后"开始老去或告别，"80后"站在了前台，接受自己和他人的检阅。一代人来，一代人去，只有彪悍照常升起。

看完《在晃荡的青春里逆光向上》，我还是怀疑，我们是否全面认识了真正的"80后"。何平、方琦、鱼头，是"80后"群体中的一个庞大分支。因为来自农村的缘故，我相信更多的"80后"隐藏在庞大的人群之中。他们是沉默的大多数。每个时代都有沉默的大多数，他们不能闪亮登场，但是他们的奋斗同样值得尊重。他们在这个时代获得的机会远比同龄人要少。当同龄人已经占据各大山头，小地方、小城市的"80后"，如何在一个急剧变化的时代把握自己的命运？《在晃荡的青春里逆光向上》的写实是凌厉的，它毫不避讳房价、下岗、网瘾、电击治疗、公务员考试、潜规则等社会热点问题，而是巧妙穿插其中，让几个"80后"的神经末梢去感受种种阵痛。也因此，这部小说显得诚意满满，又关照现实，个人的疼痛与幸福才更加真实。当目光跟随文字游移，我不怀疑这是虚构，我回到了小时候看的一种三维图画，从花花绿绿的平面世界中，发现了一个触手可及的立体世界。成功都很相似，奋斗各有不同，从一个前途不被看好的网络游戏爱好者，到沿海城市房地产公司的CEO，何平的励志故事，也许比韩寒、郭敬明、范冰冰的成功更可参照和借鉴。

"70后"的罗永浩说，彪悍的人生无须解释。"80后"的季海东用彪悍的姿态讲述了"80后"一件件彪悍的故事，静水流深，善莫大焉。

2011年5月2日